U0856556

北京楚尘文化传媒有限公司 出品

MILLY 著

北 海道

一 个 人 的 幸 福 旅 程

重庆大学出版社

前言

夏日的出发

一直以来，心中都存在着一个暗暗期待的计划：去寒冬大雪纷飞的北海道，在冰封的陌生城镇里，度过一个月跟自己成长生活经验完全背离的生活。
这计划成形于第一次追寻北海道冬日大雪的旅途中，因此，虽然这些年来多次于春夏秋冬到北海道旅行，心里总是认定白色大地才是真正的北海道风貌。可是一张杂志上7月礼文岛高山花卉开遍海崖边坡道上的照片，动摇了 Milly 的想法，也正是这张照片，带着 Milly 开始了一趟夏天开始、夏天结束的北海道夏日旅行。
旅行出发，关键字是夏天。
旅行的动机可以是多样的，有时或许就是像这样，只是因为一张照片。
21 日的北海道夏季之旅，Milly 充分体验到了因为是夏日才有的风情，发掘到了这广阔大地下原本忽略的魅力，同时也留下了许多还想再去探访的角落。

FINO Hotel

因为是北海道，因为是夏日

对日本人来说，7 月中至 8 月底或许才是真正的北海道旅游旺季。
薰衣草未必是主要的观光重点，丰富的自然景观和户外体验活动，才是大量游客从日本各地涌入北海道的主因。

北海道位处高纬度，加上土地广阔，夏季较为凉爽，因此是避暑好去处。
冬季滑雪和雪祭的旺季结束后，积雪渐渐融解，鄂霍次克海的流冰季节也进入尾声。
在迎接了日本最晚的樱花季之后，到了 6 月后段，高山植物开始盛开，一直延续到 9 月多。
观赏高山植物高山花卉的登山徒步活动，在这期间于是很活跃。

同时期在 6 月初，延展到天际的田野上，淡紫和纯白的马铃薯花绽开了。7 月是薰衣草盛开期，也意味着夏日观光旺季开跑，到了 8 月由向日葵接棒，印象中白雪大地的北海道，变身成了五彩缤纷的大花田！
这不但吸引了游客的目光，写真家也纷纷踏上旅途，去捕捉这大自然的画笔年年画出的不同美景。

在丰富的大自然资源下，独木舟、泛舟、骑马、露营、高空气球、登山、自行车等户外活动，也都是夏日才可以进行的。
更别说从 5 月到 10 月，帝王蟹、毛蟹、海胆等进入盛产期，食欲也可获得大满足。

因此，若要在夏日前往北海道，千万不要误以为不是雪祭旺季，行程就容易布局。
Milly 在开始计划夏季北海道旅行时，虽说已有充分的心理准备，还是吓了一跳。因为不但机票涨价、机位差点订不到，北海道各地的旅馆和民宿更是一直客满，更夸张的是房价，以札幌站前的华盛顿 Hotel 为例，5 月中下旬的单人房大约可以用 5800 日元预约，进入 6 月就大约要 12000 日元上下。
涨幅几乎是一倍，或许这就是旺季出游必须付出的代价了。

[上图] 烤干贝　[左下图] 道产果菜　[右下图] 海胆

边吃边玩、边玩边吃

北海道是美食宝库，因此如何在北海道食い倒れ，就成了观光主题之一。
“食い倒れ”这句日文很有意思，可以翻成“吃到破产啦！”或是“尽情大吃大喝”，当然也可以翻译成“美食吃到爽！”总之就是吃，尽情地吃，吃遍北海道的美食。

那么，在北海道到底要吃些什么，才算是吃到北海道美食精华了呢?
Milly 只是个预算有限的 B 级美食家，因此以下的北海道美食大剖析，就分为两大部分：一个是经济能力许可下品尝过的，还有就是还没豪气去奢华一吃的。

说起北海道美食，首先想到的就是帝王蟹，生吃、烤来吃、放在火锅吃，都好吃！另外毛蟹也是北海道特产。
螃蟹之外的海产，举凡鲑鱼、海胆、扇贝、鱿鱼、乌贼、鲑鱼卵……在北海道也都以新鲜著称。在函馆、小樽、札幌等地吃一碗新鲜的生鱼海鲜盖饭是一大享受。
除了丰富的海产渔获，广阔大自然中生产的马铃薯、玉米和南瓜等，也都是大地恩赐的美食。当然以北海道产小麦做的面包也不能错过。
北海道大地生产了丰饶的果菜类，也孕育了兴盛的畜牧业。因此北海道的乳制品也是不能忘记的美食，诸如新鲜的牛乳、牛乳制作的乳酪、酸奶和冰激凌，等等。

丰饶的渔获、蔬果及发达的畜牧提供了各式新鲜食材，也因此发展出不少北海道才有的美食料理。
像是近年来很盛行的汤咖喱、札幌拉面、旭川拉面，也是独创一格。
因为健康风潮而更加风行的ジンギスカン（成吉思汗铁板羊肉烧肉），则是用了北海道的羊肉和新鲜蔬菜。
地方性美食还有函馆的乌贼生吃、带广的猪肉盖饭、钏路的炉ばた（乡土炉边烧料理）、厚岸的生蚝、十胜的美酒、和牛和知床的地鸡。
结论是，北海道产简称为道产，套上了道产二字的食材正是象征了新鲜美味的食材，运用这些道产食材制成的料理，就是让人幸福的美味北海道料理了。
到了北海道就暂时忘记卡路里，食い倒れ，吃个过瘾吧！

Gosh 有机面包店

北海道如此这般让人幸福着

每一次旅行，或是更正确地说，每一次为了一本书出发去旅行的时候，Milly 都会先给自己一个旅行的主题。
这次的主题是“一个人的幸福北海道夏季旅行”，虽然 Milly 已经是熟女，但是（笑），女子独有的想去宠爱自己的欲望还是强烈的。

幸福的旅行，主题难免贪心。
享用地方特色美食、住宿憧憬的旅店、在旅途中美好的咖啡屋小歇、区域人文风情的初体验、悠闲步调的路径探访，几乎每一趟旅行都是这样进行着。

这次的旅途也是一样，Milly 住宿了位于十胜温泉的憧憬旅店三余庵，去旭山动物园附近的咖啡屋 Café Good life，吃了积丹半岛刚刚捕获上岸的新鲜海胆，买到了富良野线上美马牛附近的 Gosh 有机面包，完成了大自然中的独木舟初体验，也去了些美术馆和新建筑，让拍照的自我满足充分发挥。
然后关于北海道，这次 Milly 多了一项计划，就是让自己亲身进入那些印象中美好的风景中。
残雪高山上一整片高山植物、无边无际的马铃薯花田、麦田边有着烟囱的咖啡屋、面向海洋的铁道路线、山丘上耸立的风力发电风车。
北海道是广大的，那从北海道风景图片中透出的力量也同样宏大而震撼，一下子就排山倒海而来，迷惑着你，让你措手不及无法招架。

这次难得在夏日前往北海道，同时将 21 日的旅程全给了北海道，就很贪心地企图将那些曾经在印象中让自己感动的风景排入旅程中。Milly 要让自己进入那些图片中，用五感去确实地体验，让印象中的风景转化成记忆中的风景。
21 天的旅途，满足度和满意度都高分达成。
在之后的旅行中，“啊……幸福。好吃！真舒适！”的字句不断出现着，不为了什么，就这样自然而然脱口而出，没有过多的修饰，只是单纯地乐在这次的旅行中。

Land Café

[上图] 三余庵　[下图] Café Good life

café
MORI
HIKO

札幌

札幌都市散步

札幌车站的不犹豫回转寿司

札幌一日愉悦咖啡路径

- cafe BOYS BE
- 宫越屋咖啡
- Brown Books Café
- 森彦
- ATERLIER MORIHIKO
- FAbULOUS

野口勇的モエレ沼公园

- 茶廊法邑

1

札幌车站的不犹豫回转寿司

L'HOTEL DE L'HOTEL 很像欧洲都会小旅店

7 月 6 日从香港直飞札幌，下午 5 点多到达千岁机场，本来可以很快地搭乘巴士前往旅馆，可是 Milly 却为了买一张电话储值卡，在不是很大的千岁机场内迷了路，晚了几乎一小时才到达札幌市区，真是失算。

第一晚住宿的是札幌市电すすきの站附近的 L'HOTEL DE L'HOTEL。选这间旅馆的原因，是网站颇吸引人，装潢很古典，尤其是那颇欧风的大厅。更重要的是在订房网站上查询，那天这间旅馆的单人房相对便宜，一晚 7200 日元。

实际住过，以为旅馆的位置不错，一楼有花店，两旁有绿荫，第一眼看去真有点像欧洲都会小旅店。房间的确宽敞，但跟网上呈现的欧风典雅还是有点落差。

距离狸小路商店街、すすきの和大通公园都还算近，周边不乏好吃的 B 级美食餐厅，只是 Milly 在前往札幌的飞机上（更正确的说法是决定要去北海道旅行的同时），满

B 级美食的王道回转寿司店花

脑子就是那位于 JR 札幌车站大楼上的回转寿司花まる，因此在旅馆一放下行李，就直冲札幌车站。

不愧是 B 级美食的“王道”回转寿司店，都已经快九点了还是一堆人在候位。那晚等了将近 50 分钟，才能如愿进去大快朵颐一番。

这间车站楼上的花まる，很多导游书博客都推荐过，许多海外游客也会特意来吃。店前还放着英文的牌子，解说不同盘子的价位以及必须先贴好名字再等候呼叫的入店方式。

鲔鱼、鲑鱼、乌贼等五碟寿司加一份鲷鱼鱼头汤，不过才 1200 日元，新鲜便宜又好吃，也因此可以立刻填补 7 个月前离开札幌后那对于北海道海鲜的美味思念。

L'HOTEL DE L'HOTEL（ロテル . ド . ロテル）

札幌市中央区南 3 条西 2 丁目 I www.ldl.co.jp

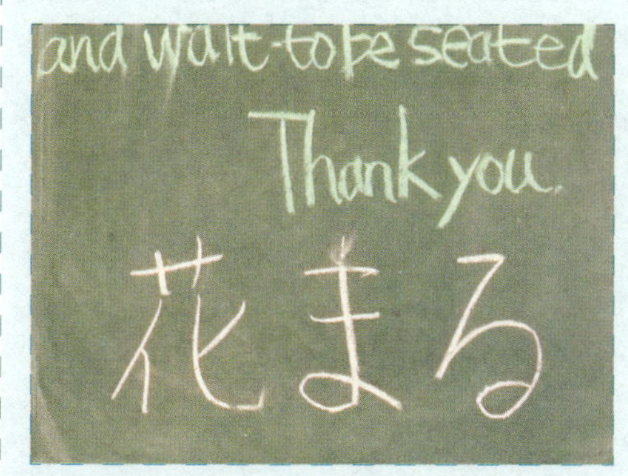

花まる

JR タワーステラプレイス店

札幌市中央区北 5 条西 2 丁目

11:00 ～ 23:00

2

札幌一日愉悦咖啡路径

7 月 7 日住宿的 Fino Hotel，离车站很近，客房设计洗练却不失纤细，浴室宽敞洁净，价钱合理，是很推荐的都会商务旅馆。

每一次的旅行，不论是东京、京都、巴黎、柏林或香港，Milly 都以发现咖啡路径为乐，甚至可以说，寻找愉悦的咖啡路径是 Milly 出发去旅行最美好的任务。
通常在出发前，在开始计划旅行前，预计前往的路程上就已经有一条条想去体验一下的咖啡路径。
然后，到达旅行地后，几乎是习惯性地一定会先去书店，然后 check 一下有没有最新出版关于这区域的咖啡导游书或杂志，再根据这些讯息整理一下原先的咖啡路径，实际去愉快体验。

大致的状况是，到了一间喜欢的咖啡屋，这咖啡屋里必定会有同样也喜欢的读物和杂志，不但可以当做搭配香醇咖啡的最佳点心，也大多可从中发现一些或许值得一探的咖啡屋。Milly 对于咖啡屋的探访，总是如此贪得无厌地进行着。
就像是很会从网站和平面照片去判断一间民宿是什么风格的旅游作家廖惠萍小姐一样，Milly 也从多年来的咖啡屋探寻散步中，找到了从照片来判断自己是否会喜欢这咖啡屋的能力。虽说这能力没什么了不起，也不会有人颁证书给 Milly，但能更准确地凭着直觉，感应一间或许会给自己带来美好体验的咖啡屋，是很幸福的事（笑）。

就是这样，入境札幌的第二天，Milly 买了札幌巴士和地铁的共通一日卡，一早在札幌时计台、旧道厅、大通公园的叙旧路线散步后，立刻开始了一日札幌咖啡路径的散步小旅行。
把正式开始旅行的第一日先留在都会也是种习惯，以为这样可以有点时间去 check 相关的资料和预约。

名字是 boy，其实却很 girl 的咖啡店。

cafe BOYS BE

第一站是乘坐地铁东西线在“円山公园站”下车，不用出车站就看到 4 号出口旁的美好咖啡屋 BOYS BE。
推开厚重的木门，以低调深棕色为基调用间接光演出的沉稳狭长空间流泻出轻柔的爵士乐，门一关上，地铁站的喧嚣就给隔绝开来。

有意思的是，Milly 进入后，看见以咖啡杯架为背景的吧台后方是穿戴黑围裙安静冲泡着咖啡的女子 BARISTA（咖啡师），吧台前坐着一面喝咖啡一面记账的妇人，门边大海报下方是看着书的时尚贵妇人，绚丽但又神祕的白花束前，则是一个心思都在手机 Mail 上的年轻女子。各据一角的静默空间，五个互不相识的女子。

点了一杯咖啡配上最爱的手工烤布丁，用木托盘送上，还附上无花果点心，如此稳重却又如此可爱，果然是女子 BARISTA 才有的心思。

BOYS BE 平日是上午 8 点开店（假日 9 点），一直营业到晚间 12 点。是受当地居民喜爱的、可以当做自家客厅延伸的车站内咖啡屋。

note cafe BOYS BE

札幌市中央区南 1 西 26 ターミナルハイツ円山 B1
8:00 ~ 24:00，假日 9:00 ~ 20:00，无休

note 宫越屋咖啡本店

宫越屋咖啡本店

札幌市中央区南二条西 28

10:00 ~ 24:00，无休

note 宫越屋咖啡 PASEO 店

札幌市北区北 6 条西 4 丁目 3-1 パセオ 1F ファクトリーランド

7:30 ~ 22:00（LO 21:30），不定休

宫越屋咖啡

离开了 BOYS BE，继续这天的咖啡路径，要找的是同样在円山公园站附近的 BROWN BOOKS&CAFE 以及森彦。

虽说手上有地图，大路痴 Milly 依然在原地乱绕着，怎么样也找不到目标。

同时还无意间看见位于円山公园边的宫越屋咖啡本店。宫越屋咖啡是在北海道发迹的经典烘焙咖啡屋，一杯咖啡单价比一般连锁咖啡店高些，但是因为不妥协于量产，一杯热咖啡入喉可以清楚感受到他们坚持的高品质。

这次旅行中有天早上在札幌西口观光服务处（JR 总合咨询处）旁边的宫越屋咖啡屋支店，享用着咖啡早餐。但是很意外，这一早开店的咖啡屋居然没提供早餐套餐，咖啡必须单点，可以隐约感受到这间咖啡屋对咖啡的自傲。

于是那天点了综合咖啡、吐司，结账下来要 800 多日元，相对于其他咖啡屋提供的“蛋、沙拉、土司和咖啡”套餐要贵得多，但是咖啡香醇吐司松软，这样的早餐让旅途的开始很幸福。

从早餐就可以感受到宫越屋对咖啡的自傲。

Brown Books Café

拿着咖啡 MOOK 简易地图在车站周边绕来绕去，没辙（本来就不该信任自己的地图辨识能力），还是拦下一对母子问路，很巧的是似乎两人去过 Brown Books Café。像是儿子的男子跟 Milly 说，他去过，但是很难说明位置，可能要请 Milly 跟他们一起走。真是好心的母子。

在路上，像是妈妈的妇人还很亲切地跟 Milly 聊着天，说那间咖啡屋她去过，认为咖啡有点苦（但还是加上一句，可能是自己的口味不同），店里小小的一楼贩售咖啡豆，二楼是咖啡屋。

两人带着 Milly 走了约四至五分钟，才到了 Brown Books Café，果然位置很隐秘，不留意一定就会错过。幸运的是，在咖啡店小看板的一旁，正是 Milly 要找的同区另一间咖啡屋森彦。

像是母子的两人在好心带路后，忽然小声地商量起什么。后来才像是作了很大决意似的，拿了两本小册子给 Milly。还以为是推销什么东西呢！原来是教会的福音简刊，希望 Milly 能在路上慢慢阅读。
没问题的！ Milly 虽然没信教，对任何宗教都很尊重，更何况能这样短短相遇也是缘分。

道谢后告别了母子（这时开始有点不确定），走向巷道隐秘弯角处的 Brown Books Café。先拍了一下外观，可是这时赫然发现很明显的位置挂着“禁止拍照”的标示，不知为什么，那时 Milly 一下子却步起来，没敢再冒犯地继续拍照。连在室内也是快快参观了一下，乖乖地喝了杯咖啡就走了。

两层楼的老屋，空间并不是很大，却很紧密地融合了店主的嗜好和心思：Brown 是咖啡的颜色，加上书籍 Books，于是店名是 Brown Books café。

一楼是有机咖啡豆的贩售店面，也卖咖啡杂货，二楼是只有十个座位的小小咖啡空间，整面书架上放满了绘本、写真书、杂志等。

店主在自己的咖啡屋网站上这样写着：让生活中有咖啡有书，コーヒーと本のある生活を。

不知怎么的，光是看见这行字就不由得幸福起来。

Brown Books Café

札幌市中央区南 3 条西 26 丁目 2 - 24

11:00 ~ 20:00，周三休

[上图] 森彦　[下图] Brown Books Café

森彦

札幌市中央区南 2 条西 26 丁目 2-18

12:00 ~ 22:30，不定休

森彦

离开了 Brown Books café，下一个目标原本是对面走路十秒不到的森彦，但是已经两杯咖啡下肚，很想吃点热热暖暖的食物，只得放弃单纯供应咖啡和蛋糕的森彦，拿着相机在还没开店的店前，前后左右不同角度地拍着，企图用相机代替记忆，将这咖啡屋坐落在住宅区却有如一间森林小屋的模样保存下来。

非常喜欢咖啡屋被植物和鲜花浓密包围着的姿态，尤其是那堆满柴火的墙边攀满了白色蔷薇，会企望着如果这是自己的住家，那该是多么奢侈的幸福。
回到台北后再翻看杂志书上的图片，后悔着那天其实就算是冒着咖啡胃崩溃的危机，都该进去小歇一下才对。

其实说起来，一切都是因为一张图片的误导，当时手上的地图导游书的确标示着“茶屋森彦”的位置，毕竟这咖啡屋有着代表札幌风味咖啡的地位。
如请当地生活人士推荐一间札幌的咖啡屋，森彦几乎都会第一个被列出来，就像京都大学对面的进进堂咖啡屋一样。只是书上所贴的茶屋森彦照片不过才邮票大小，实在看不出魅力，因此那日一开始并没有将森彦放入咖啡屋名单中。
没想到来到当地一看，惊艳，却没有足够悠闲的咖啡胃可以进去体验一下空间。

倒是之前的 BOYS BE，本来没放入行程中，只是因为当日的行程很早，原本预计要去吃早餐的咖啡屋花元没在预定的 8 点准时开店，由窗外偷窥，店内也不是书上那副植物茂密的模样，门前残败的盆栽更让 Milly 怀疑这店家对花木的诚意，于是临时脱逃，改去同样也是一早开店的 BOYS BE。

如果真要比照片，花元比 BOYS BE 好得多，气氛充分得多，只是用肉眼比较，BOYS BE 却又比花元意念完整得多。

ATERLIER MORIHIKO

森彦。
もりひこ。
アトリエ モリヒコ。
ATERLIER MORIHIKO。

这四个词，其实有一个交集点，就是 MORIHIKO，也就是森彦。
森彦是什么意思?
森彦的老板叫市川草介，那么，森彦显然不是店主的名字。

拆开来看。“森”是森林，“彦”是神话中容姿秀丽的男子。喜欢这个解释，森林里的美男子。

咖啡屋森彦初期的名字叫做茶屋森彦，现在则定为 Café MORIHIKO。
那么 ATERLIER MORIHIKO 跟森彦又是什么关联？
Milly 带着点小小的遗憾离开森彦之后，搭地铁前往“西 11 丁目站”，那在咖啡路线上的咖啡屋名字，就是 ATERLIER MORIHIKO。

原来这间 ATERLIER MORIHIKO 是森彦在札幌开的二号店，只是 Milly 当时根本没有这么去联想，只是看到图片上这间咖啡屋像是间阳光透亮的花房，非常吸引人，于是前往。
一直到多日后于某间函馆咖啡屋小歇时，翻看杂志才发现，原来这两间咖啡屋是出自同一个老板的手笔。

Milly 没有联想到也不奇怪，因为两间咖啡屋的气氛是非常不同的。
森彦像是森林的小木屋，ATERLIER MORIHIKO 则像杂货工房。
森彦位于闲静的住宅区一角，ATERLIER MORIHIKO 则是在办公区大楼边。
森彦像是深思的美男子，ATERLIER MORIHIKO 则像是轻盈的美女。
若要说相同点，大概就是坚持自己一步步烘焙咖啡的烘豆机都放在咖啡屋内吧。

ATERLIER MORIHIKO 是市川邀请心仪的 cholon 杂货屋老板菊地智子一起开设的，概念是市川先生以为杂货和咖啡可以很好地相容。
同时也符合他想呈现的意念：可以看见手工制作的场所。手工烘焙的咖啡和手工制作的杂货。正因如此，等待咖啡上桌的同时，还可在一旁的杂货屋逛逛。

ATERLIER MORIHIKO

札幌市中央区南一条西 12-4-182 ASビル 1F
8:00 ~ 22:30，周二休

Milly 非常喜欢这个咖啡屋空间，有面对马路的大落地玻璃窗，透过窗户可看见路面电车通过。咖啡屋以白色为基调，天井很高，转动着扇叶的风扇，加上品味配置的古董钟和咖啡器具，让客人有置身于夏日湖畔欧风度假小屋的错觉，像是水泥都会中的绿洲一角。

Milly 选在大木桌坐下，点了杯有点京都风的蜂蜜煎茶，一方面是因为之前已经喝了两杯咖啡，更因看见木桌那用嫩绿苹果和绿叶装点的桌饰，就想喝杯微绿的煎茶。这大木桌原来也是有故事的，是店主市川先生买来的古董桌，前身居然是北海道大学的物理实验室桌。
如果有机会去这间咖啡屋，会建议你点杯以 16 个小时抽出的“水出冰咖啡”，据说是这里的招牌，饮品信心之作呢。

FAbULOUS

离开了清新的 ATERLIER MORIHIKO，一日札幌咖啡路径的下一个目标是气氛完全相反，像欧风俱乐部或时尚 Lounge 的 FAbULOUS。

位于地铁东西线“バスセンター前站”3 号出口附近的 FAbULOUS，是一间集合了流行服饰、古董家具、欧风杂货和咖啡屋等多项元素的消费空间。
其实一进到那非常宽阔像是大型仓库的空间，很快就会感觉到这里应该是越夜越美丽才是，毕竟整个空间的气势和格调都极为都会洗练，虽说 Milly 是不抽烟的人，不知怎的，觉得这里似乎在烟雾弥漫、杯光摇曳时会更有味道。

Café 空间以落地挑高的大窗面向街道，透过落地窗看见周边上班族踏着匆忙的脚步穿梭着。不知是否是错觉，总觉得大部分上班族在经过时都会转过身来张望一下，或许是渴望一份下午的悠闲，也或许曾经在此度过愉快的夜晚，经过时不免回味也不一定。

即使是中午，店内各角落的古董灯饰和烛台依然很准确地演出着浪漫。像是将海盗船内大藏宝箱改造过的餐桌前放置着皮制古董椅，张张都很气派，张张都有不同的造型。一盏盏墨黑的大型台灯，在每个座位间充分显现出华丽风情。厚重的奢华，或许可以这么形容。

或许是没能在最适切的时间前去，中午时分店内唯一的客人就是 Milly。
翻开厚重的 MENU，点了羊肉烩饭和咖啡。

咖啡是用来消费空间的道具，羊肉烩饭则因为是在北海道，北海道最具特色的肉料理是“成吉思汗”。Milly 以为如果成吉思汗是羊肉料理，那么北海道的羊肉品质应该相当美味才是。果然羊肉异常软嫩多汁，一点腥味都没有。配菜的带皮烤马铃薯也因为

FAbULOUS

札幌市中央区南一条东 2-3-1 NKC ビル 1F

12:00 ~ 21:00，无休

是北海道的水准，非常好吃。这道美味的羊肉烩饭，让一早被咖啡和甜点占据大部分空间的肠胃，得到不同的温暖满足。

如果有一天来到北海道，而你又是洗练成熟的大人（不同于 Milly 的小气度），或许可以在夜晚来到这 FAbULOUS，喝杯酒，享受一个旅途上转换气氛的都会风札幌夜晚。

3

野口勇的モエレ沼公园

7月7日七夕的那一天，一早开始的愉悦咖啡路径在三杯咖啡入胃袋后，到了差不多该转换气氛去观光的时候，选择位于札幌东区郊外的モエレ沼公园。

为什么会把这公园放在以咖啡路径为主题的一日小旅行中？主要在于结束モエレ沼公园散步后，有间很适合在鉴赏过艺术后前去的咖啡屋，正好是顺路。

在地铁东丰线“环状通东站”下车，转搭东69或79号的北海道中央巴士在“モエレ公园东口”下车，徒步约10分钟就可到达公园的象征标志、爱称为HIDAMARI的ガラスのピラミッド（Glass Pyramid）建筑前。

“モエレ沼”，爱奴语是缓慢流动的水面，1982年札幌市绿化计划将垃圾处理场改建成现在的公园绿地，1988年之后更邀请日裔美籍雕塑家イサム·ノグチ（注：本名为野口勇，也是广岛和平纪念公园慰灵碑的创作者）参与企划。

现在モエレ沼公园的模样，就是实现イサム·ノグチ提出的“让一座公园像是一个雕塑作品”的概念的成果。

游览モエレ沼公园要有一个心理准备，就是千万不要小看它的规模，这真的是一个很大的公园。在公园的入口处有自行车的出租服务，游览不同主题区的最好方式，就是骑自行车。

Milly因为是交通工具白痴，只能徒步游览，因此就把重点放在金字塔形状的玻璃屋建筑HIDAMARI、周边的モエレ山、两个半圆锥体的ミュージックシェル（Music Shell）和三角锥雕塑的テトラマウンド（Tetra Mound）。

HIDAMARI所有的建筑面都是玻璃，阳光非常透亮，但在夏天不会感到酷热，原因是这建筑导入了“雪冷房”的环保系统。

就是在冬季大雪期间将雪储入，到了七八月盛夏再利用储雪库的热交换冷水循环系统减轻空调负担。基本原理Milly不是很明白，但是知道这建筑在看不见的地方也很努力地环保着，有点感动呢。

虽说未必能充分掌握モエレ沼公园每个建筑体的意念，但在企图发挥“拍照力”这方面却是得到很大的自我满足。

其中两个半圆锥体的Music Shell很有意思，概念是一个开放的舞台，两个白色半圆锥体建筑物是所谓的舞台控制室。

没有小型的户外表演时，所谓的控制室就变成公共厕所，方便大家使用。

玻璃金字塔 HIDAMARI

本来 Milly 还有一个目标，就是在 HIDAMARI 内的法国餐厅 L'enfant reve 喝杯咖啡小歇，可惜当日公休，未能如愿。只是，在这法国餐厅用餐可不便宜，最便宜的午餐套餐是 2500 日元起跳，晚餐预算更是在 4000 日元至 8000 日元上下，还建议要事先预约以免没桌位。据知在这餐厅看着广大园地的落日用餐，可是札幌都会男女约会热门的绝佳景点。

モエレ沼公园

札幌市东区モエレ沼公园 1-1

7:00 ~ 22:00 | www.sapporo-park.or.jp/moere/

モエレ沼公园真的很大，最好租辆自行车

茶廊法邑

几乎是在决定去モエレ沼公园的同时，就决定一定要去这间咖啡屋“茶廊法邑”。
一间兼营画廊的咖啡屋，在情绪联结上是很完美的。

茶廊法邑位于地铁东丰线“环状通东站”步行约 10 分钟的地方。环状通东站刚好是前往モエレ沼公园的转车处，所以返回札幌之前可顺路去喝茶小憩。
为防迷路浪费了悠闲的时光，在返回环状通东站后 Milly 就认命拿着地图问路。
好在一路问下去，否则迷路的可能性极大，因为咖啡屋坐落在工厂、公司和住宅区之间，而且整个建筑低调地以混凝土墙环绕掩饰，若非依着咖啡店导游书引导，还真不知这里有这么一间建筑本体得过很多奖项的咖啡屋。如果就这么路过，或许只会以为这是哪家有品味的豪宅。

沿着水泥墙坡道进入门口，豁然看见一个像是小型美术馆的空间，自然光轻盈地在白墙上画着光影，然后音乐安静地流动着，一个很容易就一见钟情的舒适空间。
以饮料吧台为区间，一边是艺廊一边是咖啡屋。咖啡屋空间宽敞挑高，却很刻意拉低

有如小型美术馆的茶廊法邑

窗户位置，如此不但可更精准地隔绝外面的混杂，也能框住户外精心种植的日式庭园，看去有如一幅画轴般。据说这空间的设计师，跟北海道小樽的顶级旅店“藏群”是同一人呢，原来如此。

已经过了午餐时间，否则这里的素雅和风午餐套餐，例如“日替わり箱胀”听说是很推荐的。Milly 当天点的是煎茶配上精致的和果子点心，喝口煎茶，整个人都松弛下来了。正像这咖啡屋网站所说的，来到这里可以什么都不做，只要放松肩膀让时间缓缓移动就好。

一早从大通公园散步开始的愉悦一日咖啡路径散步，在离开茶廊法邑的午后 4 点多告一段落。回想着那天的美好咖啡时光，能确定的是，或许不会为了薰衣草再踏入北海道，却一定会为了北海道的咖啡屋再次回到北海道。

Music Shell

茶廊法邑

札幌市东区本町 1 条 1 丁目 8-27

10:00 ~ 18:00，周二休

http://houmura.com/gallery.html

港運会社
おれの
小樽

积丹半岛

来去吃新鲜海胆的巴士之旅

多样的巴士小旅行团

绝景积丹一日游

· 余市宇宙纪念馆
· 岛武意海岸
· 鳞晃庄海胆
· 神威岬
· 余市威士忌酒厂

途中下车暮色小樽

· 杂货屋 vivre sa vie+mi-yyu
· 居酒屋花ごころ

7 月 26 日再游艳阳下的小樽

· 北果楼泡芙
· 煤油灯餐厅北一ホール
· Hotel VIBRANT

钱函站的无敌海景餐厅

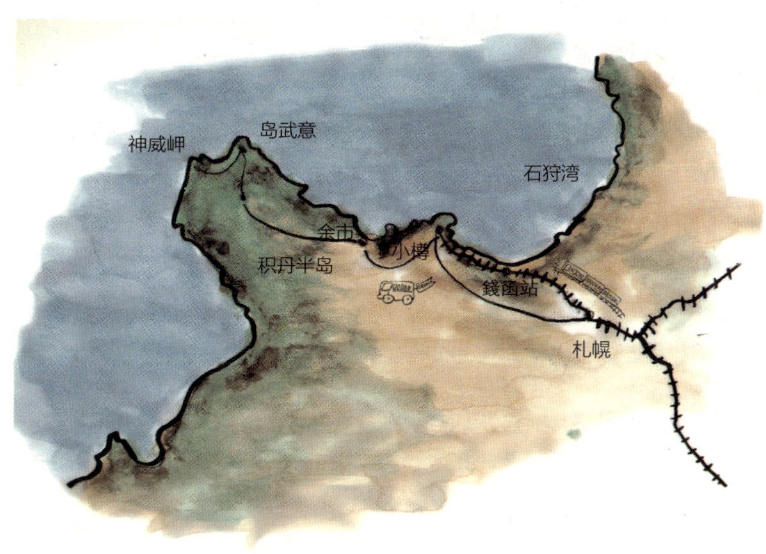

1

多样的巴士小旅行团

参加旅行团不是 Milly 习惯的旅游方式，记忆中唯一参加过的泰国旅行团是公司旅游，但如到一座城市旅行时，偶尔也会加入所谓的 city tour，在澳洲、韩国、德国、巴厘岛和泰国都有到了当地才报名观光巴士团的经验。

只是，一般大都会的 city tour 多半是提供给外国散客，而在日本，参加的似乎大多是日本人。几乎每家巴士公司都有地域性的观光巴士路线，有随车导游，有的会附上午餐或独家的参观行程。

7 月 8 日，目标积丹半岛，搭当日往返的观光巴士前进。

在札幌利用中央巴士可以前往很多区域进行当天往返的小旅行，有的附午餐有的没有，大部分都含观光入场券。

行程大致可以分为几大方向。以札幌为中心的观光路线像是札幌市时计台、石屋制果白い恋人パーク（白色恋人公园）、大通公园、北海道厅旧本厅舍、中央卸卖市场场外市场。稍微延伸到郊外则有羊ヶ丘展望台、北海道开拓之村和 Sapporo Beer。离开札幌市区则有小樽、美瑛和最热门的旭山动物园。其他主题旅行则有 Milly 这次参加的绝景积丹岬，以及加油吧！夕张一日应援团、日高探访竞马故乡团、北竜向日葵团、二世谷神仙沼散步团等。

其中很有趣的是加油吧！夕张一日应援团，夕张是哈密瓜名产区，但是近年来地方财政出现状况，濒临破产。消息曝光后，除了夕张当地人士，其他县市也希望能帮助这“穷困”城市度过财务危机，于是就有了这样的“加油吧！夕张一日应援团”。只是看了一下行程，没能引发太大的兴趣，sorry 无法助一臂之力。旅途中吃了一片夕张哈密瓜，不知道算不算是有所帮助？

这次北海道旅行中，7 月 8 日 Milly 参加的是绝景积丹，一日游费 7500 日元，往返时间大约 9 个小时，主要行程是札幌—岛武意海岸—午餐—神威岬—余市威士忌酒厂—小樽—札幌。因为不了解这类巴士的订位状况，为免到了札幌搭不上车，于是在台北就利用 J-Bus 网站订好位。

预约完成后会收到一个预约代号，拿这代号到当地的巴士购票窗口，付款后即可拿到车票。

若不是旺季，到了当地再买也可，像是 7 月 8 日这样的非假日，巴士就只坐满四成，Milly 甚至是第一排的靠窗位，想来是第一个预约的关系。

2

绝景积丹一日游

真的很大的北海道大学

这次去积丹之所以搭观光巴士，而不是如往常自立自强搭大众交通工具前往，主要是因为搜寻过资料后，发现即使夏季班次相对较多，但从札幌前往积丹，几乎都要在小樽转巴士。

札幌直达神威岬的巴士，一日只有一班，而且还是 4 月至 11 月的期间限定。如果先到小樽经由余市到达神威岬，来回车费大约要 5000 多日元。

相较之下，观光巴士的行程不但涵盖了积丹半岛神威岬和余市威士忌酒厂，更多了岛武意海岸，还包含午餐，而且 4 点多到达小樽后还可途中下车，多出一段小樽的黄昏散步。另外还可省下等车时间，计算后就想不如参加这观光巴士一日游。

在搭巴士之前，Milly 先一大早起来开始自己的小旅行，带着小光相机前往 Fino Hotel 附近的北海道大学清晨散步。

除了白杨树之外，在校区散步没有太大目的。光是置身在幅员辽阔、绿意盎然的校区，已经感觉非常舒畅。

但北海道大学真的很大，Milly 花了将近一个小时还走不到半个校园，当然那是慢慢晃。

充分运动之后的早餐似乎更加好吃。在旅馆咖啡屋吃了早餐后，走到札幌车站旁北海道中央巴士的观光巴士二楼售票口前集合，出发时间是 9:10。
观察一下单身游客，除了 Milly 外，只有一名像宅男的男子，其他几乎都是结伴而来，年龄层也意外地没有偏高。
还没出车站就遇到大塞车，原来那天正好是 G8 世界高峰会在洞爷湖举办的日子，整个札幌市都在警备状态，巴士出发时刚好撞上八国元首的车队。

虽说因为警备状态，街上有点硬邦邦的气氛，但是多了一个很特别的乐趣，就是去发现这警察是从哪里来支援的。每个警察都会别上所属地区的标章，Milly 就看到了大老远来自四国高松和冲绳的警察，很有意思。
在塞车时间，车上的熟女导游不断说话让大家分心，在整个行程中她也是一直一直在说话，介绍周边景点、讲笑话、说故事、热场，似乎不容许有任何冷场。
导游自然是说日文的，如果不是那么想知道观光资料，听不懂倒也还好。

余市宇宙纪念馆

从札幌一路经由小樽到达余市宇宙纪念馆。余市宇宙纪念馆在余市威士忌酒厂旁，但巴士只在这里停车，时间只够买买纪念品和上厕所，不够去酒厂和宇宙纪念馆。所有 city tour 或许都这样。
不过纪念品商店还挺好玩，可以买到 500 日元一大盒余市现采的新鲜樱桃，也可以买到附有酪农照片保证的新鲜酸奶。
酸奶浓郁好喝，不愧是北海道。

岛武意海岸

离开余市宇宙纪念馆，继续向目标前进。第一个旅游点：岛武意海岸。沿路导游热心说着哪一个岩石像熊或像一个人的脸，大家忙着左看右看。

9:10 出发的观光巴士，终于在接近 12 点的时候到达岛武意海岸。要观览岛武意海岸，必须先穿越一道由渔夫徒手建造没有灯光只能容两个人通过的窄小黑暗隧道，一出隧道，眼前就是海岸百选之一的岛武意海岸。
如果是阳光照耀的天气，一出隧道可能会惊呼连连，因为即使在阴天下，海水还是隐约闪烁着宝石般的湛蓝，可以想象蓝天下海水的蓝会是多么耀眼。

鳞晃庄海胆

岛武意海岸观光完后，在前往重点神威岬之前，先到附近的鳞晃庄用餐。
之前就觉得鳞晃庄这名字很熟悉，原来是 Milly 曾经想要预约的渔夫民宿。
如果自己前来，可能略嫌偏僻，虽说巴士站就在一旁，但附近没有一间像是商店的商店。

午餐料理不能算是很豪华，但还颇有地方风味。
只是期待的海胆却没出现，原来午餐没附，必须自费加点。
啊，被骗了！其实也不完全算被骗。根据资料显示，7月、8月是积丹半岛海胆的盛产期，但巴士行程上的确没注明可以吃到新鲜海胆，只是 Milly 自己幻想至少会附上一粒海胆让大家开心才是。
人都来到积丹半岛了，不吃新鲜海胆不是入宝山空手而归吗？

于是就像其他日本游客那样，也点了 2 人份 1600 日元当天早上才捞起的海胆来独享。卖相虽说没有大餐厅精致，但真的好吃。海胆的鲜甜浓郁加上海水的天然咸度，真是美味得没话说，也只有在渔港边的渔夫餐厅才能吃到这样朴实又新鲜的海味。

绝景积丹岬的主要行程神威岬、海岬及野花是观赏重点。

神威岬

吃了新鲜的海胆之后，坐上巴士，目标神威岬。

神威岬滞留时间一小时，让游客有充分的时间步行，花上 20 分钟至 30 分钟从“女人禁制门”一直走到最前端的神威岬灯塔，观览海岬最前端那像是烛台的岩石。

熟女 Milly 大大方方穿过女人禁制门，原来这里在 1856 年以前都是禁止女人通行的。传说是一个爱慕源义经却得不到回应的女子，在此跳水化成妖魔，之后只要是有女人搭乘的船，就会翻船，因此这里就成了女人禁止入内的区域。

更有一说，那像是烛台的神威岩正是跳水女子化成的。

不过如果真的一直都不让女子通过这海岬，未免也太可惜了，因为这里到了 6 月、7 月会开满ゼンテイカ，非常美丽。（ゼンテイカ又说是禅庭花，应该就是我们说的金针花。）

女人禁制门，现在女人可以大大方方通过。

断崖般的海岬伸向海面，走向海岬最前端，步道两侧是宜人的碧蓝海岸以及野花，一路走下来非常舒畅愉快，不时会被可爱的各式野花给吸引，停下脚步。

导游说这天虽然有点小雨却奇迹地居然没风，是很少见的情况，因为这区域是有名的强风区，会让人连站都几乎站不稳。

如果真的是强风时间，女人禁制门后方的步道会封锁，前往之前或许要查一下天气情况，以免败兴而归。

余市威士忌酒厂

离开了神威岬后，绝景积丹岬的主要行程基本上就已经算是完成了。
可是 Milly 心中暗暗期待的，是另一个可能能去也可能不能去的景点，那就是余市威士忌酒厂。
巴士之前曾在余市威士忌酒厂（余市ニッカ工场）一旁的余市宇宙纪念馆休息过，当时就担心难道这就“算是”来过余市威士忌酒厂了，加上行程表上有注明，如果交通延误了，此段行程可能会取消。
而“余市ニッカ工场”旁还加了注解，“如果因为交通壅塞而延迟抵达，可能无法绕道过去。”

Milly 一路上暗暗焦虑着，毕竟这行程在出发时就有点小延迟。
说起来不夸张，虽说积丹岬真的也是吸引人的海岸绝景，但之所以一直想到这地方，主要还是因为余市威士忌酒厂。说得更正确一点，是为了酒厂的建筑外观。
前往积丹岬都要绕道余市，加上 7 月、8 月是海胆产季，所以才顺便去积丹岬。
因此在 Milly 的概念中，余市威士忌酒厂才是这趟巴士旅行的主要行程，如果有状况不能前去，就太懊恼了。

好在是 Milly 多虑了，巴士很友善地将 Milly 一行人送到酒厂区内，而且大方地给了 30 分钟的时间。
因为是团体行程，首先由熟女导游带着大家进入工厂试饮区，很愉快地试喝了三小杯威士忌（真大方！）。其中最爱的是用余市精选苹果酿造的 Apple Wine，只是不知道这算不算威士忌呢？唉，近日爱上在旅行中小酌的 Milly 似乎熟女度还不够，还是喜欢甜甜滋味的酒。

余市威士忌酒厂是这趟巴士旅行的“主要行程”

据说本来试喝是可以“无限畅饮”的，但一方面酒喝多了容易出状况，还有人每天以通勤（上下班）的方式来试饮，让酒厂很头痛，后来才改成团体客限定试饮。

带着小小的微醺，脚步加快，没跟其他日本观光客一样继续在那里浅酌各年份的威士忌，而是按照地图以“浏览”的方式体验酒厂。也就是说，酒厂腹地其实不算小，如果有兴趣，或许留下更多时间去观览比较好。
号称在自然水质的地域优势下坚持传统技术、灌注热情的Nikka Whisky(余市威士忌)，已经俨然日本的第一威士忌品牌，其中限量商品像是竹鹤21等，更是收藏家的最爱，一瓶难求。

从1936年开始使用的建筑，已经正式登录为“有形文化财”，置身其中，有种不是在日本的错觉。
Milly曾经因为工作关系去过苏格兰威士忌酒厂，来到余市威士忌酒厂竟有点“旧地重游”的错觉，可能是当初兴建时的确是以苏格兰酒厂为蓝图的关系。
花园、绿草，林荫围绕的威士忌博物馆、原酒贩售所、原酒储藏库等石造建筑物可让人很悠闲地散步，也让手上的数码相机贪恋地捕捉着每个时光似乎停滞的角落。
浏览了威士忌工厂后，离开之前买了一樽余市威士忌。
小小的比手掌还小的随身瓶，旅途上分几天加入冰块慢慢小酌，不坏喔。

シングルモルトウイスキー
余市10年

余市威士忌俨然日本的第一威士忌品牌

大正硝子馆的玻璃工房

时尚杂货风的蜡烛工房

3

途中下车暮色小樽

离开了余市后，大约一个多小时就到了小樽。
大部分游客会在此滞留 30 分钟，然后上车回札幌。也有部分旅客跟 Milly 一样在小樽途中下车，继续在这浪漫港都迎向暮色。

已经第几次来小樽了？记忆重叠混淆着，已经不能分辨。
只是贪恋这里暮色中的魅力，因此这次途中下车没有特定目标，重温和确认的成分多于新发现。

小樽是座港口，自古以来商贸活动繁盛，尤其是从大正到昭和初期间，大量金融机构在此兴建开业，让小樽有“北方华尔街”的称号。
诸如旧三菱银行小樽支店、旧北海道拓殖银行小樽支店、旧三井银行小樽支店，这些银行几乎都已经关闭，但欧风气派的建筑物外观却是小樽观光珍贵的资源。
除了气派的银行建筑外，以商都兴盛起来的小樽更是处处留下了仓库、商家、店铺、豪邸等优雅气派的怀旧建筑。依地图去一个个 check 这些历史建筑，是小樽的散步主题之一。

观光巴士下车地点是“北海道中央バス小樽运河ターミナル”，在此可以留意一下，因为这巴士站正是当年的旧三菱银行小樽支店。
然后离开巴士站，目标小樽运河的仓库群。
在往运河边石造仓库群的路上，先被大正硝子馆攀满藤蔓的建筑物给吸引，进去了这以仓库改建的玻璃工房，欣赏一下各式玻璃制品。
看到了幽暗空间中华丽的精巧的可爱的玻璃制品，身在小樽的感觉就一瞬间浮现了，毕竟玻璃工房是小樽的特色之一。如果事先预约，这里也可以体验玻璃工艺的制作。

如不想做玻璃制品，对面还有间蜡烛工房，可以制作独创的自我风蜡烛。

Milly 进去蜡烛工房浏览了一下，以为这里的作品都加入了时尚杂货元素，当做礼物应该不错，最喜欢的是放在店门前石缸内的莲花蜡烛，很有风味。

继续散步，经过挂着灯笼卖着烤鸡肉串、咖喱饭、海鲜盖饭、冰激凌等屋台风（夜市摊贩风）的小樽出拔小路，以及再现昭和二三十年代小樽街道的小樽运河食堂，如此就到了运河一端的浅草桥。

从浅草桥到龙宫桥正是小樽运河最热闹的观光区域，观光客热情地拍着的人力车更是把这里当成揽客的重点区。

Milly 没选择观光路线的小樽运河ふれあい散步道石板路，而是沿着靠近码头那侧的石造仓库群散步。

因为比起热闹的运河道，更喜欢这一侧有些斑驳的仓库模样。

啊，看到了！好熟悉的感觉。这角落是 Milly 最喜欢的小樽角落之一。

透过窄窄的石板巷道可以隐约看见运河，在巷口一端是和风咖啡屋ほとり，ほとり是“畔”的意思，湖畔、河畔、运河畔，纵长的餐厅设计，一面窗向着运河，用甜点时可以选个看得见运河的位置，享受一个悠闲的下午茶时光。

记得第一次路过就被这旧仓库和远离游客喧嚣的石板路巷道角落给吸引（日文中这样没出口的窄小巷道，可称为袋小路），于是选择在靠近运河的露天座喝杯咖啡，享受着幽静的午后时光。

在回忆小樽的时候，这个懒洋洋的舒缓空间总会第一个浮现。

正因如此，来到小樽就一定会绕道过来，确认这幽静的角落依然幽静地存在着。

离开了位于涩泽 B 号仓库的ほとり，继续沿着仓库边的步道前进。有的仓库已经改建为啤酒屋或炭烤餐厅，有的仓库依然是仓库，相同的是在岁月冲刷下斑驳的外观非常动人，忍不住停下脚步细细赞叹一下。

绕到码头边吹吹海风听听海鸥的声音后，回到运河边通过中央桥，在桥上拍下石造仓

比起热闹的运河道，更喜欢这些斑驳的仓库

很难想象没有海猫屋的小樽

望向港口

小樽散步

海猫屋的生鱼海鲜盖饭

袋小路，最喜欢的小樽角落

库群倒映在运河的姿态，这个动作也是来到小樽必做的仪式之一。
夏季日落得晚，即使已经接近 5 点多，运河的水面一点暮色都还没染上，因此没能拍到预想中暮色下的小樽仓库运河。
在桥上巧遇红绿鲜明的小樽观光循环巴士后，下个目标是海猫屋。
几次来到小樽为了寻找海猫屋迷路后，现在已经能很准确地抓到海猫屋的位置，可以一路悠闲停停走走地散步过去。
小樽观光协会、小樽市博物馆、小樽俱乐部、小樽运河工艺馆，一路浏览，再从巷弄进去，很快就会看见海猫屋那依然被藤蔓密实覆盖着的红瓦屋舍。

不过在跟海猫屋叙旧之前，先被对面娇艳的粉红玫瑰给吸引住了。
非常喜欢这样的画面，朴实的老屋前恣意盛开的华丽玫瑰，落差的组合真的很棒。
分心看了老屋玫瑰后回到海猫屋，可惜是在 5:30 晚餐前的小歇时间，餐厅不在营业状态。也还好，只要能看见海猫屋依然没被时代吞没，凛然自傲地伫立着，就已经很幸福。
小樽 = 海猫屋。至少在 Milly 的方程式中，是这样进行着。
没有海猫屋的小樽，已经很难想象。

杂货屋 vivre sa vie+mi-yyu

没能在海猫屋用餐，开始盘算在返回小樽车站的路上找间外观合宜的餐厅吃晚餐。
只是还没发现餐厅，一出了海猫屋的巷道，先看见了色内大通上一家石造古民家改建的自然风杂货屋 vivre sa vie+mi-yyu（ビブレサビ プラス ミユ）。
真是一间好可爱的店，忍不住驻留了一会，在店内流连着。
杂货、绘本、绿色植物是这间可爱杂货屋的主题，小樽果然还是不同了，不然怎会出现这样可爱的杂货屋。

vivre sa vie+mi-yyu

小樽市色内 2 丁目 4-7

11:00~18:00，周一休

杂货屋是明治 38 年（1905）建造的，原本是卖文具、纸张、茶叶的川右商店，店内主要卖从法国进口的杂货和绘本，另外自然风的服饰则是札幌手工艺人的作品。

走可爱风的杂货屋，主题是杂货、绘本、绿色植物

居酒屋花ごころ

离开海猫屋和可爱的杂货屋后，马上在往小樽车站的中央大通上以直觉发现了这间旧银行改建的居酒屋（小酒馆）。
这餐厅原本是安田银行，是颇有历史的建筑物。
进去后更是惊艳，在银行特有的挑高气派空间内很戏剧化地伫立着一株大大的樱花，虽是人造樱花，但姿态很生动，像是真的会迎风飘散花瓣一般。
选了个面向樱花树的位置，点了份 1380 日元的海鲜盖饭套餐。
在等餐点上桌的时候细细浏览着装潢。的确这餐厅有很好的历史建筑物空间，像气派的扶梯、回廊以及厚重的金库铁门，但是在新旧融和的设计上却似乎没能真正善用空间本身原有的气质，有些太急躁地想置入现代时尚元素，用的建材和桌椅又有点廉价，让整体的空间感显得有点轻薄，像是一位老绅士穿上了不合宜的粉红西装。

不是说空间不够美好，毕竟已经足够让女生一下子喜欢起来，只是如果能更用心就更好，服务人员的姿势也有点不正式的感觉，可能是新店，还有改进的空间。

套餐送了上来，嗯……感觉一般，吃下去……糟糕！尤其是生鱼海鲜盖饭，一点都不及格，只有螃蟹脚因为食材新鲜，还颇美味。
心想真不该喜新厌旧，多等个半小时在海猫屋用餐就好。
吃了这滋味平凡到让人失望的花ごころ海鲜盖饭后，怀念起海猫屋那美味得让人记忆深刻的意式生鱼海鲜盖饭。

旧银行改建的居酒屋

生鱼海鲜盖饭

同时感到有点忧伤，想着这美好的古典历史银行建筑物落在不懂得珍惜的人手上，真是遗憾。

离开餐厅，回头再看外观。还是忍不住叹口气，希望这老建筑能有翻身的机会，找到真正的知音。

花ごころ

北海道小樽市色内 2 丁目 11 番地

11:00 ~ 17:00，17:00 ~ 23:00，无休

4

7 月 26 日再游艳阳下的小樽

离开了迎向黄昏的小樽，盘算着旅途上什么时候或许可以再绕道过来，只是没想到再去小樽居然是旅途的最后一日，搭飞机离开日本的那天上午。

Milly 这趟北海道花花草草游晃之旅，是从 7 月 6 日至 7 月 26 日。
行程中没有刻意安排小樽的行程，以为反正小樽离札幌不远，这次在札幌停留的时间不短，应该随时可以前去。
小樽之于札幌，就像镰仓之于东京，一个可以短时间离开大都会换个气氛小歇的所在。即使是乘坐慢车从札幌前往小樽也不过是四十多分钟，班次非常多，更美好的是途中有极大一段路线是贴近海岸线前进的，因此只要想到要在小樽—札幌间往返，心情总像是郊游一般。

天气大好，吃完早餐当然要到小樽散步

假日专用的一日散步きっぷ，请多加利用

只是，或许因为太容易前往，或许是已经去过不少次，以为不是绝对要去。就这样一转眼，一直过了两个多星期才再次踏上这风味港都，而且还是在一阵犹豫之后。
付诸行动的契机是——蓝天！

说起来有点计划之外（天气当然是不能计划的！），这回的北海道之旅，蓝天的日子出乎意料地少。
偏偏在离开北海道的那天，一早醒来看见窗外的蓝天以高姿态呈现着，以为怎能辜负这样的好天气，前一天还在犹豫下午 5 点搭机前的大半个白天该留在札幌还是去小樽，就几乎是毫不犹豫地马上决定是去小樽。

依照前一日演练过的计划，先在 Fino Hotel 高层餐厅吃个丰富的自助早餐。请留意一下这张丰盛的早餐照片，先不忙着感叹 Milly 真是大胃袋，而是留意一下那早餐托盘上倒映的蓝天，是不是很美呢?
早餐后去札幌车站内散散步，在 9 点部分商店开张之后快速买好北海道的旅游纪念品当做礼物，像是六花亭糖果等。
然后开始小樽阳光大好小旅行。

通往阳光小樽之旅的通行证，是一张只有在假日才能购入的一日散步きっぷ（道央圈用）。2040 日元的 PASS，限于周六日或是假日使用，一日 24 小时内可搭乘普通或快速列车从札幌前往小樽、长万部、室兰、夕张、新得，甚至是美瑛和富良野，最重要的是还可以前往新千岁空港。
计算一下，札幌小樽间来回是 620 × 2，1040 日元。从札幌前往新千岁机场，乘坐 JR 是 1040 日元。总共是 2080 日元，小赚 40 日元。
不过因为可以途中下车，所以算是很划算的票券。

堺町地区的地标メルヘン交叉点

搭火车从札幌到小樽，沿线的石狩湾也是美景

小樽最热门的观光区堺町通

当然，如果是前往富良野，光是普通车单程从札幌经旭川到富良野就要花费 3570 日元，这时这张票就更是实惠的假日专用票券了。

题外话。使用这一日道央散步 PASS，到达当日最终站新千岁空港站时不过是下午 3 点多，为了让这张票更有价值，Milly 在机场 JR 售票窗口前拦下一对刚刚抵达札幌的日本情侣，将这票送给两人，让这票券能更充分地发挥，毕竟这张票还有将近 9 小时的效用。
只是 Milly 这突如其来的赠与有些吓到这对朴实的日本小情侣，回神过来也只能傻傻地说谢谢。

从札幌前往小樽建议要 check 一下时刻表，毕竟快速列车比普通列车省时间（即使只是 10 分钟上下）。
乘坐 9:31 发车的区间快速いしかりライナー（石狩快车），到达小樽是 10:10，列车贴着阳光普照的石狩湾前进，心情一下子高扬舒畅起来。

到达小樽站后先拍下月台的煤油灯，然后出了月台，抬头拍下小樽车站大厅最具特色的煤油灯透天窗。离开车站后没像往常那样花上十多分钟从车站步行到运河区，而是买了观光循环巴士券，直接到主要目的地北一硝子三号馆内，之后到周边的堺町地区，再沿着堺町通慢慢散步，走回小樽车站。

巴士下车后绕个弯，先到堺町地区的地标メルヘン（德文 marchen，童话之意）交叉点，在这交叉点上有石造长夜灯和蒸汽时钟，不去计较那观光客喧闹声的话，会以为这里的景观还真有点威尼斯风情呢。
很久没来，小樽堺町通似乎变化很大，除了原有的玻璃工房、历史老屋和怀旧风情杂货屋外，多了很多甜蜜的元素，就是多了很多甜品屋。

小樽车站的怀旧之物：煤油灯及玻璃窗

先看见了洋果子屋 LeTAO，不但看见了放在橱窗内像是宝石般的精致巧克力，还有各式华丽的蛋糕，要全身而退不买些甜点甜甜嘴巴还真要有点意志力。

在距离 LeTAO 不远的对角还可看见一个很时尚的建筑，那是 LeTAO 的巧克力专卖店 le chocolat，Milly 路过时正好店员拿着招牌巧克力大方地让游客试吃，嗯，好吃！很浓郁又滑润。

LeTAO 一旁是北海道甜品屋大当家六花堂，六花堂旁边是泡芙人气热卖的北果楼。

北果楼及人气商品泡芙

北果楼泡芙

北果楼简直就是甜点的乐园，不但有现场烘培的人气商品树轮蛋糕妖精の森和夹心饼干はまなすの恋（浜梨之恋），还可以买到各式各样的泡芙。

泡芙的名字都很浪漫，像是梦不思议、北の梦之类的，Milly 忍不住买了个梦不思议来吃，好吃，很推荐。但就是因为吃了这泡芙，本来要去的堺町通上老屋咖啡屋さかい屋就放弃了，只在那百多年历史的老屋前流连了一下，未能入内吃份和风甜品。

煤油灯餐厅北一ホール

顺着堺町通继续散步来到北の大地美术馆边的北一硝子三号馆前，几乎是毫不犹豫地直接进入那充满了煤油灯的餐厅北一ホール，印象中这里的餐食只是 ok 而已，但餐厅整体的气氛却是绝伦。

为了入内体验那气氛，以往都会不好意思点些餐点当做入场券，这次一方面是时间有限，一方面是要留着食欲去一间海边餐厅用餐，于是厚颜地只是站在入口和侧门窗口拍下照片，就摸摸鼻子装作没事走开。
镜头下那布满煤油灯的北一ホール气氛依然不辜负期待，如果时间再充裕些，即使餐饮普通还是愿意点杯咖啡，慢慢品味这不论白昼黑夜都持续演出着浪漫灯火的空间。
记得有次前来，餐厅中央正进行着钢琴现场弹奏，灯火摇曳下那遗世的悠然感颇让人印象深刻。

Hotel VIBRANT

继续散步，沿着堺町通穿过寿司屋通，在日银通上的三角街口上看见 Hotel VIBRANT，这也是小樽回忆路径上要 check 的建筑物。
只是似乎每次来都有些小变化，这次看见这旧北海道拓殖银行小樽支店改建而成的旅馆，在欧风玄关入口处挂上了 Chocolat De Nord 的标志，后来查了一下资料才知原来这是首次引入日本的比利时精品巧克力，开在 Hotel VIBRANT 的巧克力店是由比利时的巧克力师傅和日本太太一起经营的。
这次发现小樽多了很多精品手工巧克力店，倒也不感到突兀，跟小樽整体欧风典雅建筑群很搭配。

只是 Milly 的目的不是那巧克力，而是旅馆附属的咖啡屋。
阳光透过玻璃窗洒入，偌大咖啡屋只有吧台前一个跟中年女服务生聊天的中年男子。
整体空间泛着懒洋洋的沉淀空气，似乎是唯一店员的中年妇女也没有殷勤招呼的意思。
倒是非常有设计感的咖啡屋桌椅上放着一个个“预约”的牌子，看来是已有团体包下下午茶时间了，不知怎地安心起来（笑），这样没有包装企图却拥有如此美好空间的旅馆，真的不希望被淘汰掉。

本来就是一个可以不用消费就能够进去参观的空间，因此可以很自在地浏览着各角落，非常喜欢咖啡屋磨石子地上镶上的一条条游动的鱼，来到这旅馆请记得不要只往上看和旁边看，请把目光移下来，看看那在各角落一条条游动的鱼。

满足于 Hotel VIBRANT 的典雅浪漫后，脚步毫不留恋地快快前往小樽车站，下个目标是在返回札幌路线上一个普通车才会停靠的小站“钱函”。

拥有美好空间的 Hotel VIBRANT 及附设咖啡馆

5

钱函站的无敌海景餐厅

为什么要在钱函站下车?
当然不单单因为这是站名寓意很吉利的车站（钱函是钱箱的意思，来此一游就可提升财运），更在于这靠海的车站旁有一间可以眺望整面石狩湾的意大利餐厅瘉月。
这是 Milly 在函馆的咖啡屋翻看杂志时发现的海岸餐厅。
一眼就被那可以以最大的角度看见大海的餐厅设计给吸引住了，当时就立刻将地址记在随身的笔记本上，计划回札幌时可以绕道过来。

出了钱函车站，即使是路痴 Milly 也能轻易走到瘉月，因为从火车上已经看见瘉月很明显地伫立在岸边，出了车站左转走过去不用三分钟。
不是很时尚摩登或古典风味的意大利餐厅，基本上更像是地区性的家庭式餐厅。
只是视野真的是一流，靠窗的位置设计为一个个包厢，每个小包厢的桌子都面窗，都能清楚地看见无边广阔的海湾。
Milly 幸运地占据了餐厅最前端的三角窗位置，完完全全拥有整面蓝天碧海。
窗外可看见海鸥逆风飞行着，另外，对于号称是女子铁道迷的 Milly 来说，另一个绝佳的享受是可以看见沿着海岸行驶的列车。

这样的绝景餐厅，这样的蓝天好天气，让人满满地幸福起来。
至于餐点，其实颇用心，但不到美味的标准。谁管这些呢（喂！这会伤了大厨的心）!
能看着如此无边海景用餐，吃什么都是美味。
如果你不想来这家未必好吃的意大利餐厅，车站的正对面还有间老外开的咖喱屋，一样有面海的位置，可以参考一下。

瘉月

小樽市钱函 1-23-2

11:00 ~ 15:00，17:30 ~ 21:00，周一休

[上图] 可爱的海边小站钱函
[中图] 癒月的意大利料理
[下图] 癒月无敌海景

富良野

好天气就去富良野吧！

夏天还是该去看看薰衣草

- 寿司屋ふらの海の花
- 富良野 · 美瑛ノロッコ号
- 富田牧场

第几次来到美马牛？

- 美好咖啡屋 Gosh

夜色列车前进极北稚内

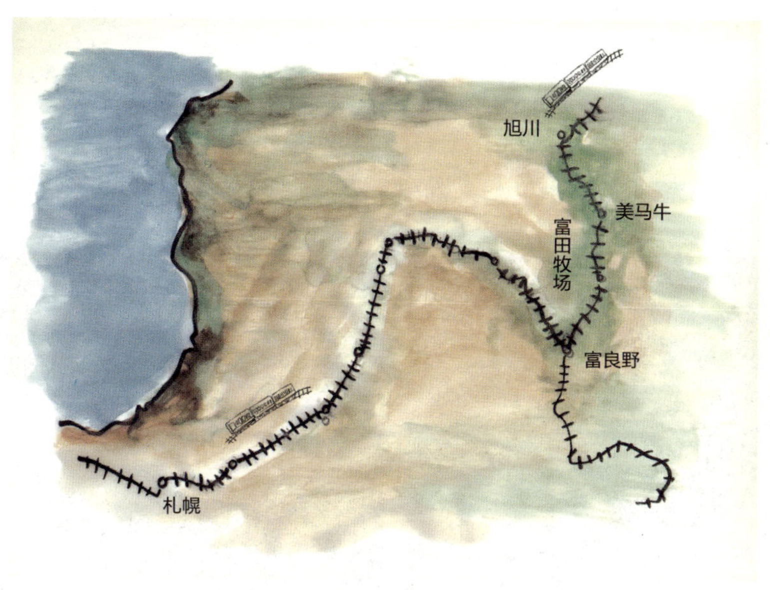

1

夏天还是该去看看薰衣草

7 月 9 日是开始使用北海道周游券 10 天选 4 天的第一天。
可是问题发生了，北海道周游券必须在购入当天开始使用，这样的话，Milly 在出发前精心规划一早从札幌前进稚内、预计下午 1:30 到达之后立刻开始游览最北端宗谷岬的行程就行不通了。
因为上 JR 北海道网站确认，出售北海道周游券的 JR 总和咨询处是在早上 8:30 开始服务，很不巧，最早一班特急也正是在 8:30 开出，而下一班直达稚内的特急是 12:37 开出 18:11 到达，基本上什么行程都已经不能进行。
发现这状况后，Milly 当机立断改变计划，加上天气预报说这天富良野天气极佳，于是将三天后的行程提前，先去富良野和美马牛，再搭上最后一班经由旭川的特急前往稚内。

富良野薰衣草特急

这灵机一动反而意外地让 Milly 能更完美地连接了一些有特色的季节列车。

这天的完美路线是在翻看时刻表发现 9:06 有班直达富良野的特急ラベンダーエクスプレス（富良野薰衣草特急）后，开始启动。
薰衣草特急 9:06 从札幌出发，到达富良野是 11:02。在观光服务处寄放好行李吃过午餐，搭乘 11:52 的富良野美瑛ノロッコ号，12:13 在薰衣草田临时站下车，充分游览后，搭上 14:20 前往美马牛的列车。
之后预计在美马牛的 Gosh 下午茶，再继续搭上 16:09 返回富良野的列车。拿回行李，搭乘 16:55 往旭川的列车，到达旭川后时间依然充裕，计划在站前百货公司地下街买些在车上吃的料理，搭上 19:11 前往稚内的特急，22:47 到达。
是不是一分钟都没浪费呢？自己对这样的行程很满意。

其实以时刻表来看，从美马牛也有可以直接到达旭川的列车，但是为了方便寄放行李，就还是以富良野为中间点。
不过比较失算的是，后来发现其实可以购入北海道周游券的柜台在 7:30 就开始服务了（这点真要抗议，为何所有官方资料都写 8:30 呢），也就是说，Milly 最早的计划是行得通的。
不过换个角度看，Milly 因此在好天气下完成了行程，算是意外的好结果。

同时因为要确实观察 JR 总和咨询处的营业时间，Milly 特别拉着行李在一旁的宫越屋咖啡用早餐，也因此享用了好咖啡。

札幌 JR 总和咨询处（观光服务处）

ふらの海の花

富良野市日の出町 4-19

11:00 ~ 24:00，周二休

寿司屋ふらの海の花

沿路愉快地看着窗外的田野麦田，很快就到了富良野。

回想一下，上次在 JR 富良野下车是多少年前的事了？因为即使还算是常搭乘 JR 富良野线，但目的地都是美瑛或美马牛，JR 富良野车站几乎都是过门不入。

本来 7 月 14 日已经预约了富良野站边的时尚商务旅馆 Furano Natulux Hotel，想好好熟悉一下富良野车站周边的消费形态。只是一方面发现从南富良野到带广比较顺路，另一方面看了一下旅馆，以为周边和外观不如想象中时尚，于是取消了预约。到底有没有因此错过了美好的住宿经验，就不得而知了。

没住宿在富良野车站周边，倒还是发现了一间美味餐厅。

本来 Milly 计划中要去吃的午餐是くまげら餐厅的招牌富良野生和牛盖饭，只是因为くまげら午餐时间是 11:30 开始，距离 11:52 富良野·美瑛ノロッコ号的开车时间太紧迫，只好作罢。

本来想就算了，等到了美马牛再吃，可是闲晃下发现距离车站不过一分钟有间干净漂亮的海鲜料理寿司屋ふらの海の花在 11 点已经开张，门前还贴着中午推荐套餐天妇罗盖饭 800 日元有找，于是毫不犹豫推门进去。

第一印象是干净又很时尚的寿司屋，本来以为是开张没多久的新店，没想到一问，原来已经迈入第四年了，居然还能保持如此干净亮丽，真是用心。

Milly 是当天的第一个客人，于是坐在柜台座。只是才喝着热腾腾的麦茶，中年女服务员就带着商量的意味跟 Milly 询问时间是否充裕，因为师父还刚在准备食材。一听说要乘坐 11:52 的列车，服务员和厨师一商量，断定如果点天妇罗盖饭一定时间不够，因为还要热锅。

于是点了不用烹调的大好评レディースセット，也就是淑女限定寿司套餐。

没想到这套餐还真是好吃。套餐不是一次端出，而是在上了真材实料超好喝的味噌汤后，师傅才在眼前以纯熟手势一个个捏好寿司，放在盘中让客人依序享用，真有点高级寿司屋的味道。

不光是形式上很用心，寿司更是材料新鲜，大小适中，一口下去尽是满足。

中途更送上刚刚出炉的茶碗蒸，餐后还有香醇咖啡一杯。

10 贯寿司里面包含了甜虾、鲑鱼卵和新鲜蟹脚，而这每样餐点都非常用心精致的午餐居然……才 900 日元，大大推荐给你。

富良野·美瑛ノロッコ号

吃了美味的午餐，愉悦地搭乘富良野·美瑛ノロッコ号去。

算好时间，要搭上这辆在薰衣草季节行驶的观光列车，当然想在临时駅“ラベンダー畑駅”（薰衣草田临时站）下车，以最近的路程前往ファーム富田（富田牧场）去看满山遍野的薰衣草。

说句老实话，在富良野涌入愈来愈多的海外观光客，薰衣草田愈来愈具观光规模后，Milly 对于这列车或薰衣草田早已没有过多的期待和兴致。但是夏天来到北海道，又是薰衣草盛开的 7 月，刻意避开薰衣草路线也未免太乖僻，所以这趟行程几乎可以算是义务性质，同时也多少怀念起十多年前第一次来到富良野时邂逅那满山遍野薰衣草时的兴奋感。

不过说是这样说，在美好天气下坐上可以打开窗户让微风吹入的列车，还是很容易就扬起了郊游般的好心情。

一个人的旅行，暗暗的雀跃是必备的能力。

除了薰衣草田，沿路的麦田也已经开始染色，风一吹，金黄麦浪翻起，不由得想起《小王子》故事里那只要求小王子驯养它的金黄色狐狸。

同样的，搭乘这列车，列车长在查票时会送上乘车证明书签，这似乎是所有观光列车的必备项目。

另外，这列车不是全车指定席，有加挂了自由席车厢，方便临时兴起的搭乘。

不过东南亚或东北亚的观光客还真多，广东话、韩语和熟悉的普通话此起彼落，真有参加旅行团的错觉。

列车以时速 30 公里的速度，经过山丘、麦田、薰衣草田，很快就到了临时站，走到区内最大的薰衣草主题农场富田牧场大约 7 分钟。

富良野·美瑛ノロッコ号

富田牧场安静角落

在临时站不开放的日子，就必须在“中富良野”下车步行约 25 分钟至 35 分钟。
旅途上 Milly 看见不少海外游客在中富良野下车再走过来，似乎这样还可以同时观赏中富良野周边的町营ラベンダー园。

富田牧场

富田牧场真的是充满了薰衣草，不光是看的薰衣草田，还有吃的薰衣草冰激凌、薰衣草料理以及各式各样薰衣草手工制品。
Milly 派出旅行小熊 DK-Bear 代替自己，拍下到此一游的照片，幻想自己是摄影大师，用不同的角度去捕捉那满山遍野的薰衣草。
说起来富田牧场的确是典型的观光农场，每个角落都想你去消费，好在整个农场腹地很大，要离开喧嚣找个较为安静的薰衣草角落还是有可能的。
充分拍下了薰衣草后，不知为何，竟有点北海道夏日计划已经完成的错觉，毕竟北海道的夏天没有薰衣草，就似乎不是夏天的北海道。
1958 年从福井县移居北海道的富田德井先生在此种下第一株薰衣草时，绝对没想到他居然可以创造出这样一座每年有百万观光客到来的花田。

在富田牧场完成了薰衣草主题之后，在等候列车前往美马牛的空当，更是很满足地花了二十多分钟在临时站边深入田埂去拍下那一大片麦田。
真是一大片麦田呢，只是麦田似乎才刚刚开始变金黄色，中间还夹杂着绿色，感觉很像染了金发的辣妹发根却长出了黑发的怪模样。

富田牧场薰衣草田

富田牧场麦田

[上图 4 幅] 冬夏两季不同表情的美马牛
[左下图] 青年旅馆
[右下图] Gosh 咖啡馆

2 

第几次来到美马牛?

离开了富田农场，下一个目标美马牛。
这是第几次来到美马牛？记忆已经很混乱，但可以确定的是，只要来到北海道，几乎都会来到美马牛。甚至对 Milly 来说，富良野几乎是跟美马牛画上了等号，正如一般人或许将薰衣草跟富良野画上等号。

而 Milly 关于富良野的美好记忆，更是几乎都浓缩在美马牛。
曾经跟着朋友来到美马牛车站周边的菊地晴夫写真咖啡屋度过美好的午后、曾经一个人穿越夏日的田野在迷路中第一次邂逅了美马牛小学、曾经在一次至今都迷惑的状况下看见了距离车站三分钟的路径上那整面延伸到天际的向日葵田、曾经为了拍那一捆捆的牧草堆而私闯田地、曾经在等车返回美瑛时的一个美好黄昏天空下拍下铁道旁的美马牛青年旅馆、曾经在零下 25 度游晃试图拍下白雪一色的美马牛。

多次造访，记忆满满，但对于美马牛的探访兴致却依然不减，这次更是要来专程喝杯咖啡。
上次前来是零下 25 度的寒冬，手上没地图，没把握找到那间在美马牛麦田边的自家烘焙咖啡屋 Gosh。这次准备万全，不但手上有地图，而且也事先 check 好营业时间，加上一个万全的好天气，完美。

从咖啡屋回到美马牛车站时，先是像仪式般穿过车站的铁轨看看不同季节里不同的田野和房舍模样。
六个月前这里还是豪雪覆盖，这次再来，房子的表情却完全不同地陌生起来。
然后也如以往一样拍下月台边的美马牛青年旅馆，对照《日本大旅行》旅游书封面，在不同的光影下怎么差这么多。
所以常会想，每张照片都是一个完美的邂逅，只是那一瞬。
就像是 Milly 在返回富良野的列车上看见那背着笨重行李带着自行车的旅人一样，Milly 跟他共有这车厢空间，就是那十多分钟，然后就各自踏上旅途。
一期一会？这么说是有些小题大做也不一定，但是细细想，不就是这样的感觉吗？

美好咖啡屋 Gosh

资料上写着 Gosh 距离车站步行 3 分钟，但如果加上迷路的 3~5 分钟，实际上最好预计要走 7~8 分钟。
这位于住宅区边的 Gosh，真是盛况啊，门口停着各式各样的车，看来走路前来的似乎只有 Milly 一人。
除了开车，骑自行车在美瑛山丘散步后绕道过来的游客也不少。

看见 Gosh 被花草围绕像是间舒适居家的外观，Milly 的第一个感觉是终于来了。
第二个感觉是如果有一个想要住在美马牛的理由，这咖啡屋应该是很大的诱因。
第三个感觉是这间咖啡屋的背后一定有位很棒的老板，否则怎么可以在这麦田环绕的务农地区开了一间如此棒的咖啡屋。
如果你爱咖啡屋，相信一定会对这咖啡屋一见钟情，甘于被它俘虏，下次还是会跋山涉水而来。

Gosh 老板的名字是“坂井雄”，出生于大阪。
多年前来北海道旅行，被北海道雄伟的自然景观魅力给征服，于是决定定居美瑛，同时立志要在美瑛开店。
为了开店，坂井雄先生不但经历了八年多的料理学习，更花了七年借了当地农家的仓库，苦心研究，希望找到自家咖啡的烘焙特色。
之后首先以咖啡豆的经销和邮购为业，2002 年终于在美马牛的山丘上开了这间 Gosh。初期依然是以卖咖啡豆为主，但为顺应客人想在此悠闲喝杯咖啡的心愿，加上坂井雄本身对面包和料理的热诚，Gosh 目前已经是一间“咖啡、面包和料理”都是主角的咖啡屋。

因此 Milly 虽说已经吃了午餐，在下午 3 点还是点了丰盛的三明治和冰咖啡。
座位则是选择了阳台位，毕竟这是夏天才有的特权，冬天阳台位是不开放的。

真是个美好的午后，只因为在 Gosh。
首先冰咖啡超好喝，而且冰块不是那种制冰机的冰块，而是用冰刀锉出的迷你冰山状冰块，这点小小的用心最能让 Milly 感动。
然后面包好吃，软硬适度，愈嚼愈有香味。Gosh 的网站上这么写着："只要有面粉、酵母、盐和水，就能做出美味的面包，因此 Gosh 为了做出美味的面包，就更加严选这些让面包美味的食材，让大家能吃到来自美好食材的美味。"

因为面包实在太好吃，后来 Milly 又买了外表朴实却味道实在、口感十足的面包，当做隔天在稚内的早餐。
另外面包夹的馅料更是不能不大大赞许，居然是很少见的香草炖煮牛肚，牛肚调理得非常入味，香草的香味中暗藏辣味，配上新鲜的蔬菜，让人停不下口，也充分体会到在这咖啡屋，咖啡、面包和料理都是主角的坚持。

开在农场间、坚持自家烘培咖啡豆的 Gosh

在 Milly 的桌位两旁，有两个女子点了蛋糕下午茶。蛋糕看起来都很好吃，Milly 要压下干脆也点份蛋糕的冲动可是要启动很强的意志力呢。
其实真的很想跟那两位拿着相机专心拍着蛋糕的女生商量，蛋糕可不可以也借 Milly 拍拍。但是实在是太失礼，最后还是忍了下来。
另外有一个骑着自行车前来，装扮和气质都像是女性生活杂志模特儿的女生，在另一桌优雅地吃着丰盛的午餐套餐，有沙拉和一篮丰盛的面包，更有看起来超美味的肉料理。
Milly 除了忍不住多看了几眼女子的优雅用餐姿态外，更忍不住一直盯着那看来很美味的肉料理。
不管了，Gosh，跟你约定了！下次来到美马牛一定要大大地享用这有肉有蛋糕有一大篮面包有咖啡的全餐。

来到 Gosh，当然不单单可以满足味觉，视觉也有充分的享受。
从咖啡屋一出来，只要 10 秒就可俯瞰整片山丘田野，不同的季节和天光下想必都是美景。
Gosh 已经不单单是一间咖啡屋，更是一个职人坚持的象征。顾客买下一件印有 Gosh 字样的独创 T 恤，可能正是对这坚持的肯定。
依依不舍地离开 Gosh，回头再看一眼，旅途上有这样的咖啡屋真好，美马牛有这样的咖啡屋真好。

说起来，每次介绍这样的咖啡屋，心里都有些矛盾。
怕不懂它的客人误闯进去，乱了它的节奏。更自私地想只让自己拥有！虽说很多这样的咖啡屋早被大家的文字给宠爱着。
原来美好的咖啡屋会让人犹豫又矛盾起来。

Gosh

上川郡美瑛町美马牛市街地
10:00 ~ 17:00，周二定休
http://www.tekipaki.jp/ ~ gosh/

3

夜色列车前进极北稚内

列车到达旭川是晚上 6:17，距离 7:11 前往稚内的特急列车时间还颇久。

旭川站前虽然规划有“平和通买物公园”步行街，但实际上并没那么好逛。

首先，站前虽然有西武百货和丸井百货，周边也有些服饰店，但是品牌不多，店面也大多在 8 点以前就结束营业。即使是餐厅，Milly 以为选择也不是很方便，可以推荐的几乎只有吃旭川拉面的梅光轩。

因此千万不要期待在旭川可以像在东京或大阪一样，先在白天旅游之后再回到旭川市区疯狂血拼，不期待才不会失望嘛。

Milly 在旭川途中下车，大多是利用距离车站不过两分钟脚程的西武百货，馆内有三省堂书店、Loft、MUJI 和地下食品街，买买食物、逛逛书店、翻翻 MUJI 的打折衣物，可以很快就消磨转车时间。

稚内サンホテル

坐上往稚内的特急列车，先打开电脑将当日拍下的照片存档，然后拿出在百货公司地下美食街买的烤鸡肉串、余市买的威士忌、飞机带下来的花生米，来个车上自家居酒屋时间。

车外已是一片漆黑，什么也看不见。
想起多年前（远到几乎已经不复记忆的多年前）刚刚开始在日本自助旅行，也是这样利用 JR Pass 一路从旭川前往稚内。
那时对稚内完全陌生，日语也不通，想到这个日本最北端的城市不知是多么荒凉，心里难免忐忑不安。记得那时的确只是为了前往最北端的宗谷岬，也的确拍下到此一游的照片，其他的记忆就几乎是模糊了。

看着窗外的一片漆黑，突然回想起当时的一个画面。
那次前往也是夜车，手上是一本西村京太郎关于夜行列车杀人事件的推理小说，如果没记错，应该是“宗谷本线杀人事件”之类的书名。
如果对推理小说有兴趣的话，真的颇推荐像这样乘坐哪一条路线就看哪一路线的杀人事件，一站站对照更有临场感。
虽说Milly当年的记忆有些模糊，但对于当时边看宗谷本线推理小说边前进稚内的乐趣，还是很深刻的。

就这样，三个半小时多的车程中看看小说（只是那天Milly看的是恋爱小说），喝着小酒，微醺中到达了稚内。因为时间已经接近 11 点，原本就不热闹的稚内车站周边更是一片漆黑死寂，没方向感的 Milly 只好凭着直觉往较亮的方向走去。

选择稚内サンホテル（Sun Hotel），是看在它距离稚内车站步行 5 分钟的优点，同时距离新渡轮码头也是 15 分钟左右。
一晚房价约 6500 日元，房间虽然有些残旧，好在空间够大。在旺季中，稚内的旅馆相对房价偏高，可能是旅馆不多的关系。
稚内的前一站“南稚内”似乎有较多新旅馆，不过想到第二天一大早要去码头，就还是选稚内车站周边的旅馆。
Milly 利用网站订房，选择的是“出张応援プラン”，出差应援 plan，每住宿一晚附送啤酒一罐。这么一来，Milly 似乎也变成了带着疲惫身躯入宿、洗完澡打开罐装啤酒，哗地一口喝下，说句“最高”的中年上班族。

稚内サンホテル

稚内市中央 3 丁目 7 番 16 号

http://www.sunhotel.co.jp/

稚内码头上时尚风的航运公司

エゾバフンウニ
が食べられます。

礼文岛、利尻岛

前往花的北方岛屿

什么都没有的稚内车站

花之浮岛礼文岛

- 礼文花烂漫
- 桃岩展望台
- 猫岩
- スカイ岬（澄海岬）

利尻海味巡礼

- オタドマリ沼
- 仙法志御崎公园
- 人面岩、寝熊、甘露泉水

1

什么都没有的稚内车站

搭乘サイプリア宗谷（CYPRIA SOYA，小喜普兰鞋宗谷号）前往礼文岛

稚内车站前真的是什么都没有，是那种几乎没有兴致拿起相机拍照的地方。

什么都没有，唯一可以购买些饮料、便当、熟食之类的便利店，只有街口那间北海道独有的有一只红鹤标志的便利店“サイコーマート”。

这时就很开心前一天很聪明地在 Gosh 买了面包，让 Milly 在稚内的早餐不至于太过单调，多了些幸福的滋味。

不过很有意思的是，这样单调无趣的稚内车站周边，却有一个异常时尚的航运公司 HeartLandFerry。2008 年 5 月 12 日才刚开始营业，整体还是很新颖光鲜，主体的颜色居然是粉红色。粉红配上深蓝的企业 ID，整体的逻辑完全是都会风格，Milly 以为背后一定有个设计高手。

全新的渡轮码头还有都会风的日式居酒屋以及意大利餐厅，更有一间可以看见渡轮入港出港的咖啡屋。Milly 完全没预料到稚内的渡轮码头居然会有这样一间放在东京也不奇怪的咖啡屋，于是即使已经自备早餐，仍忍不住进去点了杯咖啡，当然只是为了消费这咖啡屋的空间。

在这码头可以搭乘渡轮从稚内往返利尻岛的鸳泊港和礼文岛的香深港，Milly 预计搭乘最早一班船先到礼文岛，之后再搭渡轮前往利尻岛。

在 7 月，最早一班前往礼文岛的渡轮是早上的 6:20，预计 8:15 到达香深港。单程票价二等舱是 2200 日元，头等舱则是 3880 日元，Milly 以为不用坐到头等舱，因为二等舱已经够舒服。虽说那天搭船的人真是很多，不但有散客还有不少旅行团，二等舱坐满了人，连和风的榻榻米席也几乎是一位难求。

在日本最北端的稚内，7 月居然不到 4 点天就亮了，于是习惯早起的 Milly 在 4 点多就精神奕奕地醒来，5 点多就悠悠闲闲往渡轮码头走去。

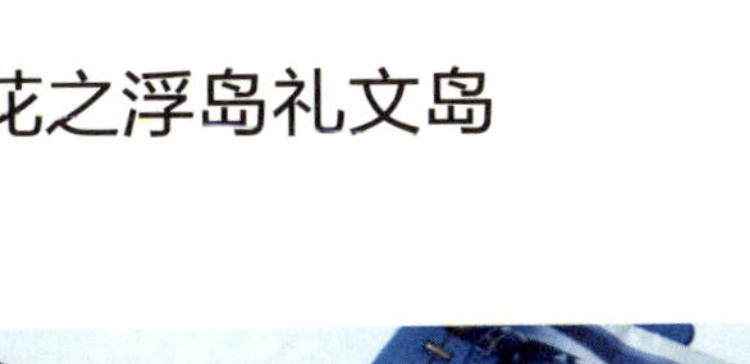

花之浮岛礼文岛

单身游客的选择，巴士环岛

说起来，本来前往稚内的目标很单纯就是礼文岛。几年前看了一本杂志上夏季礼文岛的高山植物花卉照片后，就无可救药地爱上了那遍地野花的景致，从此对于这有“花の浮岛”之称的礼文岛便像是对于圣地一般神往不已。

不过能拿到的资料不多，大约只知道 7 月、8 月是高山花卉盛开期，船班较频繁。

岛屿不大，开车的话两个小时不到就可绕一圈，因此最好的方式是住在岛上的民宿，然后以徒步的方式慢慢游览岛屿。有个日文网站“礼文岛を歩こう！”就是建议如何在岛上徒步观赏自然景观。

骑自行车？ Milly 在岛上的确有看到一个人骑车环岛，但看上去很疲累的样子。岛上风大坡道多，骑自行车或许不是最佳的环岛方式。

另一个建议是租车环岛，开车进入渡轮，再继续开车旅游。

如果是利用大众交通工具，岛上的巴士班次不多，可租的车辆有限，都要留意。

像 Milly 这样没参加旅行团，时间有限，也不能在岛上住宿的自由游人，最好的建议可能就是参加当地的观光巴士环岛行程。

刚开始有些担心，那么一大船的人都要搭乘那观光巴士，会不会客满，被迫只能用步行在港边作小范围的旅游？

好在担心是多余的，因为大多数游客都是从日本各地来的旅行团，下船就有大巴士接走。散客有的自己开车，有的会先入住民宿再徒步或由民宿安排车辆环岛，在当地参加观光巴士团的人毕竟不多，一辆 20 多人的巴士就够了。若真的客满，巴士公司也会再调度车辆加班行驶。

幸运的是，在稚内码头等船时，Milly 拿到了一张宗谷巴士 2008 年夏季观光巴士的时刻表，在那张薄薄的纸上居然发现了一个完美的行程，可以在一日内顺路同时游览礼文岛和利尻岛。
看来两个岛屿的观光单位已经私下商量好，协调出这么一个互惠的线路。

线路是这样的：如果是先到礼文岛，就在稚内码头搭上 6:20 的渡船，8:15 到达香深港，在码头购买观光巴士券，搭上 8:30~12:50 的礼文花烂漫环岛行程。之后在码头边的餐厅用午餐，然后搭上 13:45 开往利尻岛鸳泊港的渡轮，14:25 到达之后再购票参加 14:35~16:55 的利尻观光巡礼行程，行程结束后搭上 17:30 返回稚内的渡轮，预计 19:10 到达稚内港。
真是连接得完美无缺，但要注意的是，这是 6 月 1 日 ~8 月 31 日的时刻表。

如果先到利尻岛，就是在稚内码头搭上 6:30 的渡船，也可以顺利搭乘相关的观光巴士，完成两座岛屿的旅行，大约晚上 7 点返回稚内。起不了床或赶不上第一班船的，还可搭乘 7:50 的渡轮，一样有一套换乘的游览方式，只是巴士行程可能就会少一些，不能观赏到礼文岛的全貌。

憧憬的北方岛屿一日之旅，从稚内到礼文岛，船票 2200 日元，参加礼文花烂漫是 4000 日元，从香深港到利尻岛是 780 日元，参加利尻观光巡礼 2800 日元，搭船返回稚内是 1980 日元，总计 11760 日元，不含午餐的 850 日元。（因为花费有些高，所以忍住没吃当地现采的海胆大餐，哎，有些后悔呢！）
以费用来说的确有些高，但是以体验来说却是非常值得，毕竟如此自然好景只有在短短的 7 月、8 月才能观赏得到。

环礼文岛，方式有：开车、骑重机或自行车

礼文花烂漫

从渡轮下来会看见一张海报，提醒大家下船时踏踏步！咚咚地甩掉鞋底的泥土，好减少经由鞋底不经意带进来的植物种子。外来植物会破坏利尻礼文サロベツ国立公园（沙罗别滋国家公园）大约 300 种珍贵原生高山植物。

渡轮准时在 8:15 左右到达，观光巴士开车时间是 15 分钟后。
很紧张地提早到下船口等（毕竟船上的乘客很多，怕太悠闲会耽误买票时间），下了渡轮，立刻冲去买观光巴士券，好在码头不大，而且巴士购票窗口跟渡轮候船室是在同一空间内。
搭上观光巴士，胖胖的自称是海狗亲戚的年轻导游，发给大家礼文岛行程和乘车证明后，愉快的花之浮岛三小时旅游，出发！

要说这礼文岛巴士小旅行之前，要先好好地说说这次的巴士导游。
Milly 以为正因为有这当地导游（礼文岛出身）那生动活泼的说明，才让礼文岛旅行乐趣倍增。
年轻女导游出生于礼文岛，在此读完高中，然后当上观光巴士的随车导游。
从小就在岛上生活，所以岛上每个角落都很熟悉，学生时期也一如所有岛上高中生一样都要参加拔除外来品种植物的义工服务。
为了当导游，她必须熟记岛上每一种植物的名称和生态，那可不是简单的事，毕竟岛上的植物品种有 300 多个。据她说，刚当导游时可是整只手都要写满小抄，像文身一样（哈）。

礼文岛 FLOWER 专辑

可爱的导游除了一路跟大家详尽说明各类高山植物和花卉情报外，也分享了她的高中生活和岛上趣事。

像是她因为太活泼很爱说话，生病请假时老师居然跟她说你不在时教室“安静得很恐怖”；当日剧组来岛上拍摄时她自我推荐当上了大配角；高中毕业仪式是乘船绕岛一周。然后，日本最北端的高中，毕业旅行居然是去最南边的冲绳，一切都因为班里的导师自己一意孤行想要去。还有，岛上只有两个红绿灯，不是为了车辆的交通，而是希望岛上的小孩去都会时不要连红绿灯都不能辨识，也因此红绿灯就设在幼稚园旁边，运气好时还可以看见老师带着小朋友过马路的都会实习情景。

这个才 20 多岁的女导游不像之前积丹半岛的资深熟女导游那样开口闭口都是敬语，而是完全的正常口语，听起来很亲切，一点都不做作，言谈又幽默，不是刻意说笑，但全车却是笑声不断。
可能她真的是太好笑了，很多客人都建议她去报名吉本兴业，当个搞笑艺人。

桃岩展望台

重新回到行程上。离开港口，第一个目标是南端的桃岩展望台，正如字面所述，就是要去看一座像是桃子的岩石。
不过大家的重点当然不只是要去确认岩石像不像桃子（Milly 以为比较像叉烧包），更重要的是要去观赏高山植物花卉。

桃岩

导游很认真解说每一种高山花卉，可是那些怪怪的外来语，Milly 还真是一个都记不起来，只是满足在亲眼看见满山遍野高山花卉的喜悦中。

不同时节能看到不同的花卉，像是那珍贵的铃兰早在 6 月初就开过了。
不过即使如此，当日看见的花卉还是很精彩。Milly 个人最爱那像是“逗猫棒”的粉红花，真是非常娇艳可爱。另外，那些粉黄的粉红的粉紫的花卉，以及爆出一颗颗白色花球被导游戏称是“章鱼烧”的海岸植物也很惹人怜爱。
大家在导游的引导下沿着微雨的路径穿梭，认真听着讲解，像是乖学生一样，同时也都很认真随着导游的花卉发现，惊呼着：“啊，好美！好可爱！”然后像是大写真家一样蹲下来，用镜头去捕捉那小小的花朵。

猫岩

满足了高山花卉巡礼，下一个目标是猫岩眺望。
仔细看看，是不是真的很像是一只有些“猫背”（日本人形容腰板不挺直的样子）的猫咪面向海面休息着。喜欢猫又喜欢花的 Milly，能看见猫岩又看见憧憬的高山花卉，大大满足，心里一直忍不住低呼着：“能来到这里真好！”

猫岩（海中突岩）

スカイ岬

烤鱼午餐

スカイ岬（澄海岬）

离开桃台猫岩，巴士沿着没有人烟又空旷的山野道路，一路蜿蜒愉快前进，到达スカイ岬。

在这小渔港里可以看到透蓝的海湾，登上眺望台更可看见云雾中的壮丽海岬，此外还可在周边的商店买纪念品或吃份超新鲜的海胆盖饭、海胆寿司。

另外，导游提醒的小项目也 check 了一下，像是那“日本最北端的公共厕所”、スコトン岬（须古顿岬）下方的スコトン岬民宿，还有限量供应的海狗肉罐头。

3 小时 20 分的礼文岛花烂漫之旅，在满满的幸福中结束。

在港口食堂吃了非常好吃的烤鱼午餐，在等船前往利尻岛的空当周边散步，拍着一些旅馆前花圃的高山植物花卉，存入档案中作为记忆留存。

3 

利尻海味巡礼

オタドマリ沼

炭烤扇贝

搭乘渡轮前往利尻岛的鸳泊港，登上岛屿后的印象是这岛屿比礼文岛大，也较为城市化，连观光巴士也是双层气派大巴。
体验之后的感觉是，如果时间不够又较偏好大自然，那么就选择礼文岛就好。利尻岛真的比较人工化，高山植物的分布也不密集。
不过，如果你喜欢美食，又错过了礼文岛的花季，那么利尻岛就不失为一个好路径，因为在观光巴士行程中可以吃到现挖的新鲜海胆（自费啦），也可以买到日本最棒的海带（利尻昆布）。

天气好的时候，在利尻岛旅游的重点是仰望利尻山“利尻富士”的雄伟、积雪的利尻山倒映在姫沼的绝景，以及从“夕日ヶ丘展望台”看去的美好鸳泊港黄昏。
只是当天天气不佳，利尻山在云雾中若隐若现，看不出雄伟，选择的是最短的巴士观光行程，因此没排入姫沼，在这样的天气下，像是海报上的绚烂落日余晖自然也就不能奢望。
即使是这样，Milly 还是精选了一些利尻岛的美好体验，放入回忆里。

オタドマリ沼

首先是在第一个下车据点オタドマリ沼观赏到了幽静的沼泽湖面，吃到了名产店大方提供试吃的鲑鱼海带卷，喝到招待的热咖啡，更重要的是拍到了店内炭烤扇贝满脸笑容的大帅哥（这项目属于自我满足）。

仙法志御崎公园

之后在仙法志御崎公园看到了隐约在云雾下的利尻山、在清澈海水中漂流的新鲜海带，看到老师傅在现场处理极品利尻昆布的姿态，看见了带壳的海胆，拍到了新鲜剥下还蠕动着的海胆（因为画面太残忍没吃，当然也因为是小气节省旅费的关系），然后发现了一只名产店养的海鸥宠物。

真的是宠物喔，因为看见老板娘在跟它说话，而且真的很亲近人，即使游客靠近也不会飞走，只在名产店边游晃散步。

人面岩、寝熊、甘露泉水

最后在返回鸳泊港之前顺利拍到了人面岩和寝熊。人面岩觉得还好，不过寝熊倒真的很像是一只在海岸边抓鱼的大黑熊。

利尻岛因为有温泉，大型的住宿旅馆也较多。准备乘船离开时看见很多旅馆都拿着布旗一列排开来迎接客人，非常热闹。

对了！在离开之前不要忘了在码头边的泉水口接些冰凉甘甜的泉水在路上饮用。

利尻岛那名为“甘露泉水”的名水，可是装瓶出售的名产。装一瓶就有赚到一瓶的感觉。

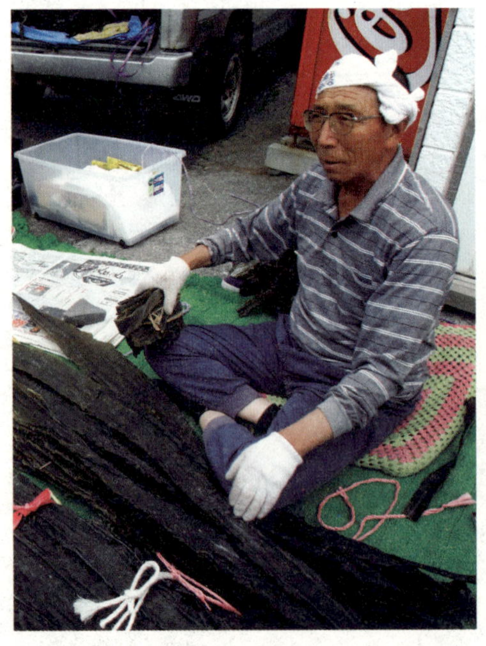

名产极品利尻昆布

在清晨 5 点多出发的北方岛屿花花之旅到此告一段落，幸运的是在一整天阳光都不充分偶尔还飘雨的状态下，居然在返回稚内的渡轮上看到了在及格边缘的黄昏，为美好的一日旅途画下了更美好的句点。

回到旅馆，因为周边实在没地方可以去，就在便利店买了鳗鱼罐头和一些熟食，配旅馆送的啤酒，很欧吉桑地享用着怪怪的晚餐。

[上图] 新鲜剥下的海胆
[下图] 熊岩

美瑛

雨中的美瑛山丘

美瑛一个人的交通规划

一个人的旅行在美瑛

- 美瑛选果
- 以角色扮演来游戏美瑛
- 拓真馆路线
- 美瑛咖喱屋
- 丘路线

美食和好景，雪之屋

以天气选择的行程

1

美瑛一个人的交通规划

7 月 11 日依然是一大早起来，预计搭乘 7:11 的特急スーパー宗谷前往旭川。
7 月 11 日 7 点 11 分的列车，美丽的巧合。但也很不巧，这天是旅途开始后雨最大的一天，车站周边完全没吃早餐的地方，于是拖着行李冒着大雨前往车站，预计在车站内买些东西。
好在站内的荞麦面屋已经开店，于是点了豆皮寿司和热热的宗谷“月见荞麦面”，站着当做早餐吃，可是真的不是很美味。
吃面的时候看见一旁来了位一脸疲倦、胡子没刮的高大男子，“啊……昨天在礼文岛山路旁休息站看见的自行车旅人”，对他印象很深刻，主要是因为在路上看见他时，微雨中他正在重装备的自行车前吃着冰激凌，那疲倦的样子像是已经旅行了很久还在漫长旅途中的感觉。
刚刚还看见他在拆卸脚踏车，看来是昨晚睡在车站前，然后即将搭列车继续旅行。
很辛苦呢！骑自行车旅行，虽说在另一层面上 Milly 也是很羡慕的。

看见他拿出破破的零钱包凑了钱（这是Milly的想象），点了一碗小小的荞麦面当早餐（相对于自行车旅人庞大的身躯）。偷偷拍下他吃面的样子，不是因为他帅（如果帅会拍更多），而是以为他那在长途旅途中疲倦的神色很写实。后来看见他扛着重装备自行车和行李搭上 Milly 那辆开往札幌的特急，只是 Milly 太迷恋窗外雨雾下的山野，没注意他是在哪里下车，幻想的故事就只好在此结束。

这天的路线规划是一早 7:11 先从稚内乘坐特急前往旭川，10:44 到达，搭 11:30 的列车前往美瑛，12:15 到达美瑛后，先吃午餐，之后搭乘 13:10 的拓真馆路线以及 15:15 的丘路线两段夏季限定观光巴士。
Milly 事先已经在稚内那唯一的售票窗口预约并买下这两段巴士行程车票，两段行程都是 600 日元。

之后在美瑛搭上 16:28 的列车返回旭川，到达时间约 17:02，跟旅馆雪之屋联系，把接客的时间从 17:00 改成 17:10。虽说只比原先订好的时间晚 10 分钟，一旦发现时刻有改，还是要提早告知，这是旅行中预约接送的礼仪，也是义务。
因为基本上日本的旅馆或民宿都会很精准地计算接客人的时间，如果迟到或班次延误，都会造成对方很大的“迷惑”，就是麻烦喔！

在美瑛、富良野的夏季观光旺季，很容易就可以拿到一些建议观光路线的小册子，册子上会列出 6 月至 8 月各个季节列车的时刻表和建议行程，参考这些免费的观光小册子，对于行程安排是很有益的。

2 

一个人的旅行在美瑛

雨中堆放得很艺术的牧草堆

从稚内到旭川，即使是特急列车也要花上三个半小时，不过路程却一点都不无聊，毕竟沿线几乎都是没有去过的地方。
光是看那陌生的站名就趣味十足。拔海、勇知、兜沼、丰富、幌延、安牛、雄信内、问寒别、天塩中川、音威子府、初野、北星、风连、兰留、妹背牛（哈哈，有趣）、光珠内……每个站名都这么新鲜又特别。
据说北海道很多站名、地名都是沿用爱奴语，念法难免会很奇特。

经过幌延站之后，Milly 从窗外雨雾的草原上看见了两只白色屁股、角很大的驯鹿在奔跑。后来查资料才知道，幌延原来有驯鹿之里之称，周边还有驯鹿观光牧场。
说起来 JR 宗谷线有很多值得开发的另类观光路线，在行程计划初期，Milly 的确也 check 了一下，像是上幌延和下士别等区域有些山野中的旅店和咖啡屋、剑渊是绘本之里等，只是碍于时间和没有适当的交通工具，只好暂时作罢。
资料上说这条路线上有很多酪农，很多地方都是牛口比人口多，因此从窗外可经常看见在田野上悠闲吃草的牛以及堆放得很艺术的牧草堆景致。

美瑛选果

此外要提醒的是，宗谷本线的班次不多，7:11 的特急之后，下一班特急就要等到 13:45。在这两班特急之间，只有一班 10:58 普通列车前往名寄，要在这路线上途中下车，不但需要很大的勇气，也必须要拥有很充裕的时间。
根据时刻表，14:21 有一班前往旭川的普通列车，到达旭川是 20:15！难怪宗谷本线号称是日本最长的地方线，真是名不虚传！

美瑛选果

12:15，列车准时到达美瑛，本来想去美瑛选果的新餐厅“ASPERGES”吃顿悠闲优雅小奢华午餐。

美瑛选果是由美瑛的农协所规划，主旨是推广美瑛农产品。
不过包装得摩登又有新意，一点泥土味也没有，一眼看去倒像是高级的主题餐厅。
想要消费美瑛选果这个据点，可以分为几方面进行。如果不是海外观光客，可在其中的“选果市场”采买新鲜又便宜的蔬果青菜和谷物等。
如果是海外观光客又没有厨房可用，就会建议买个 120 日元用美瑛小麦和红豆烘焙的铜锣烧或美瑛玉米真空包当点心，也可买袋新鲜番茄当水果吃。
Milly 当日就买了个铜锣烧，口感不错，很扎实，红豆馅不会过甜。
虽然不能买米买蔬果，不过光是看着光鲜明亮的店内那精准摆放着的各式新鲜蔬果和谷物还是很兴奋（Milly 是爱好蔬果排列的狂热分子），于是忙着东拍西拍。

店员大概第一次看见有人对着米箱和蔬菜这么猛拍，没阻止 Milly 的奇怪行动，只是微笑着在一旁看着。

另外，如果不想在餐厅正式用餐，可在选果工房外带简餐、三明治、饮料、蛋糕或是冰激凌等，在外面的露天座小歇。

至于重点的 ASPERGES，则是由北海道名厨中道博和农协共同企划的法式创作料理，让喜欢美瑛蔬果的人享用以当季食材料理出的佳肴美食。
不要看到这是农协企划的餐厅，就以为价位很朴实，午餐套餐可是要 2100~5200 日元，晚餐更是要 3600~7400 日元。
即使是这样的价位，用餐时间还是一位难求，让兴冲冲开着车带着女朋友前来浪漫一下的男子只能望桌兴叹，不能如愿跟女友吃顿优雅的美瑛午餐。

本来 Milly 也有计划要在此吃午餐，即使价位可能有些偏高。
最终不能如愿的原因，首先是美瑛选果距离美瑛车站意外地有段距离，走路过去大约也要 15~20 分钟，这点已经有些失算。
然后到了餐厅前，发现还要等 30 多分钟才有座位，如此当初预留的 55 分钟用餐时间自然是完全不够用，只能望美食兴叹了。
不能吃，就看看菜单干过瘾。以中午 5200 日元套餐为例，洋葱马铃薯汤、20 多种蔬果调制的美瑛菜田沙拉、主食是美瑛牛，还有甜点和饮料，似乎不错。

雨中马铃薯花

英国风庭园

没能如愿在 ASPERGES 用餐，倒是因此多出了些时间，得以慢慢绕路走回车站。在散步的路上看见不少美丽的住家花园，也如愿看到白色和紫色的马铃薯花田。
夏日北海道真是花的天堂呢！ Milly 以为可能是因为北海道的寒冬特别长，极长的一段时间大地都是白茫茫一片，所以春天一来临，大家就像想要摆脱那雪白般，急忙把自家庭园妆点出各式各样的颜色，花的颜色。
不用去公园，不用去豪邸，一般的家庭都可发现一些很英伦风的庭园设计。
而雨后的马铃薯花也显得特别可爱，花瓣上滴着水珠的模样很娇羞。

美瑛选果（biei SENKA）

美瑛町大町 2 丁目

http://www.bieisenka.jp/index.html

以角色扮演来游戏美瑛

一张照片有着牵引一个旅人出发的力量。
就是想去！想自己进入照片的景致中，然后深深吸一口气，大声在心里呼喊！“来了，我终于来了！”
一张照片启动的憧憬旅途，就在按下快门的那一瞬间获得最大的满足（笑），也可以说是一种解脱。

富良野和美瑛，很明显正是这样透过菊地晴夫、前田真三等摄影家的镜头，吸引旅人前来所建立起的美好观光区域。
从某种观点看，富良野、美瑛就像是希腊、托斯卡尼、普罗旺斯等区域，拥有让摄影师沉醉的大自然美景，促使热爱摄影的人在晨昏冬夏晴雨时节前来，按下快门捕捉那一瞬间流动的美景。

当然，光是照片透露的讯息，你其实是听不见旁边的声音，不知道镜头后的人是在怎样的情况下拍出这张照片，是寒冬的清晨、泥泞的土堤、蚊蝇骚扰的杂草堆，或是人声喧嚣的一角？

说了前面一长串说词，其实是想表达 Milly 是如何在不是那么乐意参加的季节观光巴士路径上，找出能让自己愉悦的游戏题目。

新栄の丘

游戏的题目是，想象自己是孤寂孤傲的摄影师，只用镜头去跟大自然对话，尽量不让镜头里出现人，也就是让照片是无声的，如此自己也就可以从观光客的喧嚣中脱离出来，在潜意识的意念中。

一个人的旅行，在旺季路径上，这样偶尔玩玩姑且称之为无聊角色扮演的游戏，是转换情绪的方式之一。

拓真馆路线

在美瑛站前雨中湿度极高的空气下，搭上大型巴士ツインクルバス（twinkle bus）美瑛号，开始 90 分钟的拓真馆コース（拓真馆 course）。

车上很国际化，除了两三组日本人，其他很明显都是外国游客，普通话广东话美语法语在巴士中流窜着。即使如此，巴士导游似乎还是只能讲日语，只见她有点不知所措地服务着一车反应很薄弱的观光客。

离开美瑛车站，很快地两侧车窗外就是一整面的山丘，很美瑛典型的辽阔气势，只是雨雾中的山丘意外地迷离柔和，让人不禁神往起来。

不会开车的 Milly 开始幻想如果自己开车，在观光客的喧哗还未渗入的清晨置身这样的雨雾山丘，该是多么诗意的事。

第一站新栄の丘是车窗观赏，第二站拓真馆可以下车浏览 15 分钟。

Milly 没进拓真馆欣赏前田真三的写真作品，撑着伞到附近白桦林散步道和周边田野去遛遛，希望即使是短短的停留，也能以自己的路径来看看大自然的美瑛，而不是观光点的美瑛。

巴士驶离拓真馆，蜿蜒了一些坡道后，看见了雨中的美马牛小学校，之后就到了四季彩の丘，之前几次想去，不是花期已过就是脚程不够而未能到达的四季彩之丘。

本来以为参观四季彩の丘是免费的，但是一看资料，有条说明是希望每人前来都捐出200 日元作为花田维护费，不是强迫而是自由认捐。
不过现场没看见人投钱，导游也没提醒，或许是这样，这观光花田才会让一些杂乱的商贩摊位进入，破坏了自然的美景。
如果是这样，何不直接收取门票？留给大自然一个清静或许更好。

在四季彩の丘最想拍下的是那一整面的羽扇豆花田。
Milly 曾看过一张照片，无边无际的高耸花海，颜色非常多彩，矗立的姿态很气派。
花名不知道，但是拍摄地点正是四季彩の丘，从此就对这观光花田充满幻想和憧憬，后来也查出花名是ルピナス，羽扇豆。
在出发前夕还再三查花期，担心兴冲冲地前去，却失望地扑了个空。
真的来到，说实话有点被那满坑满谷的观光客和停车场内满满的观光巴士给吓到。来之前已经有心理准备这是人工花田，只是没想到观光味会这么浓厚。好在不幸中的大幸（什么话），因为是阴雨天，一般观光客都懒得走远，只是在入口的花田和小卖部流连，Milly 因此可以走到远些的角落去独享那相对安静的羽扇豆花田，比想象中更大更辽阔的羽扇豆花田。

本来以为有点遗憾的微雨天，却意外提供了绝佳的拍摄环境。没有反光的捣蛋，花的颜色可以更鲜明显现，花瓣和叶片上的雨珠也让这花朵更加晶莹夺目。
再多的形容词都不足以形容，只能一张张拍，拍到满足为止。

心满意足地用镜头赞叹了期待中的羽扇豆花后，剩下的时间继续用镜头捕捉那经常在旅游杂志上出现的四季彩の丘花地毯，真的是非常的艳丽，鲜艳到压过了阴雨灰沉，艳丽到颜色都要从画面泛出来似的。
有趣的是，某个观光团提供的雨伞也是大红色，一排大红色的雨伞在鲜红花田中穿梭，好像迎娶的队伍。

美瑛咖喱屋

一个半小时的拓真馆 course，在 14:40 准时到达美瑛车站后结束。在等车的 35 分钟去了站前的美瑛观光服务处询问一些周边咖啡屋的资料，知道前往美瑛山丘上 Land Café 或许可以搭 3:03 的町巴士，而无需花 2200 多日元搭出租车时，一度有点动摇，想放弃观光巴士行程改为去 Land Café。
只是这样就会误了当晚旅馆在旭川接客的时间，于是不得不放弃。

不能前去 Land Café，美瑛周边可逛的地方又不多，于是就想吃点东西，用味觉来记

羽扇豆花田

四季彩の丘

新栄の丘

忆美瑛。选择的是站前像快餐车的咖喱屋，点了一份 660 日元美瑛咖喱乌龙快餐，价钱很经济，却能吃到美瑛食材的浓缩。
美瑛面粉制作的面包和乌龙面、咖喱内有美瑛牛、配菜是美瑛产马铃薯和青菜、饮料是美瑛的鲜奶！味道不差，多少弥补了不能在美瑛选果用餐的遗憾。

丘路线

带着一嘴的咖喱味，搭上丘コース大巴士，跟之前的情况类似，车上依然以海外观光客为主，窗外的雨也依然没停下来。
透过车窗，看见路上的 Ken & Mary 之树，这棵美瑛山丘上的树是由于日产汽车以这棵树为背景拍了广告而出名。
美瑛山丘上有名号的大树，名字几乎都是来自广告，只有亲子の木是由于像两棵大树牵着一棵小树而得名。

这趟行程唯一停靠让大家下来拍照的大树据点只有 Seven Star の木。这棵独自在山丘上凛然矗立的大树，本来当地人是称之为“北瑛の一本木”，北瑛的一棵树，后来由于香烟品牌 Seven Stars 把这树放上包装盒，就改为现在的称号。
不是一棵特别秀丽或挺拔高大甚至也不是很高龄的大树，却因坐落的位置而让全世界的游客来此拍照，大树本身如果有思想，不知道会怎么想呢？
相对于其他的美瑛名树，“七星的树”前面设置有较大的停车场，大型巴士可以停下来，也就让这里成了车辆最多的区域。从停车场可以眺望一大片马铃薯田和山脉，雨雾中另有一番风情。
之后观光巴士停靠北西の丘，让游客透过展望台 360 度地浏览美瑛山丘。

搭乘过这丘 course，心得是，经过的路线比停车下来的路线更能显现美瑛的美。因此似乎自己开车游览美瑛，才最能体会美瑛的魅力。只是这么一来，美瑛田野就失去了宁静，观光发展和自然维护之间的得失真的很难取得平衡。

KUSHIRO

3

美食和好景，雪之屋

7 月 11 日，Milly 住宿了旭川的“旅亭～雪の屋”（雪之屋）。

旅店的人准时按照约定在车站前迎接，印有“雪の屋”字样的 9 人座小巴离开市区，穿过川流上的铁桥，往观音台前去。

雪の屋并不是位于秀丽的风景区或历史风味的温泉乡，而是距离旭川车站约 15 分钟车程的观音台上。

坐落在较高的地点上，所以得天独厚，在白天可从旅馆阳台看见远方的大雪山连峰，晚上则可以观赏旭川灯火灿烂的夜景。

[左页图] 雪之屋的辽阔视野
[右页图] 旅馆自慢的晚餐

为了充分发挥这位置的优势，雪の屋内仅有的 7 间纯和式房间全都面向大雪山。Milly 最爱那房间一角，也就是视野辽阔的阳台廊下位置，尤其是一大早起来，在此泡杯茶看着天空的变化和远方的山脉，真是很惬意舒适。

基本上旅馆算不上气派豪华，也不是现在流行的和风摩登温泉宿，但若要说和风正统，却是毫无问题。
房间很宽敞，玄关、次の间、浴室、盥洗室，简直就是像是一个住家的规模。
虽然馆内没有大浴场，但每个房间都有桧木浴池，可以很奢侈地放一大池温泉，慢慢独享浸泡。因此明明是一间间房间，却有住在独栋别庄的错觉。
住宿这旅馆，还有一个值得去 check 的点：这是一栋北海道少见的“数寄屋建筑”，简单来说，就是以茶屋的逻辑去规划的简朴沉稳但有格调的建筑格局。

一进到屋内，看见桌上女将（旅馆女主人）写的问候信，笔迹很秀丽。
女将送上点心和泡好茶水后会跟客人问一下用餐时间，聊聊天气谈谈可惜今晚的夜景可能不如预期等。
当问到明天的天气时，女将居然立刻拿出手机上网查询，很现代呢。

在房间小歇，泡了个洗尘的温泉浴后，接着就是最期待的料理了。

一个人的豪华早餐

雪の屋

旭川市神居町富沢 409 観音台

http://www.yukinoya.com/

这是一间料理自慢，以提供和洋融合会席料理为自豪的旅馆。

果然在房间用晚餐时，那一道道送上的料理真是丰富又华丽，当然美味也是确确实实的。

Milly 边吃边拍、边拍边吃，一个人的豪华飨宴有点寂寞，但还算热闹，热闹的是那排满一桌的菜色和多样的味觉品味。

早餐也很丰富，同时更多了些趣致。

趣致是在于整体陈设的感觉，豆腐是以噗噜噗噜小火炖煮的木桶端出，各式菜肴则是以“小皿”用方盒呈现，跟晚餐一样热热闹闹的一大桌。

另外很贴心地附上北海道新鲜牛乳，冰凉浓郁入口，真好喝！

离开之前再泡一次舒服的澡，洗去一大早在周边散步时的汗水。

本来还想跟前晚亲切引领 Milly 去看雪の屋附设法国料理餐厅サラマンジェ（Salle amanger，饭厅）窗外灿烂夜景的美丽温柔女老板道声再见，遗憾的是跟 Milly 同年、利尻岛出生的女老板一早就有事出门，未能郑重说出感谢和赞美，真是遗憾。

4

以天气选择的行程

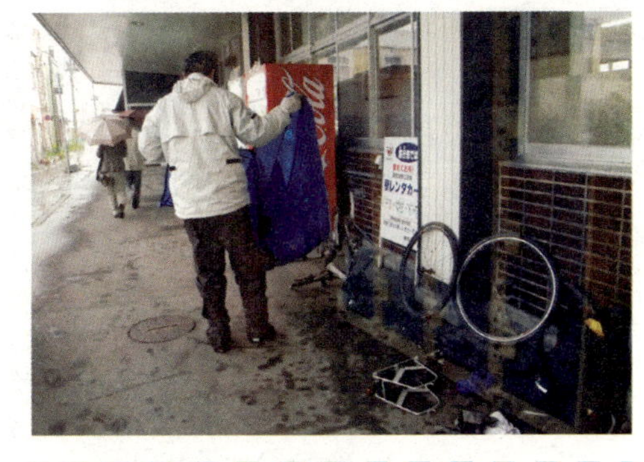

不同的旅行者姿态：单车旅人

因为旭川可选择的旅游路线很多，住在旭川期间的行程规划就不免贪心和犹豫不决了起来，计划表上也因此规划了各式不同的路线。
即使在旅途上，也还是在犹豫着该去哪该放弃哪，每天这样在一个人的会议中。

美瑛、富良野、稚内行程已经完成，接下来的两天一夜，摆在面前想去的地方则有旭岳、层云峡、旭山动物园和几间咖啡屋。剑渊的绘本馆、上士别町山野内的有机餐厅マッケンジーファーム、企图从北见绕过去的ワッカ原生花园等，虽说路径很繁复，也依然还没完全放弃。

当旅程很难决定的时候，Milly 的惯性选择公式就会启动，那就是去除已经去过的地点，让天气来决定，以及连接憧憬的咖啡屋。

层云峡多年前在拍摄旅游节目时去过，觉得温泉乡周边很人工化，印象不是特别好，加上季节不对，就先放弃。
而 7 月 12 日一觉醒来，发现天气大好，不是气象预测的阴雨天，因此是前往本来还有点犹豫的大雪山旭岳的绝佳天气，更何况这样还极有可能顺路前去憧憬的山野咖啡屋“北の住まい设计社カフェ”。
路径决定！不容迟疑！
立刻拿出之前已经查好的行程试算表，在旭川车站前搭乘上午 9:30 前往旭岳的巴士，然后根据杂志资料上的建议，服装是可以简易登山的装备。

大雪山

旭岳花路径

旭岳高山花朵漫步

- 在旭岳遇见无边野花
- 有森林露天温泉的青年旅舍
- 森林边的野兽拉面

以机缘带路前去的缓慢咖啡屋

- 不自己开车的交通选择
- 大雷雨下的温馨善意
- 终于到了，这憧憬的咖啡屋

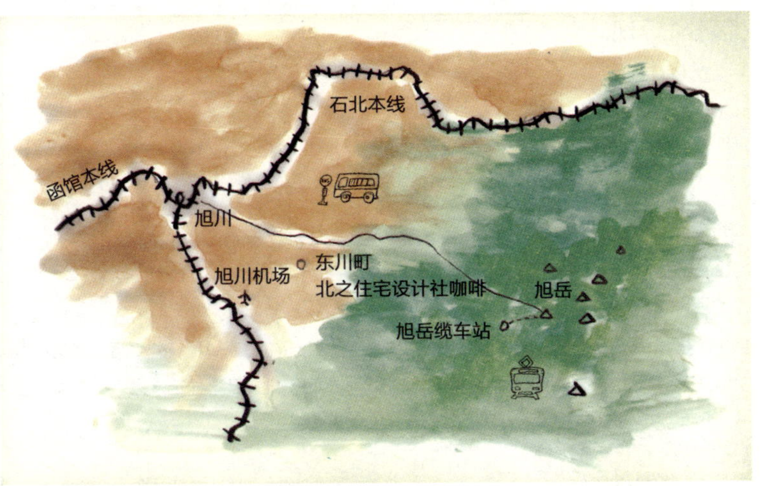

1 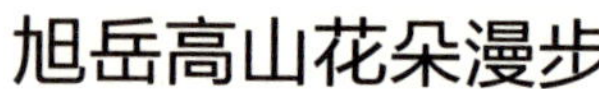

旭岳高山花朵漫步

在雪之屋吃过丰富的早餐后，由工作人员开车送回旭川车站，走路 5 分钟到旭川ワシントンホテル（Washington Hotel）寄放好行李，再走回车站搭乘站前 66 番往旭岳和天人峡的巴士“いで汤号”。

等车时不断听见其他穿戴登山装备的旅人庆幸着今天是个出乎意料的好天气，同时因为当天是周六，还因此看见 500 人以上的大雪山徒步活动在站前集结出发，大家都是意气洋洋神清气爽，Milly 也忍不住扬起了登山的兴致。

登山？没错，Milly 当初犹豫着要不要去旭岳，原因之一就是“登山”这个字眼。

很担心在旅途中去挑战登山这 Milly 不擅长的活动，会不会过于逞强？会不会自己的徒步轻装备不足以对抗那或许险峻的山路？

尤其是看见同车的旅人几乎每一个都是登山鞋、登山包、登山夹克、登山杖的全套装备，Milly 的担心又忍不住浮现。

大雪山小资讯

大雪山是北海道中央地区高山山脉的总称，同时有“北海道屋脊”之称。

至于大雪山国家公园则包含了旭岳、黑岳、赤岳、北镇岳、白云岳、トムラウシ山、十胜岳连峰、ニペソツ山、石狩岳等山。

从平地仰望，会以为这些山麓高耸险峻，遥不可及，但实际上这些山脉的山顶却是意外平缓，绵延着号称日本最大的高山植物花园绝景，仿佛云中缥缈的香格里拉。云上の楽园，日文是这样定义大雪山雪原地形上的高山花卉美景，爱奴语更称这是神仙游乐的庭园。

结果 Milly 的担心真是多余了。以当天所见，旭岳山路上可是有不少日本阿公阿婆旅行团呢，原来即使不用攻上最高峰，在登山口周边也能充分体验到大雪山旭岳的壮丽

搭缆车前进旭岳登山口

美景以及高山植物满山遍野的绝景。原本迟疑不前的旭岳路径，也因此意外地成为这次北海道旅行中，最难忘最美好的回忆之一。

原本 Milly 对于大雪山几乎是完全陌生，有日翻阅杂志，看见了北海道山岳写真家市根井孝悦先生镜头下的大雪山高山植物，一下子就被震撼住，“原来日本也有这样辽阔的大自然美景”，顿时被魅惑着，神往不已。

透过网络资料，知道搭乘旭川电气轨道巴士要在旭岳缆车站下车，利用缆车到达“姿见”，也就是旭岳的登山口后，沿着登山道大约两小时可到达旭岳山顶。
另一个路径，则是在旭川搭乘道北巴士在层云峡缆车口下车后，再搭缆车在“黑岳五合目”下车，之后再搭乘空缆 lift（那种在滑雪场搭乘的两人空中缆椅）到达黑岳七合目，从这里沿着登山道徒步约一小时可到达山顶。
据说从黑岳山顶看去的绝景，会让人有说不出话来的震撼。
的确让人心动，但考虑到连接憧憬咖啡屋的路线，在看过资料后选择可看见绝景高山植物的旭岳，黑岳则等哪日刚好碰上北海道赏枫季才前往，毕竟层云峡枫红是值得期待的。

在旭岳遇见无边野花

搭乘 66 番往旭岳的巴士，沿途蓝天下是广阔田野，远方可看见绵延的大雪山，随着巴士的摇动哼着歌，完全是郊游的心情。
不一会，巴士开始往山上爬，天气也开始微妙地变化起来，一会晴一会阴，突然想起了有资料提醒大雪山的天气变化很大，要留意。
10:40 巴士到达终点旭岳缆车站前，车费是 1320 日元。

盛夏在旭岳仍能看见未融的积雪

购买前往姿见的缆车来回票，用在旅馆柜台拿的 300 日元折价券，变成了 2500 日元。从旭岳ロープウェイ山麓站搭乘 10 分钟高山缆车前往姿见站，从缆车上望下去可以看见积雪和一些沼泽区，这一整面平缓密林称为“御田の原”。

到达姿见站后，大雪山国家公园的工作人员利用大大的地图跟大家解说登山的注意事项。Milly 心想自己不是登山，只是在缆车站周边散步，因此偷懒地跳过解说员的细心解说，直接进入相对于平地明显有些寒冷的户外山道。

Milly 因为是轻装备，不敢做贸然的大范围散步，只以周边相对平缓的区域为主。

姿见缆车站—第一展望台—第三展望台—镜池和擂钵池合称的夫妇池—姿见池—姿见缆车站，刚好绕一圈，这正是推荐给一般游客的姿见の池周游路コース，费时大约一小时。虽说登山步道算是好走，但高跟鞋或是夹脚拖鞋还是不适合，即使不穿登山鞋，还是要穿双布鞋。

如果时间和装备许可，经过姿见池沿着地狱谷旁的登山道可以到达旭岳顶峰，时间大约是一个小时。另外，若是登山客，从姿见池左转经过夫妇池，越过裾合平分岐到达中岳温泉，这两个小时的路径也是很热门的。

中岳温泉有天然的露天温泉池，胆子大的可以脱去衣物，在此享受大自然的秘汤。

对于这北海道最高峰旭岳山麓的第一印象，是很感动这里对于大自然的维护。

山间除了最低限度绝对必要的安全措施、修整的登山步道以及指标外，人工的东西几乎不存在，有的只是最直接的大自然。

即使因为设置了缆车，旭岳相对来说是个旅行团方便到达的登山据点，但有关单位还

是不会为了增加游客量而去做过多伤害大自然的商业包装。
离开姿见缆车站，沿着登山步道不过步行了两三分钟，几乎是来不及反应 —— 那一整片的高山花卉就以最可爱娇羞的姿态出现了。
虽说之前已经透过市根井孝悦先生的照片看过这些高山植物开花的模样，但是实际看见，那可爱真的是超出想象。而且居然是可以这样轻易地，不用翻山越岭登山跋涉，经由大众交通工具就可以看见这些云上乐园的美好植物。对于喜欢自然界中小花小草的 Milly 来说，真是没有比这更大的幸福了。
几乎所有游客都被眼前的高山植物给吸引了，纷纷拿出相机，企图捕捉下那小小花朵的可爱模样。

资料上显示旭岳拥有日本最大的高山植物群落。继续沿着算是好走的登山步道向前，放眼看去，两边山野间开满了粉黄粉红雪白甚至是蓝色的高山植物花卉。
满满蔓生在山麓上无边无际的野花，让 Milly 仿佛置身于《真善美》的电影中，如果不是旁边还有其他游客，真想大声唱出“ORIRORA……”

企图体验大雪山公园的旭岳区域，有几个要点要事先 check 一下。
首先旭岳的夏天非常短，想观赏这日本最广大的高山植物，要把握 7 月、8 月的开花时间。然后，即使是夏季，还是可以很清楚观赏到雪溪，路径旁也都还有残雪。
到了 8 月下旬，旭岳可以看见日本最早的枫红景色。之后到了 8 月底，这里就会迎接日本最早的初雪，每年平均在 9 月 24 日前后，旭岳就可宣告“初雪冠”了。
相对于夏天，旭岳冬天异常地长，从 9 月底一直延伸到隔年的 5 月下旬，之后才是短短的春天。因此如果不是登山或滑雪，对于一般游客来说，温度和气象相对稳定的，就只是那短短的夏日了。

即使如此，Milly 在短短的一个多小时滞留期间，还是深刻体验到这里天气变化的快速。刚刚还是蓝天好天气，一会气温遽降，一会下起了大雨，不一会又放晴，短暂的天晴后突然温度又下降，开始飘起雨雾来。好在雨具和防风衣都有准备，天气变化刚好让 Milly 看到这大自然景观的不同表情。

旭岳 FLOWER 专辑

在阳光下观赏了各种娇羞可爱的高山野花，同时听见不时从树丛间传来的野鸟啼叫声，然后在天气转变的降雨前一刻，突然看见赤尾的小松鼠逃窜着躲雨。
接着雨停了，雨后的高山植物更是可爱，带着水滴的花瓣让人不舍得移开目光。
微雨开始，云雾渐起，沿着山路弥漫。
雨雾下的旭岳主峰和周边的火山喷烟，非常有气势。同时姿见池、夫妇池也在雨雾下显得迷离，仿如世外桃源人间仙境。

没有过多的人工杂质侵入眼睛，看见的都是自然景观，除了偶尔擦身而过的人声，耳边听见的也都是大自然的声音。在旅行中可以用这样的方式接近大雪山国家公园的一角，真是难得的体验。

有森林露天温泉的青年旅舍

在浓雾下搭乘缆车离开旭岳山麓，回到旭岳ロープウェイ山山麓站时，天气却又有点转晴的迹象。
距离 14:35 经由道草馆前往旭川车站的巴士还有一个多小时，就想不如先往前走一段，到前两站的“旭岳温泉キャンプ场前”站牌附近，因为搭巴士时在路上看见了非常有趣的木屋建筑和“日帰り”可供纯泡汤的标示，就想在周边探险，找间可以用餐的餐厅，也想找间有露天温泉的旅店纯泡汤一下。

在间歇的微雨中，先看到缆车站旁气派的欧风度假旅馆，继续沿着巴士行驶的山路向前，空气在雨后异常清新，颇有在森林步道中散步的舒畅感。
不久在茂密的树林间出现一座大型的木屋住宅，造型很像动漫里的建筑。继续往前，开始听见潺潺的溪流声，也可听见远方野鸟的叫声。

再走一小段路就看见了 Milly 心中一早暗暗设定要去洗个露天温泉的目标，是在气派典雅的度假风旅店斜对面“大雪山 YH”，大雪山青年旅舍。
在日本，光是北海道就有将近 50 家青年旅舍。
记得最早在日本旅行时，第一晚就是住在福冈太宰府 YH，那次旅行几乎都住在 YH。甚至有很长一段时间去东京也大多是住在新宿区的 YH。
正因为 YH 的住宿几乎是 Milly 踏入日本的原点，也因此，当发现那间第一眼就非常喜欢的木造屋度假旅馆居然是青年旅舍时，就难免感到熟悉又惊讶。
这间位于巴士站下车步行一分钟路程内的 YH，全名是“大雪山白桦庄 YH”，外观真是非常气派。

不是豪华的气派，而是整体的木造建筑物很大很有气势，内部也相当宽敞，尤其是大食堂天井，非常高，更有一大片玻璃面向着大雪山山脉，视野绝佳。
一眼看去真的很难相信这是间一晚只要 5500 日元上下的 YH（会员价）。
这在登山客间颇受好评的青年旅舍，如果是非会员，又像 Milly 这样希望住单人房，

山中的大雪山白桦庄 YH

一晚大约是 8000 日元，含两餐。不用餐可减掉晚餐 1260 日元和早餐 760 日元。很有意思的是，如果晚餐是咖喱饭，则 1260 日元的晚餐可以减价为 630 日元。

以 YH 来说，8000 日元未必是最经济的选择，但如果住在这样依着森林和溪流、度假山庄般的 YH，一早醒来的散步该是多么愉快。
就这样，Milly 已经几乎是毫不犹豫地决定，如果有一天再来旭岳，这大雪山白桦庄 YH 就是唯一也是绝对的住宿选择。

Milly 会在此 YH 停下脚步，不单单是为了好奇，主要还是看见了那“日帰り入浴”（开放非投宿者泡汤）的看板。这 YH 分别有男女各两座森林环绕的岩风吕露天温泉，可以纯泡汤的时间是 13:00~19:00，一次是 500 日元。
这是真正的温泉，不是加热的洗澡水，毕竟是在旭岳温泉区。

说真的，当知道这是间 YH 时，对那露天温泉其实没有太多期待，毕竟是 YH。
可是真的太棒了，这里的露天温泉。
虽说不是很大，但完完全全被大自然给包围着。浸泡在那被虾夷松和野生竽类环绕的温泉池中，自己好像变成了在森林秘汤里泡汤的野生熊……哈！这是什么形容，就是自己好像是野生动物的感觉。
那天没有其他泡汤客，Milly 因此可以独占这森林中的温泉池，幸福。

森林边的野兽拉面

洗完露天温泉离开 YH， 步行到一分钟路程内的路边餐厅。说是餐厅也不完全是，或许该说是一间提供登山客住宿的山屋食堂。
进去一看，嗯，真的是很厚重的空间，正中央放一张树木雕出的大木桌，每张木椅的造型都不同，而且都留有斧头和刨刀雕过的痕迹。除此之外，大到书架置物柜小至牙签盒也都是手工木制品。

整体空间稍嫌凌乱，但是很温暖，最喜欢的还有堆满了过冬木柴的暖炉角落，想象着冬日在此炉火前边喝杯咖啡或温热红酒，滋味应该很棒。

用餐的空间不大，约莫只能容纳十多个客人，出菜的柜台后面是很大的厨房，看来这里的餐食主要还是供应给住宿的客人。
只是，为什么这旅店的名称是很奇怪的“ロッジヌタプカウシペ”？又为什么像这样的食堂，提供的不是咖喱饭、牛肉烩饭或奶油浓汤，而是拉面呢？
到底是山间温泉民宿开设的拉面店，还是拉面店兼营的温泉山间民宿呢？

查了些资料，大约知道了究竟。
民宿的名称，正确说是“ロッジ~ヌタプカウシペ”。ロッジ是 lodge，意思是山屋或是山屋风格的旅馆，ヌタプカウシペ则果真就是爱奴语，大雪山的意思。
这山屋民宿提供了四间和室一间洋室和一间和洋室，一泊二食是 7500 日元，另外很受登山客称道的是可以看见山景的露天混浴温泉，也提供纯泡汤服务，一次 500 日元，可利用的时间是 12:00~16:00。
食堂中最有人气的拉面是用俗称“行者大蒜”（ギョウジャニンニク）的山菜煮成的 700 日元“キトピロラーメン”（山菜拉面）。说真的，看见菜单上那像是一堆乱码的拉面名称时还真是头痛，先是点了山菜拉面，后来看见隔壁桌的男女点了更出名的 900 日元拉面，偷听了一下他们跟酷酷老爹的对话，好像这招牌拉面里面还有“珍兽”的肉，一时好奇，立刻换成那名字更长更怪的拉面。

珍兽拉面

一端上来……微妙！拉面上有些怪怪的菜干和形体不详的肉片，大约就是山菜和鹿肉吧（希望是）。
汤头还好，但是那柴柴的兽肉，真的不好吃，像只是把肉干泡进面里的感觉。下次知道了，就乖乖点山菜拉面好了。
但是很遗憾，似乎已经没有下次，因为用完午餐在门口躲避大雷雨时，发现了一张拉面休业公告，原来已经有 30 年历史的ロッジヌタプカウシペ食堂拉面，在 2008 年 12 月底就要走进历史，就是要关闭了。还是提供住宿，也供餐，但是不对外经营拉面店，真是遗憾呢。

ロッジヌタプカウシペ

上川郡东川町勇驹别

0166-97-2150

2

以机缘带路前去的缓慢咖啡屋

スロー，slow，是这次北海道旅行中很重要的 key word。
留在北海道久一些，且只待在北海道。
去掉了一些因季节因素以为不必急着去的地方，例如网走和北见等地，三星期的北海道夏季旅行，想愉快地实践 slow travel 的意念。

正因为在这次北海道旅行的意念中，slow 是关键字，因此发现《northern style スロー》这本杂志时，就立刻像是发现了大宝藏般地兴奋了起来。
“没错，没错！这就是 Milly 要找的最适合北海道的杂志”，心中如此想着。
这本最像是北海道的杂志，由北海道的出版社发行，更清楚地说，是一本从步调悠闲的十胜区域发行的季刊。

Milly 以为，如果要去关西甚至是中国和四国等区游览，情报最确实也最能抓到区域置入情绪的，就非关西地区出版社京坂神エルマガジン社出版的《Meets》、《SAVVY》、《西の旅》和《日帰り名人》这几本杂志和 Mook 最有参考价值。
同样的，在北海道旅行，若能参考最了解北海道生活节奏和生活方式的《northern style スロー》杂志来排出自己想去的路径，一定是很美好的事情。
那感觉像是由意气相投的朋友来建议旅行的路径一样，或许也像是你偷偷去重走一个喜欢的人曾经走过的路线。

事实上，在计划北海道旅行时，还完全不知道这本杂志，直到出发前无意间看见了这家杂志出版的 MOOK《スロウなカフェを访ねて》（去拜访那些缓慢的咖啡屋），在翻开的一瞬间，真是用一见钟情来形容也不为过地一下子就沦陷了。
当场就马上决定更改路线，不顾一切要在旅途中加入这些在北海道大自然空间中存在着的所谓具备了 slow 情绪的咖啡屋。

根据书中所介绍 23 间咖啡屋的位置，筛选出公共交通可前往或是出租车车费似乎较为便宜的，排出来想要去体验的咖啡屋，分别是美马牛的 Gosh、美瑛山丘上的 Land

Café、旭川近郊的农场キッチン赤とんぼ、café good life ，以及位于偏远上士别町的マッケンジーファーム（Mackenzie Farm）等。
然后在北海道的旅途中，发现几乎在每一间有风味的咖啡屋里面，都有这本杂志，更发现《スロウなカフェを访ねて》这咖啡屋特集已经出到第三本了。

于是在旅途中，在不影响过多路线的情况下又加入了“北の住まい设计社カフェ”（北之住宅设计社咖啡屋），也就是决定这次旭岳小旅行的关键。

不自己开车的交通选择

基本上《northern style スロー》是一本通贩，也就是邮购性质的季刊，旨在推广北海道生产的 slow food 或生活杂货等。
杂志本身倒不是就像一本目录，而是加入了很多在北海道实践 LOHAS 精神的人们的访谈，用文字和精彩的照片来介绍这些人在坚持理念下开的餐厅、咖啡屋，同时推荐一些以 slow food 及有机概念生产的面包、果酱、乳制品和新鲜食材。因此，由这本杂志来推荐北の住まい设计社カフェ，自然是非常契合的。

北の住まい设计社，企业本身即是在环保的理念下提供木质家具以及天然材质的生活杂货。那让 Milly 充满憧憬的咖啡屋，则是位于设计社本社内。
查看网络资料，计算前往的交通方式时，过程真的是非常艰辛。
因为一般来说，要前往这位于山野中的咖啡屋，自己开车几乎是唯一的方式，然后一般日本人如不是开车前往，也大约会利用出租车。
官网上的推荐路线是从旭山动物园出发，路程大约 15 公里，推算一下出租车费，大约不会少于 5000 日元。

在偏僻乡间旅行的好帮手——町营公车

其实 Milly 已经有乘坐出租车的觉悟，毕竟那不是位于市区的咖啡屋。只是不到最后一分钟，还是会想努力找出一条用大众交通工具再连接最短程出租车的路线。
然后，奇迹出现了，在锲而不舍地上网搜寻之下，居然发现原来有一条“町营巴士—东云上岐登牛”路线会经由道草馆到达北の住まい设计社，更开心的是车费居然只要 150 日元。只是班次相当少，一天只有四班。
在不浪费时间又能配合巴士班次的逻辑下，Milly 排出了一条自认为完美的路线。
就是从旭川车站搭乘 9:30 的巴士前往旭岳，完成大雪山的小旅行后，搭乘 14:35 前往旭川车站的巴士，预计 15:15 在道草馆下车，再搭乘出租车前往咖啡馆，然后 16:36 搭町营巴士返回道草馆，继续转搭巴士回到旭川车站，如此的话，单程出租车费或许可以在 3000 日元内搞定。
唯一要留意的是，在道草馆可能叫不到出租车，或町营巴士已经停驶。
当然，当时根本想都没想到，居然有一条更奇迹、更意想不到的特别路线，等着 Milly 去完成。

大雷雨下的温馨善意

按照预定计划前往大雪山国家公园的旭岳，在途中还透过巴士车窗 check 了一下道草馆的位置，有些担心的是，道草馆似乎没有出租车排班停靠。
因此 Milly 在吃完“兽肉拉面”后，就有些突发奇想地请隔壁桌的人帮忙打电话，请旭川的出租车先于 15:15 在道草馆接 Milly。但可能 Milly 手上的是观光出租车的服务电话，好心的年轻女子代为拨电话过去时却没人接听，于是只好作罢，或许改为先坐巴士到道草馆。

偏偏这时山林间响起了一阵阵雷声，不久更下起了滂沱大雨。
可能是 Milly 跟年轻男女的对话和互动被另外一桌的中年夫妇看见了，当夫妇二人在离开拉面店准备离开时，很亲切地询问 Milly 要去哪里？
Milly 拿出了咖啡屋的地址和资料，夫妇两人有些不好意思地说，咖啡屋的地址他们不熟也不顺路，很遗憾没办法让 Milly 搭便车，然后两人就上了停靠在店前的车。
Milly 也没多想，以为反正就照着原定计划就好。可是忽然间，中年夫妇摇下车窗，跟 Milly 说上车吧，虽然路不熟但总有办法可以找到的，lucky！

之后就看见中年夫妇很认真地使用着车上最新的卫星导航设备，输入咖啡屋的地址，跟着指示前进。
和夫妇一路聊着天，车窗外的大雷雨也趋缓了，到了山脚下更是蓝天的好天气。

离开山路，沿着平面道路往目标前进时，太太一直说：“耶，真的吗？这个方位真的会有咖啡屋吗？”其实若不是事先看过资料，Milly 也不敢相信放眼望去只是农地、牧场和田野的乡间，会有间如此清新趣致的咖啡屋。为了解除夫妇的迷惑，Milly 就将之前查资料时获得的资讯跟他们分享。

在杂志中一见钟情的北の住まい设计社カフェ

原来旭川东川町也被称为“クラフトの町”（手创工房的乡里），在山林田野间不但有着不少的陶艺、木工、家具和手编工房，其间更有些风格咖啡屋。

果然，随着卫星导航指示，逐渐接近北の住まい设计社カフェ时，两旁陆续看到一些手创工房和咖啡屋的牌子，中年夫妇也才放下心来，同时连连惊呼“耶！没想到还有这样的地方，真有趣”。
就是这样，Milly 很顺利地到达了北の住まい设计社カフェ，不但没有花任何车费，也因此多了些时间，得以更悠闲地在此度过美好的下午时分。

终于到了，这憧憬的咖啡屋

北の住まい设计社坐落在面山的山林间，工房、办公室、职员宿舍、家具 show room、面包屋、咖啡屋，各个木屋建筑分散在整理得非常干净清幽像座欧风山庄的花园之间。

咖啡屋的一楼是面包屋“Bakery”和食品出售空间，面包强调的是使用严选的素材和天然酵母制成，最多面包出炉的时间是中午 12 点以后，卖完就结束营业。

在小小的店内看见很多人是特别开车来此买面包的。
面包店除了卖红茶、果酱等天然素材食品，门前还设置了蔬果区，出售附近农场自家栽种的有机蔬菜，一篮篮现采新鲜番茄放在红白格子的桌布上，另一个角落，陶制的

美好咖啡屋中有美好的花园

盆内则放着一颗颗注明了生日的有机蛋“大雪鸡蛋”。
新鲜的面包、有机的蔬果、邻近牧场提供的乳制品和食材，每一项都是坚持严选的天然素材，正如北の住まい设计社家具坚持自然的本质。

之后爬上阶梯，到二楼像是阁楼或该说是像间 sun room 的咖啡屋，不是很高也不是很大的空间，但四面都有窗户可以看见林木，阳光也因此可以充分洒入这以白墙和木地板营造出的温暖空间。每张桌上都随性插着可爱的无名野花，还可以听见不时从外面传来的鸟鸣，置身其中，真的一下子就舒缓起来。

这咖啡屋以供应北海道产小麦手工制作的意大利面午餐闻名，只是已经是下午时分，早已过了用餐时间，于是点了拿铁和布朗尼蛋糕，度过悠闲的下午茶时光。
放眼望去，几乎所有客人都是非常怡然地聊着天。
虽说这间咖啡屋对于 Milly 真是远在天涯海角，从在杂志上翻阅的那瞬间开始，经由憧憬的情绪决定了路线，搭乘铁道、巴士、便车，然后才如愿来到。
但对一些人来说，若只想度过悠闲的午后，这咖啡屋却是一间可以立即前来的日常咖啡屋。羡慕可以这样经营一间日常咖啡屋的当地居民，也同时回想着真是幸运的一日呢，若非好心的夫妇让 Milly 搭便车，可能就不能像这样有充分的时间，如此慢慢地体验着这时间缓慢流动的空间。

咖啡屋

悠闲的时光在町营巴士预计抵达的 30 分钟前不能不提早结束，Milly 谨慎地先跟咖啡店的人确认了町营巴士的确还在行驶，才能安心地在附近散步着。
绕过花园可以看见员工宿舍和非常有特色的办公建筑室，据知这北の住まい设计社本社本来是一间山中小学的废校。

在周围散步，得到的结论是，这还真是一个偏僻的地方，周边真的只有农家，在闲晃的 30 分钟内，一个人一辆车都没有出现过。
之后在一个日本人的 blog 看见这样的文字："北の住まい设计社咖啡屋和面包屋因为在深山内，如果不是开车，可能去不了呢。"没错，正是这样的感觉。

更有趣的是，那町营巴士的站牌真是很小很低调，小小的铝板隐身在林间，不留意根本就看不见。在森林中站牌前等着车，Milly 居然有种自己置身于宫崎骏龙猫动画中的错觉，似乎待会开来的会是龙猫巴士呢。
当然（笑），依照时间于 16:36 准时前来的不是期待中的龙猫巴士，而是略为残旧的中型巴士，司机也没穿着端正的制服，而是便服的装扮。
搭车的只有 Milly 一人，巴士穿过田野农家，摇摇晃晃进入建筑相对较多的住宅区，然后 20 多分钟后，到达了道草馆。

如此，寻找缓慢咖啡屋的任务顺利且在奇迹中完成。

面包屋“Bakery”

北の住まい设计社カフェ

上川郡东川町东 7 号北 7 线

10:30 ~ 18:00，周三休

そば 丼物
だるま食堂
幌舞 52-5273
鉄道員
オープンセット
だるま食堂

旭川、南富良野

理想的生活和咖啡屋

旭山动物园大白熊的泳姿

以过好日子为理想的 café good life

· 前进咖啡屋大迷路
· 山林、咖啡屋、slow life

铁道员车站：幌舞？几寅？

湖畔度假旅馆 Log Hotel LARCH

· La Montagne 蒙特娄餐厅
· 独木舟能不能体验？

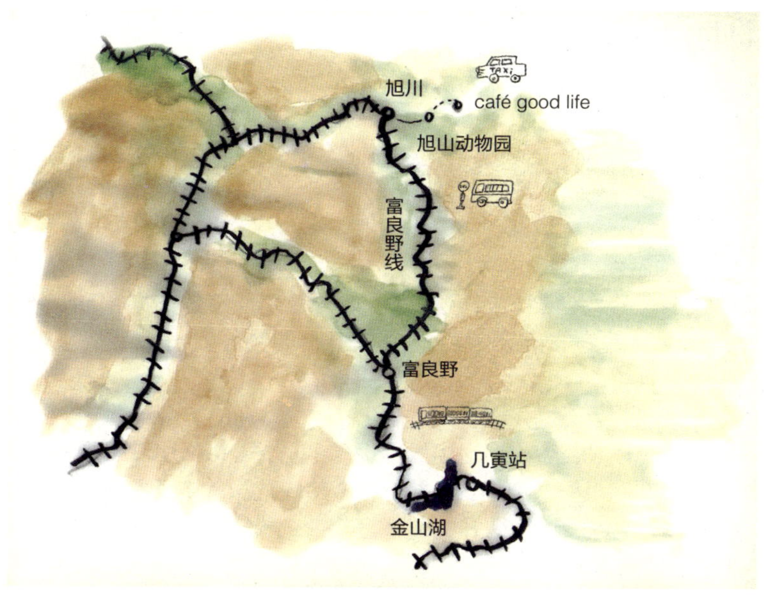

冬季去旭山动物园最重要的活动是看企鹅散步

夏天还没换好毛的小企鹅

1

旭山动物园大白熊的泳姿

结束幸运又愉快的一日大自然小旅行后，隔天要往南富良野方向移动。不过在这之前，在旭川还有两个地方一定要去，一个是旭山动物园，一个是憧憬咖啡屋 café good life。

因为班次不多，查阅时刻表后规划出当日最理想的路线：从旭川车站搭乘 13:38 的列车前往富良野，14:51 到达，然后再换乘 15:17 前往几寅的普通列车，预计到达时间是 16:08。如此一来，离跟旅馆约好的时间还有 20 多分钟，有充分的时间可以逛逛电影《铁道员》的背景车站。
由于班次不多，这时间表几乎是唯一的选择。

上午要先去旭山动物园，再往前推算，从旭川车站往返旭山动物园大约 2 小时，去 café good life 往返约 5 分钟车程，加上用餐时间，得到的简单结论是：一大早搭乘巴士前往旭山动物园，在动物园开园之前就要到达。
在夏季，旭山动物园是 9:30 开园，因此搭 8:40 的直达巴士，时间应该刚好。

在搭乘巴士之前还有很充分的时间可在车站前购物广场的连锁咖啡屋吃份相对悠闲的都会早餐。

早餐后搭乘直达快速巴士前往动物园，跟几个月前在冬季搭乘时一样都是客满。
到达动物园时，大门入口早已排着长长的队伍。9:30 一到，准时开门，大家鱼贯入园，园内一下子就充满欢乐的声音，真是一座幸福的动物园。
冬天来时看了期待的企鹅散步，夏天的旭山动物园则是完全不同的气氛。少了白雪覆盖的路径走起来轻快得多，活动力也大得多，可以快速在不同园区间移动。

因为 Milly 是第二次前来，期待的感觉少了些，“任务”的成分多了些。所谓任务，其实就是要让 Milly 的第三代小光数码相机能发挥“防震功能”，拍下上次没能顺利拍下的北极熊游泳画面。
因此一进入动物园就先杀到北极熊区，可惜大白熊还在懒洋洋地放风，完全没有想要下水的迹象。
于是换个目标去拍企鹅，大满足！因为可以在水族馆的天空隧道中看见企鹅快速游动的姿态。不过企鹅实在游得太快速，要捕捉到那像是在水中飞行的企鹅，还真不容易。倒是发现从水面下拍水边的企鹅，有一种很特殊的风情。
还有，没换好毛依然是毛茸茸的小企鹅，更像是布偶一样超级可爱，忍不住在它前面停留了好长一段时间，太——可爱了！

之后更绕道去看了旭山动物园新开辟的“オオカミの森”灰狼的森林，但是这些灰狼兄弟都懒洋洋地躲在角落，而且一身烂泥模样（哈），不是很可爱，Milly 于是没多停留，移情别恋看猴子去了。

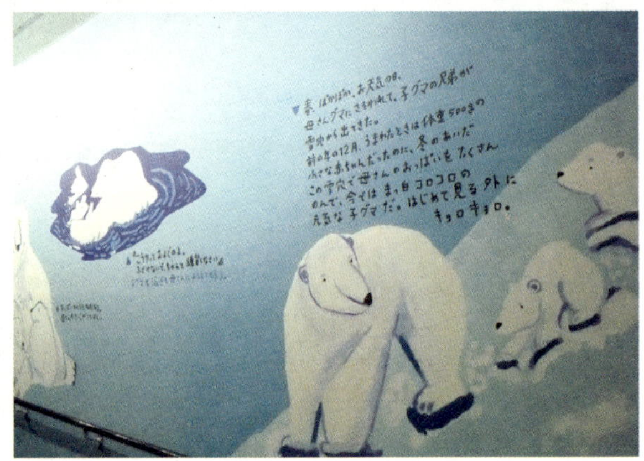

这回因为还要从动物园往返咖啡屋，在动物园滞留的时间不长。

计划中是从 9:30 留到 10:40 左右，如此搭乘出租车前往 café good life 就刚好可以吃个较早的午餐。

只是要离开时路经北极熊馆，发现馆内传来了一阵阵骚动！

一定是了！一定是大白熊下水了。果然匆匆入馆，真的看见了，身躯肥肥的大白熊正愉快地在水中嬉戏。Milly 这熟女也顾不得形象，挤进以小朋友为中心的最前列，压低身躯拼命利用时间去捕捉大白熊超级可爱的泳姿。

真的是大满足了！之后每次看见当时拍下的大白熊在水中圆滚滚的模样，就会有种“癒された”（被疗愈了）的舒服感。

任务在愉快的气氛中完成，小光三号厉害。

Milly 因此也终于能了无遗憾、心满意足地离开动物园，搭上出租车往山野中的咖啡屋前进。

2 

以过好日子为理想的 café good life

其实这次因为要前往一些偏僻的憧憬咖啡屋，因此很大方地排了大约 3 万日元的出租车费，主要是不希望因为交通费用而留下未能绕道前去体验的遗憾。

有句很喜欢的日文叫一期一会，其实在旅行中很贴切。

每个旅行点都有可能是一生中仅有的一次，虽说不必因此而过于慌乱或贪心地乱了旅行的步调，但是如果在时间和旅费许可的情况下，还是以为要适度掌握自己真正想去的地方和憧憬的方位，然后义无反顾地前往，即使是在天涯海角。

说起来，Milly 近年来旅行的乐趣，很多时候就是这类锲而不舍地朝憧憬的方位前进后达到目的的满足感。

说起来，是否一定要前往那完全没有大众交通工具可到达的 café good life，Milly 本来还有些犹豫，但 7 月 12 日的际遇过于幸运，那一点点犹豫就自然烟消云散。去吧！就搭出租车前去吧！那美好的憧憬咖啡屋。

一间憧憬咖啡屋一定要经过一个邂逅的过程，才会一见钟情、朝思暮想地想前往。而发现这 café good life，就正是经由之前提过的《MOOK 书》“去拜访那些缓慢的咖啡屋”。但在这本书上，café good life 是较为靠近“道草馆”，因此当时是将 café good life 和北の住まい设计社カフェ排在同一天的旅途上。

后来再详读文字和网络资讯，才知道 café good life 搬到另一个更幽静的地方，也就是更偏远的地方，离旭山动物园车程约 5 分钟。

但是在 café good life 的交通指引上，是这样写的：

樱冈的 café good life 位于幽静山林里，从旭川市区开车过来约 30 分钟，从现在造成话题的旭山动物园开车过来约 5 分钟。因为听到不少客人说着这地方真是难找，所以会想说，你何不以“寻宝”的心情前来，这或许不错。顺便一提，到目前为止，最高的迷路纪录是两个小时，那是从旭山动物园开车过来的女生二人组，真是佩服她们锲而不舍的决心。

看了这段文字，Milly 不能不更小心去规划路径，以免无谓地浪费时间，甚至误了后面的计划。因此先依照网络上的提示，不但抄上地址、电话，更详细抄下地图上标出的地标，例：以“动物园的东门”为准，右转后会看见“红色的鸟居”，然后再右转……之类的。

同时在进入动物园之前，还先利用排队入园的空当跟排班出租车司机商量，表明大约 50 分钟后会出来搭乘他们的出租车前往，但地址有些难找，可否请他们先确认一下。

前进咖啡屋大迷路

但是！即使如此，当充满期待地搭上旭山动物园前的出租车前往 café good life 时，那位自信满满的司机大哥（真的是烫了小卷头，很像大哥）居然还是大迷路，Milly 中途还打电话让他自己跟咖啡屋的人问路，如此这般不含电话通话费，不但花了十多分才到达，而且车费是 2470 日元，不过总算是顺利到达了。（在此注明一下，回程因为司机已经知道道路，因此车费是 1350 日元。）

以过好日子为理想的咖啡屋 café good life ~カフェ·グッドライフ。

十多年前从东京移居到北海道旭川的涩谷夫妇，为了让自己的居家更为舒适，喜欢做木工和房屋修建的涩谷先生于是不断翻修改建仓库，同时还在屋前搭设了露天三温暖室。当初改造的动机，不过是要建立一个“朋友们可以一起舒适欢聚”的基地，可是，可能是屋舍整体泛出的氛围太像间美好的餐厅，很多人在路过时都不免问一声“请问这是餐厅吗？”

这样的询问实在太多，涩谷太太于是扬起兴致，先在房舍周边种起青菜和香草植物，之后更进一步利用这些自家栽种的食材，开了这间 café good life 咖啡屋。

太太まち子用自然食材做出好吃的面包、蛋糕、果酱，刚开始咖啡屋是以饮料和蛋糕为主，后来在客人的不断要求下加入了拿手的好料理，像是汤咖喱和香草料理等。即使如此，まち子太太最希望的还是客人能在幽静的环境下忘记时间，悠闲地喝茶吃点心，而不只是为了果腹，用完餐就匆匆离去。

涩谷先生则是依然专注在最爱的改建工程，在屋舍周边搭建了小桥、柴房、石屋等，让客人有如到涩谷夫妇家做客般自在舒适。

其实换个角度来看，涩谷夫妇本来就只是想要拥有一个在大自然环抱下的舒适住家，以及朋友来拜访时能更愉悦的空间，所以客人有那样的感觉，也是很自然的。

在东川町经营 café good life 的第 7 年，涩谷夫妇发现了一个更宽广更幽静的环境，就是 café good life 的现址：旭川郊外的樱町。

发现了这幽静乐土后，涩谷夫妇花了将近 5 年，一步步改造这从农家买来的农舍。然后 2007 年 4 月，café good life 搬到新的位置，Milly 则是很愉快地在 2008 年的 7 月 13 日来到这憧憬的咖啡屋。

用自然食材做出的面包、蛋糕都是招牌

山林、咖啡屋、slow life

当 Milly 从出租车下来的那一瞬间，就忍不住在心里低喃着："这就是理想中山林 slow 咖啡屋的模样吧。"

接着涩谷夫妇美丽的拿铁色爱犬 SONDRE 超亲切地出来迎接客人，看得出夫妇俩很爱狗，因为当沿着小径走进咖啡屋时，抬头一看，玄关屋顶上还伫立着一个 SONDRE 的铁制图像，之后在咖啡屋内各式各样木制和铁制手工艺品中，同样发现了命名为 Mr.SONDRE 的作品。

如果点进 café good life 的网站，那异常悠闲不常更新的网站中，唯有爱犬 SONDRE 专区是较新的。

进入那比想象中更舒适宽广的咖啡屋空间，挑了个靠窗可以看见外面田野的桌位坐下，然后目光贪心地环顾起四周。

自然光透过窗台，柔和地射在那通往户外的木门以及恣意敞开的露天座上。
屋角有个很古典的铁制火炉，印象中该是从旧址的 café good life 搬过来的，是象征着这咖啡屋精神的火炉。
一张大木桌上满满摆放着美味的手工面包、蛋糕、饼干和各式果酱。
天井很高，墙壁是刷成洁净雪白的泥墙。
从一根根磨得很亮的木柱和木梁，可以看见这原本是农舍仓库的痕迹，更可以看出涩谷先生一定是花了很多工夫和坚持才能将空间改造得如此完美，整体的感觉像是一座南欧的悠闲农庄。
耳边是柔和的爵士音乐，想起了在一个访问中，涩谷先生提到他希望营造出一个适合聆听蓝调爵士的咖啡空间。在有限的网络资料上看到，咖啡屋一旁的 studio N.Domon 还会不定期举行爵士音乐会。

当 Milly 的目光在屋内每个角落贪心地探索时，SONDRE 很温柔地躺在桌边，那悠闲的姿态，只能说羡慕，这才是真正 LOHAS 慢活的生活姿态，SONDRE 你真是一只幸福的狗狗。
虽说这样讲有点奇怪，Milly 深信，可以调教出这样温驯可爱又亲近人的狗儿，主人一定有着温厚亲切的品格，因为唯有大量的爱和宽容，才能让狗儿呈现出这样的气质。果然来招呼 Milly 点餐的太太まち子，真的是那种一眼就会让你感受到温暖和亲切的人。
まち子太太问 Milly 是从哪里来的？当回答说是从台湾来时，まち子太太瞬间雀跃了起来，愉快地问着 Milly 怎么会来这里。
被まち子太太的愉快给感染着，于是很开心地解说着如何透过一本《MOOK》发现这间咖啡屋，以及如何波折地搭乘出租车坚持迷路也要来。
Milly 更不忘表达，如果时间允许，真的很期望能多待些时间，但是人在旅途上，车子也等在外面，很遗憾地只能吃个午饭，不能久留。

まち子太太很讶异 Milly 这样一个海外游客会经由这样有趣的方式来到这咖啡屋，她带着些可爱的小兴奋对着在露天阳台用餐、留着白发白胡子的温柔中年人重述一遍，Milly 这才发现，原来一进门就发现的那位中年男子正是涩谷先生。
其实在短短四十多分钟的滞留过程中，带着柔和笑容的涩谷先生都是这样悠闲地坐着，后来还在另一栋建筑的露台前跟 SONDRE 一起自在休息着。

看来两人的分工很清楚，涩谷先生负责改建和规划空间，以及做一些质朴的手工制品，在厨房里的害羞厨师以及涩谷太太则负责经营咖啡屋。
据 Milly 的短短观察，不论涩谷先生或太太，都不是那么有商家气息，似乎真的只是很悠闲地不疾不徐地在自己梦想的乐土上经营着理想中的舒适空间和生活。

而客人来此分享的，正是他们那自在生活的模样。

当天 Milly 点的是 1300 日元的午餐套餐，沙拉非常新鲜好吃，自家面包完全跟期待的一样没让人失望，主食香草炖鸡腿更是非常入味又滑嫩。

以农舍改建的 café good life

［左图 & 右下图］比车资还便宜的美味午餐

［右上图］咖啡店爱犬 SONDRE

用餐后把握着短短的悠闲，喝着餐后咖啡，想着有一天一定要再来，然后奢侈地在此待一整个下午，不经意地迎接着暮色降临时这舒适空间点起的昏黄灯火。

带着留恋的心情，离开 café good life。

出租车司机在 Milly 悠闲用餐时，就在咖啡厅外抽着烟、擦车、小歇。虽说来时在心中有点小怨叹他的无方向感，但是想到他愿意在一旁等待又不算时间跳表，也是不错的服务。

Milly 的几次经验发现，通常坐出租车去一个地方用餐或喝咖啡，只要事先讲好希望回程也请他接送的话，司机通常就会在外面等待。毕竟现在油费高，如果开回排班处再回头接客人是不划算的。

就是这样，有些小奢华地花了 3820 日元车费以及 1300 日元的餐费，完成了 café good life 这间憧憬咖啡屋的体验。
若问值不值得？答案是绝对的肯定。
当然如果人多，出租车费可以摊付或租车前来就更划算，只是最好要租有卫星导航的车子，就比较不会迷路。

café good life

旭川市东旭川町东桜冈 52-2
11:00 ~ 19:00，周二休
http://www.nysno-linen.com/goodlife/goodlife.html

搭乘出租车，很快地花了 5 分多钟就回到旭山动物园，司机大哥还很好心地说 12 点就有巴士可以回到旭川车站。
其实司机在送 Milly 去咖啡屋的途中，还建议何不干脆直接由咖啡屋搭出租车回旭川车站，探问了一下，车费居然要 7000 多。
大哥！你真以为 Milly 是大户啊。不过如果是日本人又是团体出游，似乎也是可能的，至少日本资讯节目很多时候都是推荐用出租车来连接行程。

搭乘巴士返回车站，Milly 难得地发挥了一点方向感，提早一站下车，如此走去寄放行李的旅馆就快很多，在旭川车站闲逛的时间也宽裕些，可以去旁边的商场买些东西，也在站前广场参与了一下庆祝旭川车站 110 周年的爵士音乐会。

在艳阳下的站前广场愉悦地听着很有水准的爵士演奏，看见会场周边还有名产推广摊位，Milly 买了一片夕张哈密瓜，才 100 日元，比在观光区购买足足便宜一半。如此这般，不但 Milly 可以完成味觉体验，解决掉一个北海道必尝的美食项目，同时也算是为日本最有名的财务破产乡镇夕张尽了一份“应援”的心意，虽然只是 100 日元。
不过呢，这应援真是甜蜜呢！哈密瓜真的很新鲜多汁又香甜，好吃！

3 

铁道员车站：幌舞？几寅？

前往几寅车站

13:38 搭乘普通列车从旭川经由富良野前往几寅，在地图上看去不长的距离，乘坐普通列车却大约要两个半小时，好在沿线微雨后的田野风光非常清新舒畅，途中更跟一些放学的小朋友同车厢，很热闹地在 16:08 准时到达月台两侧开满野花和玫瑰的几寅车站。

几寅车站又称为幌舞（ほろまい）车站，或是该说，几寅是本名，而幌舞是这车站在电影《铁道员》里的“艺名”。

本来 Milly 想一个人先在车站周边逛逛，但是 Log Hotel LARCH 接客小巴几乎是在 Milly 走出这无人车站的一瞬间就刚好停靠，所以就在热心又可爱的司机阿伯带领下，参观了电影设在站内的道具展示中心以及在周边搭建的车站、食堂和理发店等景点。站前还停靠了一辆昵称为“ぽっぽや”号的废弃列车，据说这列车也有参与电影演出。

几寅车站

第二天一早，同样在这车站转车前进带广，那时看见了两辆巴士停靠参观，一辆是日本团一辆是台湾团，车站周边顿时变得很热闹。

通常旅行团都会把这幌舞站和周边因为连续剧《北国之春》而成为热门观光据点的鹿野之森连成一条线，只是 Milly 没看过《铁道员》，也没看过《北国之春》，没有了相关剧情的印象来激奋情绪，朝圣的心情就相对平淡很多。

但单纯以一座车站来看，Milly 真的很喜欢那从车站看去月台、从高处月台俯瞰车站的姿态，以及列车以远山为背景驶入的姿态，尤其是在花朵的衬托下。

然后几乎可以确定的是，当大雪覆盖北海道的时候，这无人车站一定更美更有铁道员电影中北国大地一座孤寂车站的悲壮气氛。

电影《铁道员》拍摄舞台

4

湖畔度假旅馆
Log Hotel LARCH

在小巴司机大哥热心导游参观幌舞车站后，接着驱车前往距离车站 15 分钟车程、位于金山湖畔的 Log Hotel LARCH ~ログホテルラーチ。

开朗的司机大哥很有推广观光热诚地对着 Milly 介绍沿路的景点，还在途中让 Milly 在湖畔下车，去拍拍那盛开中的薰衣草田。

在列车上虽说已经瞥见了金山湖在环山围绕下的浩渺模样，贴近去看，更是不能不感动于湖面在大自然下的壮丽。

周边几乎没有任何人工建筑，只有最自然的湖光山色，很有点置身欧美湖区度假地的感觉。

Log Hotel LARCH 坐落在金山湖畔边的山丘上，从这湖区度假旅馆走到湖边不过 7~8

Log Hotel LARCH

分钟。Milly 在 check in 之后穿了双夹脚拖鞋轻装走到湖畔散步，那感觉真的相当不错。因为不是假日，广阔湖区只有少数在散步的游客，清幽的大自然除了时而传来的鸟鸣外，就只有风吹过树梢的声音。

绕道返回旅馆的途中听见阵阵欢乐的笑声传来，循着声音走过去，原来是在湖畔扎营的一家人正在暮色中烤肉。

如果在此扎营，天气好时可在满天星光下入眠，一大早可以在湖畔散步，面对湖光山色喝杯早安咖啡，在阳光还不太强之时，在湖中划划独木舟，然后还可以看见暮色中山影倒映在多彩湖面上的绝景，一切的一切该是多么惬意。

只是 Milly 毕竟是喜欢一个人的旅行，加上也不是户外扎营好手，这些美好的可能就只能留在幻想中了。

其实说实在的，虽说这次在 Log Hotel LARCH 住宿的经验也很愉快，但还是不能不说，这旅馆不是那么适合单身旅行者，因为旅馆最具特色的是山林间绿草坡上一栋栋度假小屋。

Log Hotel LARCH 的客房有两类，一类是 Milly 所住的本馆楼中楼双人房（LOG HOTEL），另一类是位于林间有厨房设备让 Milly 很憧憬的独栋度假木屋（COTTAGE）。有 6 栋可供 5 人入宿，3 栋可供 8 人入宿。

因此，最佳的度假方式应该是租一辆车，然后一家人或一行人包下一整栋小屋，在此住上个几天，再以此为据点开车到周边小旅行，有时可以在旅馆的餐厅用餐，有时可以到附近的乡镇吃饭，更可以自己采买食材，在宽大的阳台 party，或换换气氛跟湖畔露营场租个烤肉架 BBQ。

不能一行人入宿，Milly 就设定自己是在湖畔放松度假，毕竟这旅馆最大的资产还是大自然，一踏出阳台就可看见高耸杉木的幸福已经很足够。更别说这里的料理颇让人期待。

独栋度假木屋

La Montagne 蒙特婺餐厅

Check in 时客房经理会询问你要日式或西式料理，以为在这北美风格的度假旅馆吃日式料理很微妙，于是选了西餐。

餐厅天井很高，还有一整面两层楼高的落地大窗，望出去是一大片杉林。

至于期待中的晚餐没让人失望，本来以为旅馆是“南富良野町振兴公社所”规划、公家经营，可能料理会有些国民旅馆的简朴感，但是意外的，这里的南法料理很有水准，盘饰也很漂亮，一点都不输给都会的法式餐厅。

难怪了，观察别桌客人，似乎除了部分房客外，很大一部分的客人都是专门来此用餐。这里的餐厅对外开放，午餐也颇受好评。

附属餐厅 La Montagne 的主厨是丰岛胜美先生，除了充分运用当地食材、料理水准很高的特点外，那面对森林的宽大阳台更是一大特色。晚餐后的饮料和甜点自然就很乐意地听从大厅主任佐佐木茂先生的建议，移步到阳台享用。

从阳台望过去，正好面对一排笔直的杉木林，一轮明月从树梢缓缓升起。

眺望着这美好月色，Milly 不禁悠然沉醉起来，要不是这山林旅馆即使在夏日晚风还是相当凉沁，否则真想这样一直望着月色爬到更高的天际。

第二天一大早先在广大的绿地上散步，带着些期待的心情悠闲地游晃着，期待的是或许可以看见从森林中出来散步的狐狸。

因为看见其他旅人的网络日记，曾经在夏日度假期间在这里看到悠闲散步的狐狸，房间内放置的绘本也是以这里的狐狸为背景。

旅馆晚餐

旅馆早餐

可惜期待很大，却没能因此巧遇散步中的金黄色狐狸。或许正如资料显示，7 月、8 月是狐狸育儿的繁忙期，跟狐狸巧遇的可能不大。

晨间散步后最期待的当然还是早餐，前晚的晚餐很满意，早餐自然也很令人期待。果然早餐完全没有辜负期待，新鲜好吃，尤其印象深刻的是那用黄色番茄制作的自家果酱。只是不明白的是，为什么在西式早餐中会出现用西式餐碗精美端出的豆腐，难不成是这里的豆腐实在好吃，不能不推荐？

金山湖

独木舟能不能体验?

早餐后的咖啡，Milly 依然选择在阳台享用，珍惜离开前的短暂悠闲。

本来如果行程允许，比较理想的安排是早餐后先去参加金山湖畔的独木舟体验，之后再回到旅馆拿回寄放行李，搭车前往下个据点。
最想参加的是冒険！空知川カヌー下り（冒险！空知川独木舟之旅），从中午到黄昏，沿着溪流一路观察两岸自然景观和野生动物。
只是这个独木舟行程长达六个多小时，除非是三天两夜的行程，否则要去串接前后的观光路线会有点困难，毕竟这区域对于 Milly 这样的个人旅行者来说，最大的缺点还是巴士和铁路班次都不多。

退而求其次，Milly 就想或许可以参加一大早的基本独木舟行程，时间大约是一个半小时，地点就在旅馆前方的金山湖。
可惜在请旅馆人员帮忙预约时，得到的答案是因为近日预报天气状况不佳，没有其他人预约，当天行程都取消了，残念。
其实，最理想的大自然空知川独木舟体验季节大约是 8 月，如果要参加，最好提早报名。Milly 查询资料，这家 hat! 感觉不错，可以参考。可请旅馆帮忙预约，独木舟俱乐部会派车来免费接送。

在南富野区域没能如愿体验到独木舟，有点遗憾，好在后段行程中还有两个可以体验独木舟的区域：钏路湿原和大沼公园，因此就没多坚持，行程略作更动，继续出发上路。

Log Hotel LARCH

空知郡南富良野町东鹿越

http://www.larch.jp/

hat!

http://www.hokkaido-adventures.com/

こうふく
幸福駅
こうふく
幸福
KŌFUKU
なかさつない
NAKASATSUNAI
たいしょう
TAISHŌ

带广

追寻大草原上的树屋

缓缓前进带广

- Richmond Hotel 带广站前
- 带广站内豚丼ぶたはげ
- 小小咖啡屋 FLOW MOTION

NAITAI 高原牧场?

- 迷路迷径大失败
- 六花亭本店

幸福还是爱国?

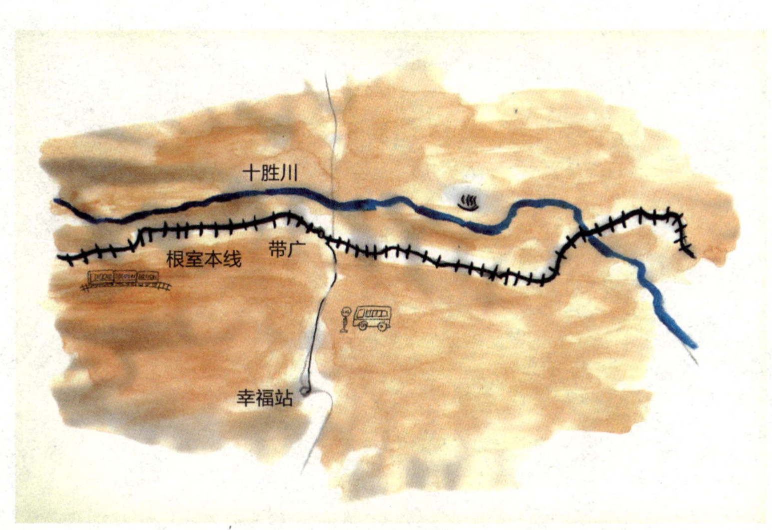

1

缓缓前进带广

列车上可爱的母子

原本这次行程是要回到富良野游览，不过因为前段路程走得很顺，比预期更早体验了富良野一些想去的地方，倒是带广区域，每次几乎都是路过和转车，没能好好游览，于是就改成住在带广，在这里待上三天两夜。

一般来说，如果随身携带电脑，又有可以上网的环境，旅途上随着情绪和天气更改行程、不断变通，有时更会多出些意外的乐趣。

短暂体验过后的感想是，带广真是主题丰富的休闲城市。以带广为中心，延伸出去的带广、十胜区块中有炭烤猪肉盖饭、六花亭甜点的美食，及中札内美术村、紫竹花园等大自然围绕下的美术馆和公园，有铁道主题的爱国车站、幸福车站，还有憧憬的三余庵和北海道 HOTEL，有可以朝圣探险家植村直已的冰雪纪念馆，有日本唯一的植物性 MORU 温泉。Milly 个人以为带广的丰富性，完全不会输给近年来因为旭山动物园而大大繁盛的城市旭川。

以下就来分享一下 Milly 在带广的三天两夜小旅行，有意外的惊喜，有大满足的体验，也有小失败的懊悔。

到达几寅车站，预计搭乘 9:58 的快速狩胜列车，大约 11:28 即可到达带广。从几寅直达带广的快速列车，除了这班列车外，下一班就要到 20:06，由此也可完全看出这条路线的班次有多么稀少。

除了铁道外，另一个选择则是搭乘往来于旭川和带广间的高速巴士ノースライナー号（North Liner）。这些城市间的巴士路线，分为“狩胜峠经由”和“三国峠经由”两条路线。“狩胜峠经由”每日有三班往返，“三国峠经由”则只有两班。会通过南富良周边的是“狩胜峠经由”。

不过，虽说是快速列车，却依然是一人驾驶一节车厢，乘客也是不停地上上下下，很有地方列车的生活风貌。

在途中 Milly 看见了这对母子，年轻妈妈愉快地用手机拍着戴草帽的可爱儿子，Milly 则忍不住偷拍下母子俩可爱的互动。

啊！被小朋友发现了，给了 Milly 一个甜蜜的笑容。

带广整体上是一座悠闲的城市，走出车站就可感觉到。不管是从前往巴士总站的北口或图书馆方向的南口出去，映入眼帘的都是宽阔的广场，站前没有杂乱的商店，而是笔直的道路和行道树。
正如这城市给自己的定义一般，这是一座非常美丽的田园都市，企图将都市、农村以及自然环境融合在一起。

Richmond Hotel 带广站前

带广车站周边的旅馆比起上次前来多了很多，Milly 选择的是在 2008 年 6 月 7 日才新开业的“リッチモンドホテル帯広駅前”（Richmond Hotel Obihiro Ekimae）。
Milly 对新开业旅馆一向没有抗拒力，因为新开业的旅馆，几乎是绝对的新颖干净，开业的价格优惠更是吸引人。像这次的单人房不过才 6300 日元，利用订房网站订房有点数折扣，一晚不过 5700 日元。房间宽敞，床铺舒服好睡，可以无线上网，窗户看去的绿意不错，以为是满意度很高的一次住宿体验。
这新开业的商务旅馆离车站很近，几乎就在车站边，一出东口就可以看见那洗练的建筑外观，一分钟的脚程而已，方便搭乘巴士和铁道做放射状的周边小旅行。

除了房间新颖舒适外，饭店一楼的亚欧意大利创意料理餐厅“夜光杯”也颇推荐。本来当晚就想或许可在睡前去小酌一杯，只是这两三天住的都是以美食为主的旅馆，接下来更要住宿料理非常让人期待的“三余庵”，于是这天就稍为控制一下预算，决定早餐才去体验。
基本上，在预约时就可以选择要不要附早餐。Milly 预约的是不含早餐的单人房，临时

带广车站周边

Richmond Hotel Obihiro Ekimae

リッチモンドホテル帯広駅前

北海道帯広市西 2 条南 11-17

http://www.richmondhotel.jp/obihiro/

想要去吃早餐，打折后大约要付 1000 日元，即使以商务旅馆来说，还是略微偏高，但自助早餐很丰富，食材又都是严选自带广十胜地区的农畜牧场，还是会让人有物超所值的感觉。

隔天早上 Milly 一大早就喝了两杯新鲜牛乳，吃了不少新鲜蔬菜和道产马铃薯、玉米浓汤、清爽的十胜猪肉片、十胜红豆甜汤、有机咖啡等，说实话，是已经出现“过食”的状态。

带广站内豚丼ぶたはげ

到达带广的时间已经是接近 11:30。在站内的观光咨询处拿些资料，顺便询问如何从这里前往那有一棵超完美树屋的牧场。

观光案内的阿姨很热心地建议了巴士交通，还在时刻表上用荧光笔画出搭乘的时间和下车的车站。

但那其实是一个完全错误的建议，造成 Milly 很难得地在一个不知名的乡村流浪，这段留待后续再说。

旅馆早餐的食材来自当地农牧场

夜光杯餐厅有推荐的创意料理

美味得出乎意料的豚丼专门店

在展开周边小旅行之前先填饱肚子，午餐自然是来到带广不能不吃的炭烤猪排盖饭。可惜的是观光客必吃的元祖豚丼のぱんちょう虽然就在旅馆旁边，却因为周一公休，不能完成味觉体验。但是肚子实在太饿，也没力气再去其他地方，于是就“迁就”地在站内的炭烤猪排盖饭餐厅点了一份。

可是真的是意外中的意外，这里的豚丼真是好吃到不行，让 Milly 暗暗惊呼“那以前在列车上吃到的带广豚丼火车便当到底算什么哩？”

或许这间豚丼之所以好吃美味是有其背景的，只是 Milly 孤陋寡闻也不一定。

这间网烧豚丼专门店ぶたはげ，是昭和七年（1932 年）创业的天妇罗老铺的关系餐厅。严选了道东的特级五花猪肉，加上本店的天妇罗“秘方酱汁”，坚持现点现烤，将热腾腾的嫩烤猪排放在香甜的白饭上再淋上酱汁上桌。

ぶたはげ

帯広市西 2 条南 12 丁目 9

JR 帯広駅 エスタ帯広“とかち食物语”内

10:00 ~ 20:00，每月第三周的周三休

http://butahage.com/

难怪如此美味好吃，大满足。
其实在等着豚丼端上桌的短短 3 分钟内，闻着小小店内的烤肉香，已经是忍不住口水直流。
不过 Milly 还是会想着，如果这间豚丼已拥有这么让人难忘的美味，那元祖的ぱんちょう不是更会好吃到令人崩溃吗?

小小咖啡屋 FLOW MOTION

吃完极品豚丼之后心情大好，继续探访一间资料显示非常靠近带广车站的咖啡屋 FLOW MOTION。只是 Milly 的路痴天分又发挥了作用，明明不过 7 分钟的路程，Milly 硬是花了 20 分钟以上才找到。不是借口，这真是一间很难找的咖啡屋，比想象中娇小很多的建筑，要从大马路往“五条花店”和“松江肉铺”间狭小的小路走进去才能发现。
不过即使是这么一间狭小又隐秘的咖啡屋，却浓缩了丰富的愉悦生活主题，甚至会想如果 Milly 生活在带广，这咖啡屋一定是要去驯养的。
但因为迷路浪费了太多时间，在时间不充分的情况下，如此可爱的咖啡屋也只能参观不能享用。

可以参观的咖啡屋?
近日常会想，Milly 虽然爱喝咖啡，但对咖啡的品质没有绝对的执着，只要不是太难喝或是三合一的冲调咖啡就好。
相对的，对咖啡屋空间却是很执着又沉迷，只要迷恋上，不论天涯海角都想一去。
因此换个角度来说，咖啡或许就是 Milly 去消费一间憧憬咖啡屋的“入场券”，借着点一杯咖啡来进入这咖啡店主人呈现出的世界。
但是这回 Milly 怎么可以如此厚颜地闯入一间咖啡屋，而且是一间小小的一进入一定会引起注意的咖啡屋?

原来这间咖啡屋除了好吃的蛋糕卷和咖啡外，有限的空间几乎都让给了书籍和杂货，所以 Milly 可以用来看书籍和杂货的态度，有点冒失地闯入。
还有一个原因是工作人员好像正在为一个很重要的展览开着会，于是跟 Milly 略微示意后，就又回到一旁小圆桌继续开会了。一家自由风格的咖啡屋。

咖啡柜台前放了一个白色书架，上头放了很多在东京大书店都可以看到的生活类杂志，同时因为这是位于带广的主题书店，《northern style スロー》这本十胜区域发行的杂志，自然也一定可以找到。
此外在以白色为主调的空间里，也利用每个角落放置了生活、写真、艺术、绘本等书籍，另外还有一些生活主题 CD。在书籍和几乎是被忽略的咖啡区空间外，还放置了店主自己和北海道手创作者的杂货作品。

[左页图] 咖啡屋的主角是书籍和北海道手创杂货

[右页图] 店内的小小 gallery

据说当初在规划这间以文化生活为目的的咖啡屋时，定下的主题便是“店中陈列的所有东西，都是最想送给自己以及最珍惜的人的礼物。”
而从咖啡店完整的名称“FLOW MOTION ~ real shop + café and gallery”来看，也可以窥出这间小小咖啡屋的大大理想。
所谓的 gallery 是一间小小的展览室，Milly 去的那天似乎是一个空间展示，虽然不是很看得懂要表达什么意念，但那以鲜嫩绿色和漩涡图案构成的作品，还是可以启动直觉，简单地去喜欢。

原本在一旁开会的男子似乎就是这作品的作者，知道 Milly 是海外来的游客，很高兴地跟一旁的人炫耀，还邀请 Milly 在他的作品前合影一张，留下证据。

FLOW MOTION ~ real shop + café and gallery

带広市西 5 条南 13 丁目 11 番地
10:00 ~ 20:00，周二休
http://www.obnv.com/cafe/341/

フローモーション
アートとデザインのセレクトショップ、カフェとギャラリーのお店
FLOWMOTION real shop + cafe and gallery
activity for art and design environment
FLOWMOTION
5

2

NAITAI 高原牧场？

短短的咖啡空间体验后，Milly 回到站前的巴士站搭乘 51 号糠平线巴士。
根据带广站内观光咨询处柜台阿姨的建议，要去ナイタイ高原牧场（NAITAI 牧场）可以在最接近的“糠平スキー场前”下车。Milly 在听这建议时多少也有点怀疑，毕竟从地图上看，糠平スキー场和 NAITAI 牧场似乎不是很接近。

至于 Milly 为什么非去 NAITAI 牧场不可呢？
其实追溯原点，还是因为一张照片。照片上广阔的大草原上矗立着一座非日常模样的树屋，不是那种小规模的树屋，而是虚幻动漫世界中才会出现的雄伟树屋，于是出发前和旅途中就不断牵挂着这座树屋。
NAITAI 牧场号称日本最大的牧场，约有 358 座东京巨蛋那么大，在这牧场里除了可以看见牛羊放牧的风景，牧场内还有餐厅和远眺十胜平野的展望台。
那高高耸立的树屋是为了拍摄雀巢咖啡广告而搭建的，之后就保存下来，成为牧场最受欢迎的一个角落。

因为真的非常想去一探究竟，出发前就不断上网查询交通方式，结果答案都是开车去。若不能自己开车过去，似乎就只剩下搭出租车了，但那包含 NAITAI 牧场的 6 小时出租车观光行程，最便宜的居然是要一辆车一趟 28500 日元。
可是不骗你，Milly 真的一度考虑搭乘，由此可见有多想去这座牧场。
不过话说回来，这出租车的观光行程真的不错，包含了然别湖、糠平湖铁道废线、铁道迷憧憬的上士幌町铁道资料馆等，如果四个人分摊其实也颇划算。

迷路迷径大失败

也就是这样，当阿姨告知可以搭乘巴士前去 NAITAI 牧场时，Milly 才会一时意乱情迷地相信。当然也可能是这一路下来旅途实在是太愉快太顺利，以致 Milly 以为可能会

有奇迹发生也不一定。唯一剩下的一点理智则是 Milly 没有搭乘 14:00 的巴士而是改搭 13:00 的。13:00 的巴士没有到糠平スキー场，却可到达“上土幌役场”（乡政府）。Milly 以为可以先下车问工作人员，如果这巴士确实可以到达 NAITAI 牧场附近，还有充裕的时间搭乘 14:00 由带广车站发车的巴士。

在自认一切完美的情况下愉快地搭上巴士，脑海里已经描绘着站在那高耸树屋前的模样。离开市区，窗外放眼望去都是一样的无际田地，大约 70 分钟，巴士到达上土幌役场，Milly 大摇大摆进去找到了观光课的柜台。

只是 Milly 的询问可是吓坏了年轻的女职员，立刻求助较资深的职员，之后更惊动了另一部门观光推广的男职员（挺帅的喔），结果 Milly 得到的答案是糠平スキー场根本不接近 NAITAI 牧场，在这巴士路线上最接近 NAITAI 牧场的其实只有上土幌役场，而从这里前往的方式只有开车。

女职员热心帮忙打电话向附近的出租车行询价，结果来回估计要一万日元。

这时 Milly 心情开始动摇，花一万日元为了拍一张照？的确有点夸张。

可是都来到这里了，或许……正在犹豫时，男职员很诚恳地说服 Milly 说：“今天的天气不是那么好，即使去了，应该也看不见海报上树屋在蓝天下的模样。”

只好放弃了，天气是原因之一，预算也不能不考虑。看着 Milly 一脸失望，女职员又突发奇想，建议或许可以在附近租个脚踏车，一路骑过去。

正当 Milly 想要说：“我不会骑车啦！”男职员又一脸诚恳地阻止：“不行！骑脚踏车绝对是无理的行为。”

好，结论就是放弃了！

这时心里也不由得小小地咒骂那观光咨询处的阿姨，你的资料真的很害人。

前往 NAITAI 牧场的计划失败，只好乖乖坐巴士回带广去。

可是女职员给的答案居然是下一班回带广车站的巴士居然是在 17:20，那不就是说 Milly 必须在这放眼看去只有住家和田野的区域晃荡三个小时。

天啊！这是什么状况？

在有点自暴自弃的心态下，Milly 决定先走出上士幌役场，心中想着最惨的状况就是搭乘 17:20 的巴士，要不就还是依照计划搭乘往糠平スキー场的巴士，至少可以看看那到底是怎样的地方，在这之前就不如在附近闲晃。

附近真的是田田田……放眼望去都是田野，辽阔的马铃薯田。本来有些小郁闷的心情，不知怎的开朗许多。这样或许也不坏，看不到树屋又流落乡野，但能看见这样辽阔的田野，也是不错的经验。
在游晃中看见了一栋很有个性的旧房子，旧屋子附近发现了车子下的橘子猫，是 Milly 在北海道旅程中见到的第二只猫。
或许北海道真的是太大了，土地总是毫不低调地延展到天际，所以猫很容易就隐藏了起来，一路上都很少看见猫在散步。

沿着大马路随性游晃，突然奇迹出现了。
发现了一座不起眼的公车总站，然后看了一下站牌，15:30 就有一班巴士从这里发车返回带广车站。原来 Milly 来时搭的是十胜巴士，而这巴士总站是北海道拓殖巴士，不同的巴士系统。
就是这样，Milly 就比预定时间早些搭上巴士，然后在巴士上继续振奋地安排了一条不同的黄昏路线。
如果是一般正常人，在搞砸了当日的主要路径后可能会就这么放弃，留在原地休息算了。但 Milly 不是正常人（笑），甚至有点旅游的偏执，在一个计划失败之后，会倾向赶快用另一个新计划来补偿。

六花亭本店

帯広市西 2 条南 9 丁目 6

10:30 ~ 18:30，无休 I www.rokkatei.co.jp

就这样，查阅手头上的资料，知道巴士会在 16:47 到达带广车站，之后有班前往“幸福车站”的巴士，发车时间是 17:45。

六花亭本店

在等车的空当，Milly 去了离带广车站约 5 分钟路程的“六花亭”本店。要知道在北海道处处都有六花亭的店铺和销售柜台，但这代表北海道果子屋的六花亭本店却正是在带广，因此怎么说都该去朝圣一下。

本店一楼是店面，二楼是咖啡屋。装潢没有特别亮眼，但坐落的位置很棒，透过二楼窗户看去尽是悠然的绿意，置身其中非常惬意。

更何况这里的甜点选择很多又具特色，选择时很犹豫，因为都想尝试。

当天点的是放了糖煮栗子的抹茶圣代，甜味控制得很优雅，抹茶的香味也很浓郁，配上蜜红豆一口吃下，滋味丰富又顺口。

吃了冰凉、甜蜜又美味的甜点，体力和心情几乎完全呈现“更新”状态，可以继续出发散步去。

3

幸福还是爱国?

废弃的幸福站

享用了甜蜜的六花亭甜点，回到车站搭乘 17:45“广尾方面行”的十胜巴士前往幸福车站。

巴士会先经过爱国车站才会到达幸福车站，但是天色大约 7 点以后就会变黑，于是根据公车时刻表，只安排了幸福车站的来回行程。

毕竟比起爱国，幸福还是比较重要。

即使是这样，时间还是有点急促，根据巴士班次时刻表，17:45 从带广车站出发，18:36 到达，从巴士站走去幸福车站约 5 分钟，而回程巴士则是 19:07，计算下来，体验的时间不过是 30 分钟左右。

但怎么样都还是想去，理由还是因为 Milly 身上的“铁份”，对铁道迷来说，都到了带广，当然要去幸福车站朝圣。

在旧国铁“广尾线”正常通车时期，相连的两座车站“爱国”和“幸福”，刚好连成了“爱の国から幸福へ”（从爱的国度前往幸福），是这样寓意很浪漫的路线。原本幸福车站还只是在一部分铁道迷间口耳相传，后来在 1973 年经由 NHK 电视台的报导，知名度大大提升，周边车站纷纷推出了“XX 车站开往幸福车站”的车票，其中爱国车站发售的“爱国から幸福ゆき”则最受欢迎。

但即使是如此的话题操作，还是改变不了广尾线乘客短少、营运困难的状况，1987 年 2 月，幸福车站随着广尾线废线，同步废站了。

幸福车站停止使用后，原有的候车室和月台都保存了下来，之后更在周边兴建了农村公园和大型游览巴士的停车场，让这座废弃的车站成为带广观光巴士一日游中的主要观光点。甚至连来回带广空港的机场巴士都可以在此停车。就是说，只要算好时间，或许可以一下飞机就坐巴士来幸福一下。

在基本的带广观光巴士行程中，爱国车站是“车窗导游”，就是不下车，只是透过车窗观看。可以下来体验的是幸福车站。Milly 自订的行程也很类似，只是从巴士车窗略微看了看爱国车站的入口，小小遗憾没能看见 SL 蒸汽火车。

幸福车站的幸福钟

过了爱国车站，大约 15 分钟巴士到达幸福站。在爱国车站有一个“铁道迷”模样的男子上了车，之后也跟着 Milly 在幸福站下车，应该是一路朝圣过来的。

快步走向幸福车站，毕竟已经是下午六点半多。车站内已经没有什么游客，除了 Milly 和铁道迷男子之外，就只有另一对开车过来的情侣。

在这样宁静的黄昏暮色中初体验幸福车站，其实还真是颇幸福的事。

小小的木造候车室贴满到此一游的名片和车票，通过挂着幸福钟的拱门，前往停靠着橘色列车的月台。

从月台看过去是一大片无边的田野，而那停靠着的列车依着辽阔的天际，似乎随时都有可能再启动出发的模样。

会不由得幻想起来，如果这车站依然是使用中的状态，在这里候车启程会是多么浪漫的事。

回程的巴士时间逐渐接近，把握幸福的时光，用力地大大撞了一下那幸福的钟，洪亮的钟声在空旷而安静的大地中回响。

依依不舍离开短暂停留的幸福车站，忽然看见一面公路指示标，上面标示的正是一边往爱国、一边往幸福，不用多说，当然还是要往幸福那边走喽。

不行，如果往幸福那边走，就回不了带广车站，也只好偶尔爱国一下。

可能是 Milly 的爱国情操感动了大地，在回到站牌前时转身一看，忽然看见了，在森林那端火一般燃烧的壮丽黄昏。
在天气预测阴雨天的情况下，能看到这样璀璨的夕阳，真是奇迹！
虽说当日在硬闯 NAITAI 牧场树屋的过程有些许挫败，但能以这样的黄昏来结束一天的行程，依然觉得是很美好的。

不过这里还是要小吐槽一下带广的观光单位，首先给了 Milly 不正确的观光资讯。再者，巴士站的站牌上居然没有特别标示往广尾线的巴士可以到达幸福和爱国车站。如果这两座话题车站是带广很珍贵的观光资源，更积极标示一下不是更好？

不单如此，第二天 Milly 要去的中札内美术村，同样没有明显的公车路线标示，连地方的观光网站甚至中札内美术村官方网站上都只贴上开车前往的地图，没有搭乘巴士的建议。
Milly 一度误以为中札内美术村没有公共交通工具，要不是在查询幸福车站的巴士路线时发现有一个停靠站叫“中札内美术村”，可能又要为了这美术村动用出租车。

PS: 通往幸福的巴士票价：从带广车站前往爱国车站是 460 日元，前往幸福车站是 590 日元。而从爱国车站前往幸福车站，要 440 日元。

要选爱国还是幸福?

带广

绿意、美术馆和憧憬旅馆的路径

柏木森林间的中札内美术村

- ポロシリ餐厅

带广市区小散步

- 淡淡咖啡屋
- 北海道 HOTEL
- 带广美术馆

五感体验职人精神的三余庵

- 三余
- 五感
- 美食

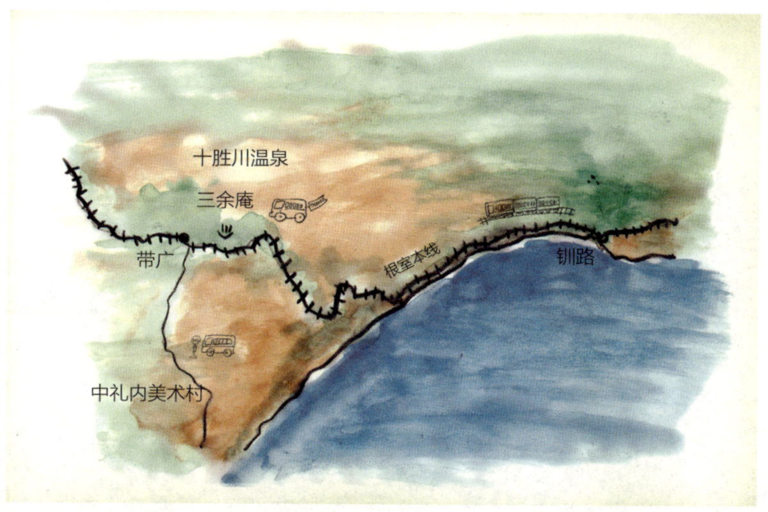

1

柏木森林间的中札内美术村

北之创作椅子展

在旅馆吃完了丰盛的自助早餐，体力全开，准备前往中札内美术村。
从带广车站到中札内美术村，搭乘巴士大约一小时，单程车费是 880 日元。
搭乘的是 60 号的广尾线巴士，也可以前往幸福车站和爱国车站，因此更顺路的小旅行或许应该是爱国—幸福—中札内这样一路玩下去。

中札内美术村，光是看见那个“村”字，就可以预期这不是腹地很小的美术馆。
的确，美术村是以 19.8 万平方米的柏木原森林为基地所规划出来的户外美术馆。
因此在这美术村内游晃会有在森林里散步的感觉，森林路径相当坚持地保有自然的一面，几乎没有过多的人工水泥物。美术馆都是石造或木造古建筑，美术馆、餐厅与纪

中礼内美术村周边的马铃薯花田

户外雕塑

梦想馆 gallery

念品商店之间更是很用心地铺设了枕木。
须特别注明的是，这些林间步道的枕木，可都是取自废弃的广尾线铁道，是铁道迷的话请务必 check。

进入美术村不需入场券，四间美术馆：相原求一郎美术馆、北の大地美术馆、小泉淳作美术馆、佐藤克教现代木版画馆，每张票大约是 500 日元，也可以买四间美术馆的联票 1200 日元。
如果你像 Milly 一样，没有太积极的艺术鉴赏动机，只想看看茂密柏木林间每间美术馆的建筑、随意观赏一下林间的雕塑，再去那放置着很多现代艺术雕塑的广大草原散步一下，那么，不用花一毛钱就可充分感受这美术村的魅力。

北の大地美术馆

在柏林买到的六花亭甜点

中札内美术村

河西郡中札内村栄东 5 线
10:00 ~ 16:00，冬日休馆日请上网查询
www.rokkatei.co.jp/facilities/index-1.html

据说在 6 月中旬还可在林间发现北海道最可爱的花朵“铃兰”，这个季节来此的话可要留意。
即使不是铃兰盛开的 6 月，林间也有很多可爱却叫不出名字的野花。
更让 Milly 惊喜的是，美术馆没有人工的围篱，几乎就那样跟周边的田野融成一体，所以在美术馆周边可看见无边无际的玉米田和马铃薯田，而马铃薯花正在盛开，淡紫和纯白花朵满满地向天际延伸，像张大自然的花地毯。
多年前在北海道看见后难忘的景象再次出现，感动之余忍不住一张张地拍着，对 Milly 来说，这马铃薯花田正是最完美的大自然艺术品。

说到花，要特别提到这美术村是由六花亭果子屋所规划，因此园内名为“柏林”的商店里，除了美术馆的纪念品外，也可以买到各式六花亭甜点。
另外，村内还有家很有特色的茅草屋，是名为“花六花”的乌龙面店和甘味屋，只是那天正巧公休，没能前去小歇喝杯茶，只能在“柏林”买了一个非常可爱的猫头鹰甜点，那神情实在太憨直可爱，一瞬间还真是舍不得一口咬下去。

ポロシリ餐厅

在林间的美术馆和周边的田间散步后，时间接近中午，于是前往那像栋森林度假屋的餐厅ポロシリ用午餐。
意外地都是很家常的料理，而且是自助餐点餐的形式，很有点在学生食堂用餐的感觉。
建筑的前身居然是北海道大学第二农场的谷仓，难怪这样有风味。
Milly 点了超新鲜的青菜沙拉和鸡肉饭，料理很朴实，口味是清爽的健康风味，因为食材都是来自周边农场的关系吧。
天气好时，绝对建议在阳台用餐，可以就这样沉浸在度假的气氛中。

时间允许的话，或许真的可以更悠闲些，每座美术馆晃晃，喝杯咖啡再用个餐。
之后再去也是由六花亭企划的“六花之森”，距离中札内美术村约 10 分钟车程。
在溪边的六花之森有个很浪漫的构想，就是希望能建立一座在大自然中有如六花亭包装纸上花朵盛开模样的森林。

ポロシリ

河西郡中札内村栄东 5 线 172-1 中札内美术村

10:00 ~ 16:00

4 月 ~ 10 月定休

2

带广市区小散步

搭上返回带广车站的巴士，在三余庵的接客车来之前，安排了带广市区的周边散步。
第一个目标是重温北海道 HOTEL，然后再顺路散步去带广美术馆。
说是重温，正确来说只是去拍些照片，希望趁这天的好天气留下一些记忆画面。
如果感觉到了，也想去上次没能悠闲喝杯咖啡的中庭咖啡屋喝杯咖啡。

淡淡咖啡屋

Milly 以难得正确的方向感没在带广车站下车，而是以地图判断，在中途的“ポスフール带広”下车，再走到西 7 条南的北海道 HOTEL。
不过，一下公车还没走到旅馆，就忽然瞥见一间咖啡屋“TANTAN”，淡淡，瞬间被吸引住，停下了脚步。

首先是被那泛黄的咖啡豆招牌吸引住，绕到店门前，那随性却又鲜艳的花圃颇有风味。
犹豫了一下，推门进去，好奇的成分很大，幻想着或许里面有位隐身在都会残破咖啡屋的咖啡豆烘焙师。
只是入店的第一眼印象还真是震撼，简直像是拾荒屋，里面充斥着残旧的家具和摆饰，连到处放的植物也都是一付放弃生存的姿态。
客人有两桌，一对像是偷情的中年沧桑男女，一个像落寞作家的老人。
老板？有些失望，不是隐居的咖啡豆名人，而是普通的欧巴桑，一只眼睛异常红肿，似乎眼睛不是很舒服。
老板娘以狐疑的眼光打量着 Milly，毕竟在这个空间里，Milly 是最不协调的存在。
点了杯咖啡，一看，桌子还是多年前风行的小蜜蜂电动玩具台，有意思。
好奇地窥看周边，最震撼的是那贴在墙上的披萨餐单，强烈诉说着时光的痕迹。350 日元的披萨该是怎样的滋味，在这样没生气的咖啡屋内有些好奇，但终究没有勇气尝试。

咖啡端上来了，“啊，再次见到迷你搅拌棒”，这是第二次冲击，上一次是在东京周边千叶的大海站边破旧咖啡屋。
喝了一口咖啡，好喝！几乎是奇迹的好喝。苦涩中有回甘，还有滑润的口感，跟咖啡屋空间内沉淀的残破空气是完全的对比。
奇迹般好喝的咖啡让 Milly 的脑子里又开始编织起隐身暗巷咖啡豆怪客达人的故事。

PS：咖啡屋因为脱离主流商业营运，网络无相关资料。

北海道 HOTEL

离开了淡淡，转个弯就到了北海道 HOTEL。
北海道 HOTEL 内面向绿意庭园的咖啡屋バード·ウォッチ·カフェ，外文名是 Bird Watch Café，顾名思义，就是可以看见野鸟在林间嬉戏的景致。
上回住宿时为了体验这边看野鸟边吃早餐的情趣，还特别预约了咖啡屋的早餐。

婚礼教堂

最喜欢的火炉前沙发座

这回没住宿，只是路过，拍了熟悉的红砖瓦回廊的婚礼教堂，回味了大厅内当时最喜欢的火炉前沙发座，然后走出旅馆，绕到另一面去从庭园望向咖啡屋。
不管从那一个角度观看，这接近市区却依然像坐落在森林中的北海道 HOTEL，都很有魅力。

带广美术馆

以过客身份离开北海道 HOTEL 后，大约抓了个方向，沿着两旁种着花卉林道的“思い出の小径”，往面积在地图上占了很大一片的“绿ヶ丘公园”方向前进。
沿路除了市政单位种植的花卉之外，公园周边的住家也都种植着各式各样鲜艳的花朵，因此说带广市本身就像一座广大的公园也不为过。
实际上，从北海道HOTEL到绿ヶ丘公园是有点距离，但是沿路有小溪流、野花、白桦木、玫瑰花园，一路散步过去很悠闲，也就没有疲累的感觉。（如果从带广车站坐巴士过去约十多分钟，走路过去的话就大约要四十多分钟。）

绿ヶ丘公园非常广大，除了一大片草原外，里面还有动物园、儿童会馆、野草园、道立美术馆和百年纪念馆。
动物园里面有植村直已（著有《极北直趋》一书的北海道雪地探险家）的纪念馆“冰雪之家”。本来在前往带广前，这是一定要去朝圣的地方，可是不知为何当天到了公园前却有些裹足不前，原因很微妙，大约是不那么喜欢带广动物园那有些“苍凉”的

空洞感，一瞬间的犹疑，于是没买票进入，旅行中这样的情绪有时会发生，结束后回头看会有些不可思议的感觉。

没进去那几乎没有游客的动物园，而是在绿意盎然的公园随性散步，同时去参观了带广美术馆。当日的展览是绘本作家五味太郎的作品展，线条简单却非常可爱的作品。这天的小旅行是很绿意又很美术的。

[上图] 前往绿ヶ丘公园的思い出の小径　[下图] 带广美术馆

3

五感体验职人精神的三余庵

充分享用过绿ヶ丘公园丰富的绿意，之后搭上巴士回到带广车站，等候憧憬旅馆三余庵的车子来接客。

三余庵坐落在音更町的十胜温泉，是第一ホテル（第一 HOTEL）的别馆。
第一ホテル面向十胜川，可清晰看见川上的白鸟大桥，天气好时更可以看见远方的日高山脉。第一ホテル主要以旅游团为主，跟后方高台上的三余庵以回廊连接，但两家旅馆却是各自独立，风味也不同。

每个角落都充满故事的三余庵

听说当初已经有些没落的十胜温泉推出三余庵这每晚一人 3 万日元起跳的高价位旅馆时，还引起很大的顾虑，没想到这以品质来区分客层的策略极为成功，十胜温泉也跟着逐步复苏起来。

三余庵距离带广车站大约是 15 分钟车程，在带广车站和机场有免费接送服务，不过不是固定车次，最晚得在一天前预约。
要说三余庵这间温泉旅馆，首先要设定一个“停利点”，因为如果放纵地写下去，可能赞美的词句会过于泛滥。
几乎是一个无可挑剔的住宿经验，以现阶段来说，三余庵可以算是住过的日本温泉旅馆中满意度最高的。
不论是温泉、空间规划、美食、服务品质，乃至于整体的经营概念，都非常让人满意和印象深刻。

真要挑出一个缺点，或许就是十胜温泉乡本身不像是由布院或是黑川温泉、城崎温泉乡那样环境幽静兼具人文风情又有丰富多元的周边可以消费。
没有坐落在景观条件极佳的环境中，却能成为北海道旅馆中回客度最高的旅馆（江湖传闻甚至有一年住宿七回的客人），同时获颁“服务最优秀旅馆”的奖项，Milly 以为就是由于这间旅馆在每个小细节上的用心。
用心说起来很简单，但真要在每个细节中彻底实践却绝不简单，除非是真的用了心。
真的用了心，客人自然会感受到。

印有三余庵字样的小巴准时在车站前出现，下来的是一个笑容腼腆穿着灰色改良式和风工作服的工作人员，后来才知那是之后让 Milly 享用难忘美食的幕后主角——料理长吉田真二先生。
上车后听到车内不经意流泻着自然风音乐，淡淡的水声和鸟鸣声。
因此几乎是在客人接触到三余庵的第一秒开始，就已经进入这旅馆“忘记时间，悠闲放松”的概念中。

在前往旅馆的路上，吉田先生很诚意地跟 Milly 介绍十胜温泉的特色。
十胜温泉的泉水是植物性“MORU 温泉”，在世上很少见，在日本更是唯一。
“那琥珀色的温泉，是太古的礼物”，很喜欢十胜温泉网站上对这温泉的注解。
原来这颜色很美、水质很柔顺又没有臭味的温泉，是来自十胜川畔的亚炭层。亚炭层内堆积着千古以来生长在水边的植物，像是芦苇等，于是相对于一般矿物质含量高的温泉，水质对皮肤的刺激会少一些，保湿成分也较高，有“美人汤”的别称。

不久到达旅馆前，早已等在门前的女性工作人员接过行李，带领 Milly 进入可以看见一面绿意的大厅中小歇。吉田先生微笑着退回他最熟悉的厨房，开始由带着温柔笑容的中年女服务员来招呼 Milly。
看见大厅那以木质家具建构的简约空间，其实 Milly 已经有些迫不及待地想去探访，但是……不行不行！才说要放松，怎么就急躁起来。
按捺下心情，在面对草地和花园的木椅上坐下，享用迎宾点心和冰绿茶，先让服务人员跟 Milly 讲好晚餐的时间和内容，然后在服务人员的引领下一一去了解从大厅到房间的每一个服务和空间。

三余

在浏览的过程中可以充分体会到这旅馆不强调奢华和气派，却很完整地提供乐活空间的意图。
三余庵的“三余”，比较直接的引述是，带广开拓之父衣田勉三先生的恩师，名字正是土屋三余，他在伊豆地方曾经开设过私塾，名称就是三余塾。
土屋三余的本名是土屋行道，三余是他的号。
“三余”二字则是引自他阅读魏朝学者董遇所言后的领悟，“读书当以三余，冬者岁之余，夜者日之余，雨者时之余。”（应当利用三余的时间读书，冬天是一年之余，夜晚是白天之余，而雨天是时间之余。）土屋三余先生进一步解释说：“勤勉阅读要利用农闲时分，一年中最悠闲的时期是冬天，一天中最闲暇的时间是夜晚，而更应该好好利用雨天的日子。”
他当初的意思是希望能减少士农之间的教育差异，以上说法就是鼓励农家子弟阅读进修。

日文的“余”同“余”，因此“三余”在这间旅馆内就可以引申为“忘却日常繁杂，在此尽情放松”、“忘却岁月，悠闲度日，让时间慢慢流逝”，希望客人真的都能放松身心，旅馆则是用心提供让客人实践这步调的空间。
只是旅馆依然希望联系“晴雨耕读”的意念，因此不但大厅有书架空间“旅愁”和舒适的座椅，仅有的 11 间客房更是以日本的小说名作来命名，像是川端康成的“雪国”、夏目漱石的“草枕”等。
像是 Milly 的客房就有个很文艺的名字“浮云”，房间内也放了一本林芙美子的小说《浮云》。

至于可以拥有一天一夜的房间，也很让人满意。
房间舒适宽敞，灯光异常柔和，原来三余庵每个客房的灯光都是由照明大师近田玲子小姐所规划设计。
房间简约大方，处处可见品味，重要的是建材都讲求自然与和风职人工艺。松木的地板、琉球榻榻米和壁纸等，都是职人的手艺。
其中 Milly 最爱的是寝室的床褥、床前的休憩空间和洗手台前那张可以看见职人手艺的木椅。

不能不说的还有那使用秋田桧木的宽敞浴池，浴室空间以紫色系为主调，让那一池琥珀色的植物性温泉更显浪漫。
拉开百叶窗，看出去是远方绵延的日高山脉，在这样的环境下泡汤，极乐！
房间准备了各式天然质材的浴巾和毛巾，仔细一看，全都是三余庵以有机棉自创的品牌。
为了让客人能更安眠，还有各式安眠功能枕，不过这对 Milly 或许有些多余，因为那

联系“晴耕雨读”意念的大厅读书空间“旅愁”

床已经够舒适，一觉睡到天明，还有些可惜在住宿期间清醒的时间太短呢。

其实在三余庵有太多故事可从馆内和客房内每个对象中读出来，所有对象后面都有一个坚持着理念的职人人名，玻璃杯是“胜野好泽”，客房的木器是“佐佐木要”。虽说这旅馆值得称道的地方很多，但若要挑出 Milly 最感动的，大概就是这个重视职人的意念。

不单住宿空间是这样的坚持，最期待的料理一样强调有机和地产地消。

早餐食材清楚标示着鸡蛋是来自“草雉夫妇的农场”、培根来自“大谷先生的熏物屋”、果酱来自“佐佐木夫妇的农场”等。以“五感”来品味料理，提供新鲜又具新颖食感的绝佳美食。

五感

五感，不但是在餐食方面，也是整个住宿空间的感觉。
味觉、视觉、听觉、触觉、嗅觉。

进入旅馆，最直接感受到的就是“视觉”，一瞬间惊艳以及可以慢慢品味的空间。
三余庵是四层楼的独立建筑，整体设计由象设计集团执行，看似摩登的墙瓦方格图案，其实是日本的传统市松图案。
大厅以木和竹为主题，用来表现十胜森林印象的树枝是取自周边清水町羽带十胜千年森林的赤杨和柳切木。
地板的瓦片刻有波纹，企图表现出水和汤泉的意念。
客人几乎没有特别留意的墙壁则是出自参与桂离宫修复的左官职人久住章。他以取自兵库、大阪、京都和淡路的赤土、黄土、聚乐、浅黄等土料为涂料。
大厅木桌放有杂志，一旁更有小小的书斋“旅愁”，书斋旁是可以看见白鸟大桥的酒吧“道草”。
在这酒吧里可以喝到十胜的地酒，另外呼应旅馆意念的鹿儿岛烧酌“晴雨耕读”也是必备酒品。道草是旅馆服务者跟客人温馨相连的空间，晚餐前放着温泉后饮用的濑户内海低农药产的冰镇柠檬水和用可饮用的 MORU 温泉所泡的柏茶。
第二天一大早，早餐之前的吧台上则放着可以暖身或是解酒的蛤蛎汤。
面向露台的木椅区边是壁炉摇椅空间，可以想象冬天这里一定是最渴望去慢慢消磨时光的角落。白天还很难沉淀心情，晚上睡前在这灯光柔和的角落坐着摇椅放松一下，完全进入度假的氛围中。

嗅觉上，三余庵请来芳疗大师日下部知世子小姐统筹，客人不但能因此不知不觉感受到自然的气息，更可在馆内的芳疗室 Raffine 预约 spa 疗程，让自己焕然一新。

触觉，是皮肤接触到柔细的 MORU 温泉的感觉、光着脚踏在地板的感觉、舒服的浴衣穿在身上的感觉、用有机棉毛巾擦拭身体时的感觉，以及其中最爱的那雪白床单清爽绵细的感觉。
有美人汤和天然化妆水美称的温泉，除了可在自己房间享用外，馆内还设有大浴场风月，内风吕是秋田桧木浴池，露天风吕则是用意大利进口的瓷砖。

而听觉，很微妙的，Milly 以为反而是那因为客人不多，没有旅行团喧哗的宁静。三余庵坚持更贴心更精致的服务品质，只有 11 间房间，同时不收旅行团，如此自然可以保持一定的稳定空气。
不过其实在听觉上，旅馆方面还是有用心的。请来了自然印象大师神山纯一先生统筹，在每个房间内都准备了“十胜之森”等自然音乐，书斋也放了些音乐 CD，像是马友友的演奏专辑等，可以借到房间开个自己的森林音乐会。

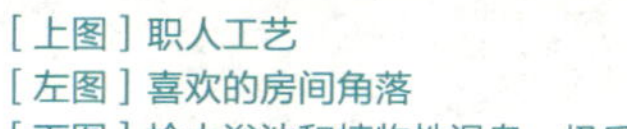

[上图] 职人工艺
[左图] 喜欢的房间角落
[下图] 桧木浴池和植物性温泉，极乐

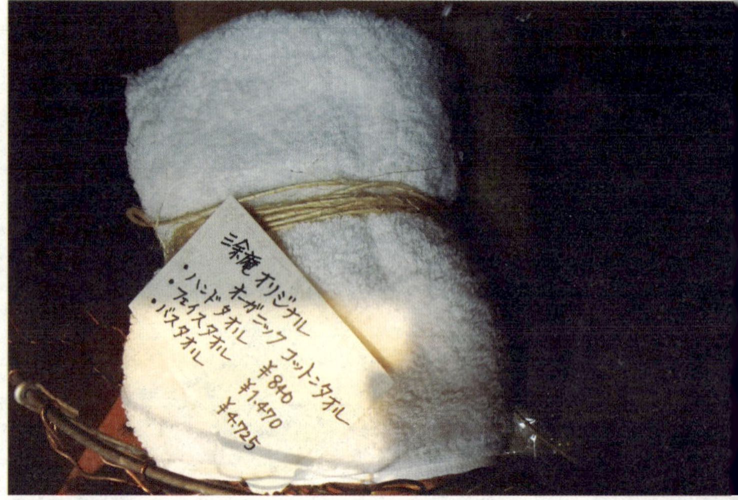

[上图] 触觉
[右下图] 大厅的壁炉摇椅空间
[左中图] 吉田主厨
[左下图] 嗅觉

美食

味觉，自然就是美食。
日本料理本来就讲求视觉和味觉合为一体，在享用美食时，视觉也是乐趣之一。不能不说的是，在服务和住宿上已让人感到非常满意的三余庵，在美食方面更是美好到超越期待。

用餐的地方是餐厅“春秋”，在主要用餐区外还有提供一家人用餐的三间个室“冬”“夜”“雨”。餐厅布置没有很大的惊喜，但可留意那开放厨房的空间，尤其是那泛着蒸汽的煮饭土窑，更是很有趣致。
然后期待的晚餐像是一曲美好的乐章，愉悦着你身体的每一个细胞。曲目是菜单，从食前酒、先附、前菜、凌ぎ、吸椀、お造り、烧物、强肴到甘物甜点。

每道菜色除了注明食材和调理方式外，更特别附上食材的出产地。
例如积丹半岛捕获的海胆、清水町的芦笋、喷火湾的干贝、钏路号称梦幻食材的葡萄虾、从养育到饲料都极度坚持的十胜黑毛和牛肉、鄂霍次克海的帝王蟹，似乎所有北海道的山珍海味都被召唤到眼前一样。
日本人在享用美食时会不由自主发出“あ～～幸せ！”（啊，真是幸福）的叹息。在用餐期间，Milly 不由得也扬起了这样的叹息，一点都不做作，这句话自然而然就浮到嘴边。

每道菜端上来，服务人员都会认真细心解说食材和烹调方式，几乎每次 Milly 都会惊呼“きれい～”（好美）。
不光是口感纤细美味，盘饰也都非常美丽，像个艺术品。

脑海里于是不断浮现料理长吉田真二先生那腼腆的笑容。
不瞒你说，用完餐再次看见吉田先生时，真的觉得他是闪闪发亮、充满魅力的，然后毫不吝啬地发自内心表达了 Milly 的敬意和赞美。
第二天也是由吉田先生送 Milly 到带广车站，大约聊了一下，知道吉田先生是十胜土生土长的居民，难怪能完美发挥这里的食材。

在几乎每道都让人回味的料理中，最让 Milly 惊艳的是将海胆放在起司上的前菜、用新鲜西红柿做出的蔬菜寿司，和那炭烤后入口尽是鲜美肉汁的十胜和牛，配上一壶冰镇日本酒，更是绝佳。

三余庵

河东郡音更町十胜川温泉南 13

0155-32-6211

http://www.sanyoan.com/

很特别的是，在享用生鱼片和炭烤牛肉时，服务生送上了精选的喜马拉雅岩盐，用被称为“宝石”的珍贵岩盐佐着生鱼片吃，还真是难忘的初体验。

吃完了大满足的晚餐，正喝着饭后日本茶时，温柔的旅馆女总管端上了一个可爱的藤篮，说是里面放着今晚的消夜。进房间打开一看，原来是一份非常精致的豆皮寿司。这旅馆能得到最佳服务大奖，真是实至名归，每个细节都做得非常细致，却又不刻意夸张。

早餐后流连在自己的房间内，但再怎样依依不舍，毕竟有到达也就一定要有出发。收拾好行囊，跟房间说声“再见喽，感谢你给 Milly 美好的一宿”，坐上旅馆小巴，往带广车站前进，预计搭乘 9:21 的列车前往钏路。

似乎集合了北海道所有山珍海味的晚餐

早餐

钏路

搭乘风列车游钏路湿原

钏网本线沿线小旅行

- 湿原号观光列车
- 川汤温泉站是美味餐厅
- 咖啡屋 suite de baraques café
- 零下二十多度和夏日二十多度的回忆
- 原生花园临时站赏野花
- 去不去知床半岛?
- 知床斜里站大啖螃蟹海胆
- 惊悚的夜行列车

温馨民宿艾莉丝花园

1

钏网本线沿线小旅行

湿原号

离开了憧憬旅馆三余庵后，接下来是前往钏路搭乘“ノロッコ号”湿原列车，游览钏路夏日湿原风貌后，当晚住宿在摩周站周边的民宿。

到达带广车站时，本来还想利用搭车的空当到ぶたはげ买个豚丼在车上吃，因为上次吃过后真的是回味无穷。根据前两天观察，车站内的ぶたはげ分店开得很早，应该可以顺利买到才是，谁知兴冲冲前去，居然公休，真是超级扼腕。
至于也在车站附近的“元祖豚丼のぱんちょう”，上次去碰到周一公休，离开带广这天是周三，原本计划非吃不可，但这间 1933 年开业的老铺，11 点才开店，如此就赶不上第一班ノロッコ号湿原列车。
豚丼和湿原列车二选一，真的挣扎了好久，最后理智获胜，还是以风景为先。
所以之前说过，可能不会为了薰衣草却会为那些美好的缓慢咖啡屋再来北海道，现在还要再加一项：会为了这好吃的豚丼再来北海道。

带着些许豚丼未完全燃烧的失落，搭乘 9:21 的“特急スーパーおおぞら”（Super Ozora）前往钏路，预计 10:51 到达。
可是湿原号列车 10:56 就开了，于是 Milly 要挑战一个极限，在 5 分钟内冲出检票口，然后冲到寄物柜寄放好行李，之后再通过检票口冲上列车。

湿原号观光列车

湿原观光列车在旺季的 7 月中，一天有两个班次往返，从钏路出发是 10:56 和 14:52。如果错过了 10:56 这班，就要改搭 11:36 的普通列车前往塘路站，之后再转下一班湿原号。但班次一延后，理想中要在塘路划独木舟、川汤温泉喝咖啡、原生花园看花的路线，就会很难达成。
因此即使真的很拼，还是想拼拼看。

独自旅行的女子

悠闲是很好，但有时这样的“硬拼计划”也是一种很难跟人分享的自我满足。
结果在开车前的 30 秒，顺利滑垒成功，搭上列车，这当然也要归功于 Milly 多次来过钏路车站，大致能掌握站内路线。
非要拼着去寄放行李，是因为之后舟车往返频繁，没有大行李在身上，途中下车小旅行能更轻松随性。

湿原号观光列车共有 5 节列车，其中有 2 节是自由席，没预约也可上车。
这天是使用北海道铁路周游券 10 天内选 4 天的第 3 天。一上车，就留意到一个年轻女子，以很“夸张”的自在姿态进行着一个女子的铁道途中下车旅行。
姿态有多自由，参考一张偷拍照片就可以清楚感觉到。
后来在路上不只一次跟她擦身而过，两人的行程大致是重叠的。

湿原号观光列车非常舒适，有面向窗外的长椅，可以开窗让微风吹进来，也可以一览无遗地尽情观赏沿线风景，特别是钏路湿原的自然景观。

くしろ湿原ノロッコ号，主要运行时间是 4/26~5/6、5/10~11、5/17~6/23、6/27~9/15、9/19~10/26，（注：每年有微幅调动），春夏季以钏路湿原景观为旅游重点，到了秋天就变成沿线的秋色，改称为“くしろ湿原红叶ノロッコ号”。在冬天又会变身为“流冰ノロッコ号”，是观看流冰的观光列车，行驶于钏网线的知床斜里—网走。

湿原号行驶于钏网线的钏路—塘路间。离开钏路后，列车先是渡过了钏路川，然后从车窗可看见以湿原为前景的阿寒连峰。回想半年前那辽阔湿原在冬天时白雪覆盖的模样，跟眼前夏天的感觉真是完全不同。
之后列车广播会请大家留意那窗外新旧并列的“岩保木水门”，旧水门是在 1931 年为防洪水而兴建，但是一次也没开过，因此私底下被戏称为不会开的水门。
列车在行驶中会有广播的观光导游，不过是日语。如果想进一步了解，观光单位很细心地安排了一位中文向导穿梭在列车间供海外游客咨询。

钏路湿原站

列车在 11:09 停靠钏路湿原站，大约步行 10 分钟可到达细冈展望台，这是最有人气的钏路湿原眺望点，除了可以看见蜿蜒的钏路川外，也因为交通是最方便的。要留意的是，去细冈展望台，从钏路湿原站走去还比较近，在细冈站下车反而不顺。

Milly 没在这以展翅的丹顶鹤为造型的木造屋车站下车，是想不要再从远处去看湿原，而想要改搭独木舟。

只是途中发生了意想不到的状况，行程延误了，加上 Milly 根本就没弄清楚在钏路川怎么搭独木舟游览湿原，计划难免失败。

11:25 列车在细冈靠站，在此下车可沿着达古武木栈步道徒步前往达古武沼。

列车离开细冈站，在到达塘路站之前是窗外景观最精彩的一段。

因为这时列车最接近钏路川，列车会放缓速度，让大家可以更清楚地浏览风景。

但即使如此，可以清楚看见 U 型川流的时间也不过才两三分钟。

列车预计在 11:40 到达塘路车站，但即将到站前，却突然紧急刹车。原来是一辆私人轿车差点误闯铁路道口，为了处理这意外事故，列车停了将近 10 分钟。

本来 Milly 预计要搭乘 12:06 的普通列车前往川汤温泉站，这样在塘路站可停留 26 分钟。同时也计划如果一下车就看见独木舟码头，那就改变行程，直接搭独木舟游钏路川去。

但因为事故延误了，出了小小的塘路车站也掌握不到哪里可以乘坐独木舟，于是只能在周边小逛一下，就乖乖搭上也延误了时间在 13:15 发车前往川汤温泉的列车。

之后 Milly 在大沼公园终于体验了独木舟，加上那天在塘路的观察，知道了原来参加独木舟行程大多需事先预约，然后独木舟俱乐部的人才会到车站接人。塘路车站附近

夏日湿原

冬日湿原

有些饮食店似乎也接受临时报名。最好的方式或许是住在车站边的青年旅舍或旅馆，步行或骑单车到塘路湖游览，然后预约一个两小时的钏路川カヌーツーリング（钏路川独木舟行程），从塘路区域出发，一直沿着川流到达细冈区域，途中除了可以看剑湖、本流、支流等河岸风光外，听说有时还可以跟川边的野生动物四目相对！光是看那行程，就以为是很棒的湿原游览节奏。

未完成独木舟体验，小有遗憾，在车站附近游晃，发现这无人车站也有间咖啡屋“ノロッコ＆ 8001”，在咖啡屋买了份外带饮料，没多久就搭上列车。

川汤温泉站是美味餐厅

从塘路站搭乘普通列车前往川汤温泉站，不是要去洗温泉，而是要在车站内喝咖啡吃午饭。
不过这条路线的列车也实在太不频繁了，在川汤温泉站要滞留到 15:41 才有列车前往夏季临时站“原生花园”。如此在这里就要停留两个半小时多，有充分的时间吃顿悠闲的午餐和下午茶。

出了川汤温泉站月台，几乎毫不犹豫地往 ORCHARD GRASS 走去。其实可以不用这么匆忙，毕竟这间很有西部客栈风格的咖啡屋就在月台边，甚至可以说，ORCHARD GRASS 就等于 JR 川汤温泉站。
招牌上虽写着 SINCE 1936，其实该说 1936 年是这个车站完工的年份。

[上图] 无人车站里的 ORCHARD GRASS 餐厅

[右图] 怀旧道具暖炉
[下图] 怀旧道具彩绘玻璃窗

1930 年，川汤温泉站启用（当时名为川汤温泉站），然后在 1936 年翻新，完成现在的车站建筑。ORCHARD GRASS 则是在该站成为无人车站后的第二年 1987 年正式开张营业。

餐厅由原本的车站贵宾室和站员办公室改装而成，空间很大，天井很高。餐厅内部放着很多美式古董和玩具收藏。然后有个窗口可以从车站外外带这里超人气的冰激凌，因此就有人昵称这是“站员冰激凌”。
通过这有些美式速食店风格的空间，里头是光线较为柔和的房间，会发出喀喀声的木地板和彩绘玻璃窗都依然透露出原有的气派，大大的木桌前套着白椅套的椅子看来也颇有历史，似乎是将当初贵宾室的模样很完整地保留了下来。
Milly 很喜欢那在房间中央的暖炉，典雅的图案很少见。
选了彩绘窗边的大木桌坐下，那曾有不少皇族高官坐过的绒布椅子再次发出喀喀声，还摇晃不稳，不过不知怎么地，反而觉得很有味道，莫名独自愉悦起来。

餐食最推荐的是花了很多时间炖煮的ビーフシチュー（炖牛肉），不过 Milly 是汉堡迷，于是点了 980 日元的汉堡定食，端上时热腾腾的还冒着汤气。一吃，好吃！绝对是大餐厅的水准，甚至超越了某些大餐厅。
难怪这会是间口耳相传、客人还开车专门前来品尝的美食餐厅。
营业到 18:00，不过店主在官网上有个很贴心的注解：如果因为班次的关系会略微晚到，甚至赶不上 17:30 的最后点餐时间，只要先打电话，餐厅会尽量等你。很温柔的服务对不对？

餐点附有沙拉和汤，但没附饮料和甜点。心情愉悦下本来想继续在此看看书翻翻杂志，悠闲地喝杯咖啡吃个蛋糕，可是看见甜点单上写着这里的蛋糕都是由姊妹店 suite de baraques café 所提供，问过店员，发现蛋糕屋就在转角，走路不过三分钟，想想反正时间充裕，于是继续散步去喝咖啡。

ORCHARD GRASS オーチャードグラス

川上郡弟子屈町 JR 川汤温泉駅内
10:00 ~ 18:00，周二休（7 月 ~ 9 月无休）
http://www.h7.dion.ne.jp/~kawayu/

咖啡屋 suite de baraques café

suite de baraques café（スィート·ドゥ·バラック）在 2005 年 6 月开张。
也就是说，几乎是 ORCHARD GRASS 开业 20 年后才开，跟本店是完全不同的明亮风格。如果真要形容，ORCHARD GRASS 就像是个中年牛仔，suite de baraques café 则像清秀少女。
suite de baraques 在法文中指“长屋”，店名的灵感可能是咖啡屋的原址——旧国铁员工宿舍。不知道是不是因为这个背景，推开木门进去这可爱的咖啡空间时，竟有些到朋友家做客的感觉。
咖啡屋不大，有一大部分还是开放的蛋糕甜点工房，在几乎一个多小时的滞留时间中可以闻到一阵阵蛋糕出炉的香味。

店内已经有一个客人，正是从钏路一路都很有缘相遇的独身旅行女子。
看来她是一下车就来到这里，似乎已经吃过两份茶点，好像还买了一大堆糕点和饼干。不夸张，Milly 甚至以为她把店内所有饼干和点心都买光了，因为点心篮都呈现“售完”的状态，偷偷瞄了一眼这正悠闲记着笔记和看书的女子，心想真是个怪怪的女生。虽说 Milly 自认也不是很正常，但比起这女子还是输了一截。

Milly 愉快地选了靠窗的长条木桌，点了咖啡配上可爱的草莓蛋糕卷。
只有一个女孩在招呼客人，同时也只有她一个人自在地做着蛋糕、烤着饼干。
心里难免会想着，这真是不错的工作环境。一家在森林车站边的蛋糕屋，一个女子每天可以愉快地烤着面包和蛋糕。应该是很愉快的工作，至少看见女孩的姿态很悠闲又熟练，脸上也总是带着微微的笑容。
店内不但卖面包和蛋糕，也出售当地职人的手创作品和 LOHAS 的相关书籍。
同时 Milly 的座位旁就有一座排满杂志的书架，上头有很齐全的 LOHAS 主题杂志。

suite de baraques café

川上郡弟子屈町川汤駅前 1-1-18

9:30 ~ 17:00，周一、二定休

咖啡屋充满 LOHAS 精神，也卖当地的手创作品

快乐的蛋糕女孩做出的可爱蛋糕

就是这样，在这些美好杂志的陪伴下，Milly 翻翻杂志、喝喝咖啡、吃块蛋糕、透过窗户看看外面的野花、发发呆……用真的很 slow 的节奏，在这川汤温泉站旁的小小咖啡屋内度过了悠闲宁静的时光。
一小时后，Milly 买了单，想利用一点时间到附近散步时，回头一看，那女子还是一派悠闲地坐着，似乎比 Milly 更能享受一个人旅行的乐趣。

小小散步后去泡车站足汤时，又跟女子巧遇。
之后还跟 Milly 搭上同一班开往网走的列车，只是 Milly 先在原生花园站下车，也就不能确认那女子的下一站是哪里了。
一路上 Milly 跟她都没试着要交谈，甚至连眼神的交流都没有。不过两人似乎都默默意识到对方的存在，也似乎都默默地在观察彼此的步调和路径。旅途上这样小小的邂逅，其实也正是另一种乐趣。

零下二十多度和夏日二十多度的回忆

当晚预约的民宿“艾莉丝花园”位于摩周湖车站附近，是间 B&B 英式民宿。因为不提供晚餐，Milly 就想先在外面解决晚餐。
行程排得有些贪心，毕竟很多路线和美食都是季节限定。
像是钏网本线上的原生花园站，就只在 5 月至 10 月才有停靠，因此这次就会想尽量排入行程中。计划中是搭乘 15:41 开往网走的列车，到达原生花园是 16:51，然后再搭乘 19:14 列车回头前往摩周站。
预计 20:54 到达摩周站，有点晚了，于是先在川汤温泉站打电话给民宿主人，表示可能会晚些到达。
艾莉丝花园距离车站大约是 3 分钟车程，本来想搭出租车过去，但是电话中的女主人非常亲切，表示到时会到车站接 Milly，听到这样的回复真开心。
出发前大约搜寻了一下资料，知道在原生花园站和浜小清水站之间似乎有巴士连接，因此有个备案，或许可以搭巴士到前面的车站用餐。另外看过地图，这两站之间有一条 3.8 公里的游步道，必要时或许也可以走走看。
就是这样，带着满脑子的腹案，搭上往原生花园站的列车。

至于为什么要去原生花园站?
很直接的理由，因为这是临时站，想去看看；再来则是因为从这车站出来就可以看见整片沿着鄂霍次克海岸的原生花园，也就是所谓的“小清水原生花园”。
在 2008 年 1 月，Milly 也搭乘过这条路线（详见《日本大旅行》一书），那时是为了去这条路线上位于北浜站的咖啡屋“停车场”，当时大约是零下二十度，沿线看去，窗外两侧尽是白雪，鄂霍次克海也是灰蒙蒙一片，在北风吹袭下波涛汹涌，充满魄力。

2008 年 1 月的鄂霍次克海

夏天搭乘这路线，窗外先是开着花的绵延马铃薯田，在进入海岸路线后，鄂霍次克海在微弱的阳光下显得平稳也温柔很多。同样的路线在不同的季节里透过车窗看去却是完全不同的风貌，或许这就是乘火车旅行的魅力之一。

在到达原生花园站前，列车经过止别站，利用短暂的停靠时间拍下这无人车站屋顶上可爱的飞马标志。飞马标志是车站内餐厅“ラーメン喫茶えきばしゃ”（拉面、咖啡屋·駅马车）的招牌。隔了 6 个月之后跟这车站再会，虽然只是隔着车窗的一瞥，不知怎么心里竟浮起了暖暖滋味。

原生花园临时站赏野花

列车准时停在原生花园临时站，是一座小小的木屋车站。车站似乎有摊位摆放着纪念品，今天却不见，或许是非假日的关系。

虽说是座小小的无人车站，但小清水原生花园夹在涛沸湖和鄂霍次海克之间，却是在观光巴士的路线上，因此虽说放眼望去尽是一片荒凉，人车却意外的很多。小小的车站旁有栋很显眼的水泥建筑，是观光名产中心，车站前也有宽广的停车场让旅游巴士停靠。

说到巴士，Milly 先去站牌 check 一下班次，果然有巴士可以到浜小清水站。更开心的是发现还有一班巴士很接近知床斜里，如此行程又多了一个选择。

花开得有点稀稀落落的原生花园

在前往原生花园之前，Milly 先被车站前那一片湿原给吸引，上前一看更是兴奋起来，居然看见靠近涛沸湖畔有一群马在吃草。
直觉那是野生的马，立刻趋前观察，只是距离还真是有些远，湿原内的路况不明，不敢贸然前进，只是远眺。
但可以看见这么一大群马儿以如此自然的姿态出现，已是很满足。后来才知道原来那是湖畔“展望牧舍”的马，6 月至 10 月牧场会以这样自然的方式放牧。

看见马群很兴奋，至于行程重点的小清水原生花园，说句实话则有些失望。
本来从资料上看，这原生花园在三座车站间绵延长达 8 公里，在 6 月至 8 月会开满四十多种原生花，其中金针花更会开满整片原野。
可是实际所见，花朵开得很零星，完全没有图片上的气势。在游步道散步了一下，也没发现图鉴上的鲜艳原生花。
“难道是花季已经过了？难道是盛开期已经过了？”心里也只能这样纳闷着。
以景观上来看，依着壮丽鄂霍次克海的原生花园也不是风景不好，只是或许才经历过礼文岛和旭岳那一望无际的高山花卉美景，比较起来不免失望。另外，那游步道也很让 Milly 困惑，明明根据现场的地图，应该可以很顺畅地走下去才是（Milly 本来想一路走到浜小清水站或北浜站），但走着走着就没路了，只剩下孤寂的沙滩。
看来似乎有些步道是设在外围的，如果时间还早或天气晴朗，或许可以冒险前进，但是天色渐渐暗去，又飘起了小雨，考量了一下，决定还是搭乘巴士。

去不去知床半岛?

在逻辑上和 Milly 的计较心态上，当天使用的是 JR 北海道的 Pass，那么应该都是以搭乘火车为主才是，但有时配合天气和当时的情绪，也就管不了那么多了。
搭乘 17:33 的巴士前往 JR 知床斜里车站，预计 18:07 到达之后搭乘 19:36 开往摩周站的列车。这是原本要在原生花园站搭乘的 19:13 列车，多花了些巴士费，提早到达 JR 知床斜里站，争取多一些用餐的悠闲时间也是不错，至少比困在冷风微雨的原生花园好些。

JR 知床斜里车站是前往世界遗产知床半岛的出发点，游客如果不是自己开车或参加旅行团，则几乎都得在这里的巴士总站搭巴士。
事实上，这次北海道旅行 Milly 也多次慎重估算过要不要去知床半岛，毕竟这是北海道很重要的自然景观区。后来没排入行程，理由是以为这区域不适合搭大众工具一个人前往，当然这里还含有一些个人的主观判断。
多年前因为节目拍摄工作，的确去过知床半岛，大致的印象是秋色中的知床五湖很美。可是那时是搭小巴外景车，活动范围较大也较为机动，如果是搭大众交通工具，行动就会有点受限。

首先，来往斜里、知床五湖、ウトロ温泉和知床峠间的班次并不多，根据路线研判，似乎也不能看见摄影师照片中呈现的知床半岛壮丽景观和动物生态。
也盘算过或许可以住在ウトロ温泉，然后搭乘观光船从海面上观看知床半岛的自然景观。观光船大致有两种行程：知床岬航路和硫黄山航路，只是查看了一些日本人的博客，反映似乎一般般，而且费用小贵，知床岬航路约 3 小时 45 分，船票居然要 6000 日元。
然后，最大的缺点是，这个区域找不到动心想去住宿的旅店。这里的旅店大部分都是普通的大型观光旅馆。

结论是，应该还是会安排一次知床半岛的旅程，但会留更充裕的时间，去住在大自然围绕下的“知床岩尾别ユースホステル”（知床岩尾别青年旅舍），或是有风味的民宿，然后参加民宿安排的另类自然体验，像是钓鱼等。
不过毕竟 JR 知床斜里车站是重要的出发点，以为这样一个重要的车站，周边用餐空间的选择应该较多。
果然 Milly 的推测是正确的，JR 知床斜里站不但经过整修，变得光鲜又摩登，周边也应都会观光客的需求，出现了一些风味餐厅。

知床斜里站本来称为斜里站，为了强调这是前往知床半岛的玄关，于是在 1998 年改称为知床斜里站。现在的站舍附有光鲜候车室和观光中心，是 2008 年才全面启用的新建筑。

车站旁有间看起来相对摩登的旅馆ホテルグランティア知床，旅馆斜对面则是崭新的复合式饮食空间。

知床斜里站大啖螃蟹海胆

每一间看起来都还不错，因为想喝点酒，于是挑选了“知床そば居酒屋 えん”，一间以提供地产荞麦面为卖点的居酒屋。
进入装潢很新都会风格的店内，Milly 点了杯白酒，配上很地方风味的章鱼下酒菜，然后点了季节限定的海胆荞麦面，一吃真的是惊艳。
首先真是物超所值，1500 日元的海胆荞麦冷面，不但蘸面的酱汁中放着新鲜的海胆，另外还附上一盘新鲜甘甜的生海胆。
真是很美味，美味的原因很简单，就是“旬”。7 月是北海道海胆盛产期，真的是新鲜又浓郁甘甜，不必怎么调理，带着海水的适度咸味已经是绝品。
美食入胃，心情大好，于是又加点了炭烤螃蟹和炭烤知床地鸡。
浅酌着白酒，吃着用炭炉慢慢加热的螃蟹和地鸡，真有点美食小奢华的感觉。

现在的美食潮流讲求地产地消，也就是当地新鲜的蔬果、家禽或海鲜，去除搬运的损耗，在当地餐厅调理，如此不但能品尝到食物真正的风味，也包含着慢食中从产区直接进入餐厅的概念。
结账下来，大约小小奢华地花了 6000 日元以上，享用了这以知床食材为主题的晚餐，JR 知床斜里车站途中下车（停留）的一个多小时，算是很圆满。

知床そば居酒屋 えん

斜里郡斜里町港町

11:00 ~ 14:00，17:30 ~ 22:00，周一休

惊悚的夜行列车

19:36，心情愉快地搭上黑夜中的普通列车，前往摩周车站。
不过在搭乘这列车时却有一些难忘的体验、恐惧的体验。
这班普通列车一共有三节车厢，可是一些夜归的学生下车后，就只剩下 Milly 和另一名年轻女子，窗外一片漆黑，车内则是完全寂静无声，电灯莫名显现着青白的光线，那种感觉很难形容，像是车子会开到很奇怪的目的地去。
更恐怖的是，年轻女子一直低垂着头，脸色惨白。
有多惨白呢？惨白到连列车驾驶都很担心，中途还趁停车的时间从驾驶座绕过来询问："你还好吗？没事吧？是不是不舒服？"
年轻女子都只是微弱地笑着，小声说："我没事，没事！只是想睡觉。"

不过是晚上 8 点多，车厢怎么会有这么苍凉的感觉呢？乘客怎么会这么少呢？可能是沿途有很多无人车站的缘故吧。
一个多小时的车程还真难挨，Milly 忍不住不时回头看看后面的车厢有没有异状，更不时窥看着那女子会不会有什么变化，真有点惊悚片的气氛。

终于，列车到达了光线明亮的有人车站摩周站，一下车，在检票口等着 Milly 的是带着亲切笑容、一头白发提着藤篮穿着围裙的艾莉丝民宿女主人，瞬间感觉温暖起来，不论是身体或心理，同时的。

2

温馨民宿艾莉丝花园

民宿女主人

Madam Hiroko 的艾莉丝花园位于距离摩周车站车程约三分钟的地方，Madam Hiroko 可以说是弘子夫人、裕子夫人、宽子夫人……Milly 没特意询问，就姑且在此称她为裕子夫人。

艾莉丝花园是英国乡村风的 B&B，只提供早餐，本来据说也有供应晚餐，但忙不过来，就改成了现在的形式。

裕子夫人说部分住宿客人如果是白天会自行走路过去，大约不过二十分钟，不过裕子夫人很开心 Milly 能事先打电话过来告知到达时间，因为其实只要时间允许，她很乐意接送，如此她也比较放心，不用在家里干等。

对于 Milly 来说，搭乘黑夜中的列车，一出车站能看见这样像个可爱奶奶的主人带着笑容来迎接，只能说是单纯的幸福。

车子开进花园内，刚好裕子夫人的先生带着爱犬散步回来。

很可爱又活泼的黄金猎犬，在来之前就知道这民宿因为养了一只很亲近人的黄金猎犬 Alice，就以它的名字来命名，看得出主人对这爱犬的疼爱。

本来以为这只可爱的狗儿就是 Alice，一问之下才知道这是新养的小狗，Alice 已经因病成为天使了，真是遗憾。

裕子夫人看见 Milly 这么喜欢狗，就提议说如果第二天早上刚好遇见，或许可以一起去散步。留着白色胡须（似乎是退休医生）的男主人很腼腆地笑着，轻轻点了点头。

能跟这么可爱的狗狗一起散步，当然太棒了！

心里盘算一定要早早起床。

进入很英国风格的屋内，裕子夫人先带着 Milly 上楼放好行李，然后在客厅招呼着用点心。是裕子夫人亲手做的蛋糕，她笑眯眯看着 Milly 品尝，还一边说："其实我做了一整块，如果还要吃请尽量说喔。"

是非常可爱的老夫人，从见面开始就感觉不到裕子夫人有多年经营民宿的老练，在她的温柔招呼下会有来到奶奶家玩耍的错觉。

用过点心，裕子夫人大略介绍了一下浴池，居然是温泉浴池呢，很有趣地装潢成船舱

民宿男主人以及爱犬

艾莉丝花园从里到外都像家英国 B&B

的模样。外面还有露天风吕，裕子夫人建议 Milly 明天一大早可以试看看。时间已晚，不好意思让裕子夫人还为 Milly 张罗，就跟她要了壶开水，先行进房歇息。

住宿后才知道那天晚上 Milly 是唯一的客人，裕子夫人似乎也不住在这大屋内，而是在另一边的房屋。
第二天一觉醒来，趁着晨光到处散步。昨天来时在黑暗中只是隐约觉得这房舍区域很大，白天一看，何止是大，而是非常大。甚至会以为这里根本应该叫做艾莉丝公园，而非艾莉丝花园。

首先房间是很古典的英国乡村风，正如裕子夫人所说，她企图建构的是一家英国风格的乡村旅店。屋内随处放着一些古董，房间整体也很有欧洲风格。有趣的是在裕子夫人很女性化的花草和古典杯具收藏中，也夹杂着不少男主人的户外收藏，像是鹿角之类的狩猎收藏。
在艾莉丝花园广大的腹地内，不断可窥看到这样对比的收藏。男主人收藏的是游轮器具、船（真的是一条船，不夸张）、邮筒、野鸭会来避冬的水塘、大树下的木椅休闲区等。属于裕子夫人的则是屋内的画、各式花瓶茶具，以及在围墙周边、客人屋前和自宅屋前满满种植着的植物和花卉。

从 Milly 住宿的房子裕子夫人的自宅，绕过花园、木桥、池塘，要走个两分多钟，可见多大。随处散步时刚好遇见散步回来的男主人和可爱地玩了一身泥的狗狗，男主人说小狗还很小很皮，不是那么好控制，不好意思让 Milly 牵着去散步。但建议 Milly 可以换双好走的鞋子到附近去走走，不过十多分钟的地方就有条溪流，风景不错。听从男主人的建议往溪流那端走去，不是很好走，必须穿过膝盖以上的草丛才能前进，回程 Milly 还迷了路，因为找不到密密草丛中的小路。
循着潺潺的溪流声，果然看见一条清澈的溪流，真是很棒的自然风景，多么幸福的狗狗，能有这么好的散步路径和游戏环境。

某种观点上，Milly 是很矛盾的，虽然喜欢大自然，却颇怕大自然内的其他居民。像是走在森林里怕熊出没，走在树下怕虫掉下来，走在草丛中就怕蛇窜出，真是没用。因此那天在溪边散步本来该更悠闲，只是溪边的草丛却让 Milly 吃尽苦头，不但迷了路，也吓出一些冷汗，逃命似的穿出草丛才安心下来，继续真正悠闲地散步回艾莉丝花园，继续悠闲地观赏裕子夫人精心规划的英国式花园。
里面的花草配置颇为欧风，不是日式庭园的风味。
的确是英国风格没错，却有些杂乱，按照裕子夫人的说法是“输给了杂草”，无论怎样每天整理，杂草还是不断长出来。也难怪了，这么大的花园，单靠自己一双手的确很吃力。

走进屋内，厨房里裕子夫人已经在准备早餐。
有趣的是裕子夫人本来希望 7:30 准时供应早餐，还认真算着时间，但是“没控制好”，在 7:20 就全部弄好了，于是就很不好意思地请 Milly 先用餐，看见那未达成目标的遗憾神情，真是不由得打从心里笑出来。

艾莉丝花园比许多小型社区公园还要大

早餐是有机自然风，一大盘青菜沙拉是自家田园一早摘采的、鸡蛋是自家饲养的乌骨鸡生的，还有自家制果酱。
慢慢品尝有温柔妈吗味道的早餐，这时裕子夫人很害羞地端出一盘草莓。说是自家田园今早摘采，模样长得不好看也较小粒，但绝对是新鲜的。
裕子夫人真的不用这么害羞，因为能吃到这么新鲜的草莓，真正像草莓的草莓，对都会长大的人来说是幸福得不能再幸福的滋味呢。

真的是非常喜欢这位可爱的裕子夫人，离开前请她在花园让 Milly 拍下照片，再请她帮 Milly 拍下照片，想要回去后合成为一张合照。
8:20 带着小包行李搭上裕子夫人的车前往摩周车站，准备搭乘站前 8:55 的观光巴士，一路玩到钏路过夜。

本来裕子夫人还要陪着等车，Milly 保证没问题可以自己等车后，她才带着亲切的笑容离去，转弯时还不忘拉下车窗挥手说再见。
心里想着或许下次可以在这间艾莉丝花园多住些时间，每天在周边的屈斜湖、摩周湖、知床半岛等地小旅行。
旅行中回住宿地，有位这样可爱的妈妈在等着你，不是很美好吗？

ペンションアリスガーデン

北海道川上郡弟子屈町泉 3-13
www1.ocn.ne.jp/ ~ alice-g/

[上图] 男主人的收藏
[中图] 女主人的收藏
[下图] 自给自足的民宿早餐

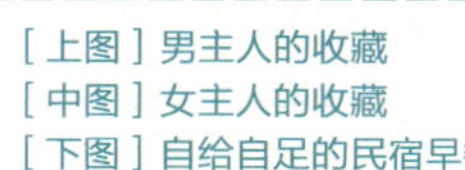

屈斜路湖
貸ボート
モーターボート
砂湯
27
8
12

钏路

终于吃到钏路国宝老太太的烧烤

大移动中的道东三湖小旅行

· 摩周湖
· 硫黄山
· 屈斜湖
· 阿寒湖

吃进美食也吃进老奶奶的历史

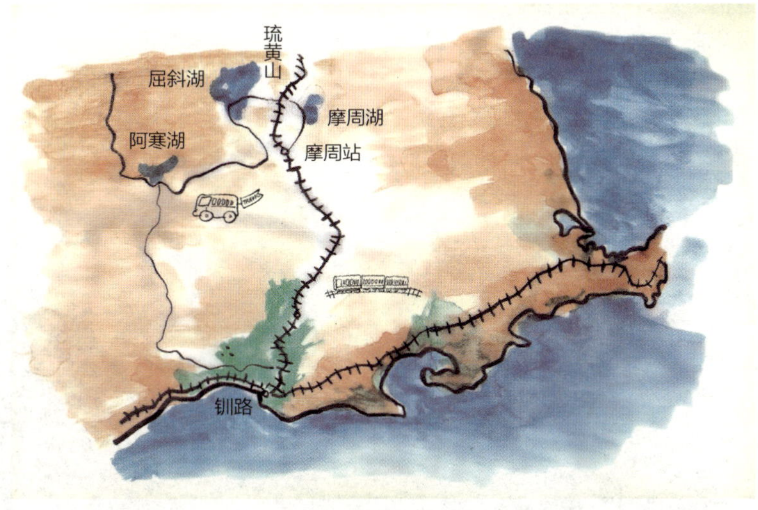

1 

大移动中的道东三湖小旅行

在长途旅行中，若每一天都很精彩丰富，自然是很棒的。
但如有一两天只是普通，也可以接受。
本来在长途旅行中，节奏的安排也颇重要，偶尔在固定的点放松一下，有时一整天排得很振奋，有时或许只要一两个点满足到即可。
这样说起来的话，7 月 17 日或许就是未必精彩但必须存在的一日。

首先，这天最大的目的是从摩周站前往钏路车站。
虽然搭乘 8:37 的普通列车，10:07 就可到达，但那天却到下午 6 点多才到，因为一路上都慢慢地搭乘观光巴士游览。
记忆中，多年前（该有二十多年了）第一次在夏天的北海道旅行，就搭过从网走出发的观光巴士。那时的摩周湖非常美丽，极为透明的湖面有着蓝宝石般的神秘色泽。这回就想碰碰运气，看看可否重温多年前的美好回忆。

大移动的出发点：摩周车站

于是这天 Milly 规划的是可游览摩周湖又能顺路前往钏路的行程，也就是连接两个不同出发点的两段观光巴士。

8:55 在摩周站搭乘从阿寒湖开出的观光巴士知床ウトロ号，在 9:10 到达摩周湖第一展望台，停留约 30 分钟，之后还可以在硫黄山和屈斜湖途中下车观光。
接下来这巴士会一路游览知床五湖。本来可以住在知床五湖周边，第二天继续游览知床国家公园，但 Milly 是走的相反的路线，因此在中途的美幌峠下车，11:20 搭上从钏路开出的ニューピリカ号，之后再次游览硫黄山和屈斜湖，14:50 到达阿寒湖畔观光 30 分钟，最后在 18:00 到达钏路车站。
这路线的优点是可以旅游到摩周湖、硫黄山、屈斜湖和阿寒湖，最后到达钏路。缺点是必须重复游硫黄山和屈斜湖，很傻很拙。

阿寒巴士网站上的定期观光巴士路线很清楚地标明，在美幌峠可以换乘巴士，只是费用的计算很奇怪：知床ウトロ号的一日行程是 5000 日元，摩周 - 美幌峠这段是 1900 日元，于是就会幻想中途转搭ニューピリカ号，那么，美幌峠 - 钏路的费用也会打折，结果小姐很认真地计算后，居然一毛没减，依然是全额 5500 日元，问了一下理由，居然是“其实本来是不可以这样转乘的！”
那为什么网站会有这样的转乘建议呢？ Milly 还真是有点一头雾水。
无论如何 Milly 就如此以边走边玩的方式前进钏路。

阿寒巴士的定期观光巴士不能使用 J-BUS 全国巴士预约系统，必须自行上阿寒巴士 Email 预约。

摩周湖

在逻辑上，摩周车站到摩周湖理应很近，但巴士班次却很微妙地相当少，即使是夏日旺季一天也只有两班。所以，如果不是自己驾车，个人游览摩周湖似乎还是搭定期观光巴士比较方便。

这天起了湿冷的大雾，在路上就有心理准备这回是看不到摩周湖了。
到达摩周湖第一展望台，掌握时间抓到大雾覆盖前的最后几分钟，之后就连湖面一个角落都看不见了，能惊鸿一瞥也算是满足。
1966 年一位名叫布施明的歌手唱了一首“雾の摩周湖”，从此雾气似乎就成了摩周湖绝对的深刻印象，可见能看见没有雾气弥漫的摩周湖有多难。
甚至有个传说，如果看见清澈的摩周湖，就不能飞黄腾达也不能结婚。回想一下当年跟 Milly 一起看到透明摩周湖的胡小姐，虽然晚婚，但也在 42 岁嫁给了温柔的老公，Milly 则依然单身，那……机率就是 50% 喽。
有这样的传说，旅客到底是要不要期待看见宝石般清澈的摩周湖呢？微妙。

雾的摩周湖

硫黄山

听着风韵犹存的美丽列车长用哀怨歌声唱着“雾的摩周湖”，巴士沿着山路离开了摩周湖区。以前看日本旅游节目，常常可以看到司机唱着该区的代表歌曲，这次算是利用了不少回这样的一日观光巴士，几乎每个司机也真的都会高唱一曲，不过唱得这么哀怨还真是第一次。

硫黄山

之后巴士路经川汤温泉，到达硫黄山，停留 20 分钟。
在这里遇见相当多台湾观光旅游团，之后在屈斜湖停留 15 分钟也看见很多台湾观光团，然后在大雾中的美幌峠名产店、旅途后段的阿寒湖温泉区，也看见很多台湾观光客。
看来这样的摩周湖—硫磺山—屈斜湖—美幌—阿寒湖，似乎是固定的观光路线。

屈斜湖

依计划从美幌峠绕回屈斜湖，在此停留 45 分钟自由用餐。Milly 买了荞麦面和北海道风味的油炸马铃薯，饭后甜点则是牛奶冰激凌。
在北海道到每一个观光点都有不同口味的冰激凌，威士忌的，昆布的，哈密瓜口味的。Milly 并不是那么爱吃冰激凌，因此都快两星期了，一个冰激凌都没吃过。来到这以砂汤著名的屈斜湖却动了心，因为被那小池商店很嚣张的看板给吸引住了。
全日本第一好吃的冰激凌！似乎很多艺人来拍摄时吃了都赞不绝口。

是传统牛奶口味，嗯……很浓郁，口感绵密，真的很好吃。但是不是全日本第一好吃，没吃过太多日本冰激凌，不敢断言就是了。

屈斜湖千奇百怪的名产

天气不是很好，沿途都是阴雨绵绵或大雾弥漫，不能观赏到视野良好时该有的壮丽景色，风景不能满足就用味觉满足，于是沿途上东吃西吃，烤玉米、炸马铃薯、温泉蛋、冰激凌，一肚子的回忆。
不仅去吃记忆的东西，也大惊小怪地拍下照片记录，像是熊出没注意拉面、北海道限定大熊啤酒、100% 白桦树液、海豹罐头咖喱等。
在北海道旅行大惊小怪一下那千奇百怪的名产，是不可或缺的乐趣之一。

阿寒湖

这天行程最大的主题就是从摩周移动到钏路，然后途中回味一下之前游览过的所谓道东三湖——屈斜湖、摩周湖、阿寒湖。

回忆这东西很微妙，没被触动时就静静躺在湖底深处，一旦被唤起（可能是一个画面或风景），很快地那记忆就会浮了上来。
当行程走到阿寒湖，过去的印象就如此不断浮现，记忆和现实重叠着：湖畔的栈桥、观光船、爱奴文化村、名产店前张牙舞爪的大黑熊标本、一颗颗圆滚滚装在瓶子里可以带回家养育的毬藻，以及林立的木雕民艺店。
流连在一间间民艺店间，想找那款记忆中的猫头鹰木雕。猫头鹰是爱奴族的守护神，日文猫头鹰唸为“ふくろう”，ふく是福的谐音，因此猫头鹰也有带来福分的吉祥意思。只是对于 Milly 来说，猫头鹰的木雕除了福气之外，还多了一层小小的浪漫。

那年跟着摄影队拍完爱奴民俗舞表演后，来到周边的工艺店继续拍摄，走进一间木雕民艺店，里头有个绑着马尾的木雕师傅很酷很帅，认真雕刻的姿态更是迷人。大家称赞他手艺精湛，他温柔又腼腆地说可以送个小小的木雕给我们，Milly 代表大家挑了一只猫头鹰，年轻的师傅还很认真地雕上了“Milly”的字样。

Pan De Pan

阿寒湖温泉 1 丁目 6 番 6 号

8:00 ~ 19:00

年轻师傅的长相已经模糊，但获得那温馨礼物时的微醺幸福感，却在来到阿寒湖时微妙地再次浮现出来。
浏览着一间间木雕手工艺品店时，下意识端详着每个师傅的脸，企图找到那年轻师傅。Milly 还自己在脑中自动合成师傅十年后可能的模样，只是谁都很像，也谁都不像。
现在想起来，出发之前刚好找到那遗忘多年的小小木雕猫头鹰，或许正是这猫头鹰带给 Milly 幸福，让旅途中多了丝丝幸福感的飘然情绪。

多年后再次重游阿寒湖，不完全是为了重温往日的记忆，也企图去发现一些新据点。
发现了一些民艺木雕屋会加入新的元素，像是以童话故事或动物的音乐会为题等，还有那一只只小狐狸、小兔子、小猪也都俏皮逗趣。
另外还发现了位于湖畔的北海道憧憬旅馆之一“あかん鶴雅別庄 鄙の座”，还有一间很时尚的面包屋 Pan De Pan。

Pan De Pan 最大的特色就是红，完全的红。
店名、商标、店内装潢都红彤彤的，在已经露出陈旧疲态的商店街中是很耀眼的存在。
Pan De Pan 号称阿寒湖畔初次出现的面包店，强调面包是用阿寒百年水、100% 北海道小麦及阿寒湖新鲜的空气为材料烘焙而成。
只是在这面包屋喝下午茶时，Milly 为了应景，点了有红草莓的泡芙配上拿铁。真是看的吃的都是红色，跟当天昏沉沉的阴天产生大大的对比。

红彤彤的面包屋 Pan De Pan

阿寒湖

阿寒湖的爱奴部落

2 

吃进美食也吃进老奶奶的历史

结束了阿寒湖的行程，观光巴士来到钏路车站。大部分乘客都是在中途的钏路机场下车，跟其中一个大爷聊天时知道他们是去大雪山登山徒步。回程在钏路车站一早搭上这班观光巴士从钏路机场回东京，在离开北海道前充分利用了这将近 10 小时的道东三湖观光。

钏路机场前最引人注目的是那一长排的租车店，看来在公共交通不是很便利的北海道，个人旅行除了参加这类观光巴士的一日游外，租车更是主流中的主流。

到达钏路车站，很不巧依然是阴雨天。要不是这次夜宿钏路最大的目的就是要去品尝老国宝的炭烤料理，否则这么大的雨会想就在旅馆内的居酒屋用餐。

前两次到达钏路都刚好碰到那号称钏路炉边烧的元祖店“炉ばた”公休，这天不是公休日，当然雨再大都要去。

推开拉门，进入有点历史又不是很宽敞的昏暗店面，终于看见那在炭炉前默默炭烤的

炉ばた

钏路市栄町 3-1

17:00 ~ 24:00，周日休

http://www.robata.cc/

老国宝，真是难掩感动。十多年前看过某个日本旅游节目介绍后，终于可以吃到老婆婆亲自炭烤的料理。
感动之余点了生啤酒，炭烤烧肉（心想可以吃到国宝老太太烤的烧肉多好，虽说这间老铺是以炭烤鱼介类为主）、烤扇贝、烤秋刀鱼、烤香菇和烤芦笋。

在熏黑的店内边吃边看着烟雾中的老太太，不知怎地竟有种在看纪录片的感觉，毕竟是创业 50 多年的老铺。
可是吃着吃着，却愈来愈不安，因为隔壁的男女一结账，居然是 13000 多日元！没看见两人点了什么，但开始担心自己是不是进入了黑店。（胡说，胡说！）
老铺的所有菜单都没有定价，连参考价目都没有。于是 Milly 心中翻腾着，一会担心会很贵一会又安抚自己能吃到国宝级老太太的炉边烧料理，花点钱算什么。
不习惯没价目的餐厅，一向最怕“时价”两个字。
好在！结帐后是 4600 日元。其他客人都是结伴前来，Milly 等于是点了两人份，真是幸福了味觉苦了裤头，旅途结束难逃减肥宿命。

Milly 观察，大部分客人似乎都是来钏路观光的外地人，毕竟是老铺中的老铺，又有坚守岗位的国宝级老太太担当炭烤师傅，这已经不只是一间用餐的餐厅，俨然是钏路旅游资源的一部分。
不过有件事倒是有点在意，就是老太太似乎有些累。当晚所见，老太太只是一个劲地烤着鱼啊肉啦，脸上没有笑容，也甚少看见她跟客人寒暄说话。
没能看见节目中她那有如乡下外婆般的亲切笑容，希望她要多多保重身体才好，毕竟一直在高温的炭炉前工作是很辛苦的。

函馆

函馆美好咖啡屋散步路径

铁女失格

函馆假期不拘泥大主题

- LA VISTA 函馆ベイ
- 回转寿司まるかつ水产
- 重温金森红仓库群
- 元町散步路径的预期与意外
- 完美风景 café mountain BOOKs
- 和杂货いろは
- 函馆面厨房～あじさい
- 自己完成自己的海鲜盖饭

1

铁女失格

7 月 18 日是北海道 10 天选 4 天周游券的最后一日。
7 月 9 日在札幌车站买了这张 18000 日元的周游券，当日从札幌前往稚内，7 月 11 日从稚内前往旭川，之后 7 月 16 日从带广经钏路前往摩周，7 月 18 日则是从钏路经札幌再前往函馆，计算了一下，这样 10 天选 4 天的周游券还颇划算。

搭上 6:32 前往札幌的特急スーパーおおぞら，预计 10:31 到达，当天却又出了些状况，列车迟了将近 3 分钟才到达札幌，因此就必须跑着从 5 号月台冲到 8 号月台，去搭乘那 10:37 前往函馆的特急スーパー北斗列车。

钏路往札幌的列车上贩售的五星级水准三明治

气咻咻地搭上这班特急时，Milly 才想到应该冷静一些，在知道列车会迟到时就提前在新札幌下车才对。
也就是说，这班列车 10:22 到达新札幌，而札幌前往函馆的特急则是 10:45 到达新札幌，如此就有将近半小时可以在新札幌车站张罗午餐。
基本上，日本大型车站的时刻表都排得很紧密，像这样不过迟个 3 分钟就会错过下班列车，所以有些乘客就忙着跟站员询问补救办法。

好不容易上了车，奋力找到座位。停靠新札幌车站时上车的乘客很多，列车瞬间呈现超满座，以这点看来，在札幌换车或许是正确的抉择，否则没有位置坐就不能吃火车便当了。
列车行驶不久，餐车小姐就到各车厢询问要不要预订 1060 日元的老铺かなや大人气“かにめし”（螃蟹便当），这便当不但要预约，还限量，并宣称要等到 12:40 经过长万部站时才新鲜送上车。
之前在列车上已吃了钏路五星级饭店东急 INN 特制、在列车上卖的三明治，还配上研磨热咖啡。三明治材料扎实丰富颇好吃，很有大饭店的架势。另外在这里要一提的是，目前在 JR 列车上贩售的咖啡经过一番改良，水准颇高呢。

在接近下午一点早餐几乎已经完全消化时，餐车小姐终于很辛苦地提着大包小包的便当开始发送。
打开了传说中的限量便当，跟看过的照片一样。
至于美不美味？只能说不是 Milly 喜欢的口味，有点失望，枉费还特别预约。

列车上需要预约的螃蟹便当

2

函馆假期不拘泥大主题

视野极佳的房间

原本计划是要以很舒缓的方式在函馆待个三天慢慢玩，但事与愿违，刚好碰到日本的连休和 7 月 20 日的烟火活动。18 日还好，可以提早订到理想的旅馆，19 日和 20 日就简直是一房难求，而且房价飙得很高。
于是 Milly 就小小改变了计划，18 日还是住宿函馆，19 日住宿在大沼公园。20 日因为怎么都想参与一下函馆港夏日的烟火活动，就预约了不是很接近车站的商务旅馆，方便当日的函馆散步，也方便前往烟火的场地。

已经多次到过函馆，因此这次的函馆小旅行没有很大的主题，只是希望能愉悦地重温和随意地发现。

LA VISTA 函馆ベイ

14:00 到达函馆，拖着行李慢慢走到距离车站 15 分钟、位于金森红仓库群边靠港口的 LA VISTA 函馆ベイ（ラビスタ函馆ベイ）。
虽然这旅馆距车站有些小距离，但位置真是绝佳。
一进入旅馆大厅，首先喜欢那宽敞以及和风古典风情，一进房间更是完全无条件地喜欢上。
以大正浪漫为主题的整体装潢相当有特色，透过窗户更可以完全看见港口和金森红仓库，视野真是太棒了。不光是这样，床铺也是面对大窗，如此一早起来就可以躺在床上观赏港湾景色。
在房间东翻西翻，好奇着每一个角落的配置，之后去了顶楼的温泉大浴场“海峡の汤”，泡了洗尘小汤。
露天浴池可以看见整个海港，温泉池的样式也很丰富，有岩风吕、桧风吕、陶风吕、樽风吕。只是不知为何温泉很像泥巴水，小小破坏了泡汤的优雅兴致。不过休息区则是超赞，整排舒适座位都是面向辽阔海景，黄昏的风景一定极佳。

LA VISTA 函馆ベイ

函馆市丰川町 12-6

http://www.hotespa.net/hotels/lahakodate/

回转寿司まるかつ水产

泡了汤肚子又饿了，这时就更以为这旅馆位置不错，只要一出大厅走个 30 秒，就到了对面仿照明治老街的复合式饮食区函馆ベイ美食俱乐部。

在这里几乎可以吃到所有函馆的特色餐点，从函馆拉面到朝市海鲜盖饭都有，另外也有北海道美食汤咖喱、成吉思汗烤羊肉。

因为是新的饮食区，每家餐厅看起来都光鲜又舒适，但 Milly 一踏进函馆就满脑子乌贼乌贼乌贼，于是选了回转寿司店まるかつ水产去吃最新鲜的乌贼。

一坐下来，二话不说先点了两份不同的乌贼寿司。说起来 Milly 也不是那么喜欢乌贼寿司，只是都到了函馆却不吃有名的新鲜生乌贼似乎也太对不起函馆了。

更何况北海道每年大约到了 6 月就会解禁可以开始捕乌贼，这时的乌贼尤其甜美新鲜，口感十足。

心满意足地吃了函馆特产真乌贼（真いか），开始点这家回转寿司连锁店的另一道招牌北海三好，就是海胆、鲑鱼子和毛蟹寿司的组合。

北海三好一送到眼前，就立刻想赞叹真是好漂亮，忍不住拍照留念一番。

不论是卖相或味道，都不愧是 40 多年鲜鱼商店开设的回转寿司屋。

在此小小建议，即使是在回转寿司店，如果可以还是用点餐的方式，由师傅现捏送上更是新鲜。现在日本有很多回转寿司店都会在座位上放点餐单，不会说日文也可以用勾选来点。

まるかつ水产

函馆市丰川町 12-10 函馆ベイ美食俱乐部

11:30 ~ 15:00，16:30 ~ 22:00，周三休

http://www.hakodate-factory.com/sushi/

港边的异国风情

金森红仓库群

重温金森红仓库群

吃完了当天作为第三餐的回转寿司后，开始到函馆码头周边散步。
先到一旁的金森红仓库群和港边，这应该是 Milly 最熟悉的地方，几乎每次来函馆都会到这里逛逛，看看港湾。
也似乎唯有来到这港边看了熟悉的写着大大“森”字的一排红仓库，才会有来到函馆的真实感。
这天港湾停了很多帆船，看见很多外国人在船上准备要启航，大概是近日有帆船赛事。
有了这些帆船的点缀，加上来来往往的外国船员，异国风情的函馆就更有异国风情了。

观光客以港口为背景拍照留念时，都不约而同会往远方山顶的缆车站张望。毕竟在山顶看夜景也是函馆的一大观光活动，只是函馆的天气多变，未必每晚都能看见宝石盒般精彩的夜色。
只见山顶的缆车站一下子很清晰地出现在蓝天下，一会工夫又被云雾遮掩，搅得大家的心七上八下，不知道到底该不该上山去。
结果那天函馆夜景的观看度是零，因为当天起大雾，别说是夜景，几乎连站在港口边都看不见港湾。

雾中的港湾颇有风情，完全可以弥补未能上山看夜景的遗憾。

元町散步路径的预期与意外

离开金森红仓库开始转向元町区域，要去一间位于 CHACHA 坡上的咖啡屋 café mountain BOOKs。

穿过电车道，经过八幡坂，按惯例一定要回头拍一张从坡道望向港口的照片。

这时先右转前往旧函馆区公会堂，路上会经过一些可爱的杂货屋、冰激凌店和怀旧风情的茶屋。

其中很有风味的是菊泉和花かんろ。

菊泉是以酒商的别宅改建而成，卖的是圣代等冰品，蛋包饭也颇有名。花かんろ也同样是 90 多年的大正时期旧屋，卖的也是甜品，不过较为和风。两间茶屋的风味都很棒，但是目标已定就不想中途改变心意。

但说是这样说，还是出现了小小的意外事件。

就是在离开旧函馆区公会堂沿着石板路前往旧圣约翰教堂时，却被一间很有风味的咖啡屋引诱了，中途小小变了节。

这间在花かんろ斜对面的小小杂货咖啡屋，没有明显的招牌，只在像是普通民宅的斑驳围墙上挂了个鲜黄小牌子，写着“创意杂货、咖啡”。

好奇地走上石阶，探头看那种了棵柿子老树的小庭园，正想透过鲜黄暖帘看看里面到底是怎么回事时，突然一个年轻女子拉开门，说了声欢迎光临。这时转身落跑也太没礼貌了，于是就走进玄关，脱了鞋入内。

真有闯入民宅之感，整个空间几乎没多作修饰，正是普通住家的模样。

只在客厅放了些看得出是独立艺术家的手创杂货和陶艺创作，靠近庭院的窗前空间则放了几张桌椅，作为咖啡屋。

元町散步

茶屋菊泉

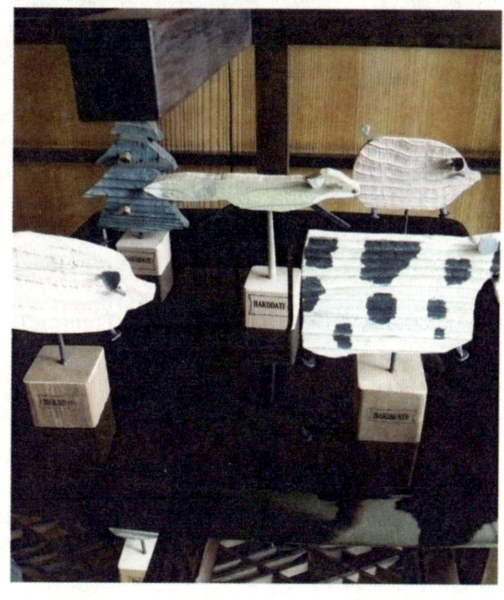

[左上图] 望向港口
[右上图] 无名咖啡屋的创意杂货
[左下图] 茶屋花かんろ
[右下图] 无名咖啡屋

爬上 CHACHA 坡前往俯瞰函馆的秘密据点

可能真的是没有商业意识和企图，或观光客根本没发现这是间咖啡屋，所以整个空间只有 Milly 一个人，而唯一的店员是那刚刚帮 Milly 开门的年轻女子。
点了杯有机咖啡，在不大的店内到处看。
是有点历史的老屋，木地板都有些松动，走在上面发出喀喀的声音。
虽说是有点计划外地进入了一间咖啡屋，不过这样凭着直觉的邂逅也挺不错。实际上有机咖啡很地道好喝，空间也有能让人放松的舒适。
只是比较担心的是这间没有店名、低调悠闲、在一般导游地图上又没有标示的咖啡屋，会不会下次再来时已经没了踪影。

在年轻女子的亲切送别下，Milly 离开了这间咖啡屋，继续往 CHACHA 坡散步。
这段路上一共有三座欧式教堂，分别是天主教元町教会、函馆东方正教会、旧圣约翰教堂。
这里是观光客聚集的区域，CHACHA 坡也有不少游人来往着。
但或许是这坡道真的有些陡，不少人走到中途就放弃了。看到这样的情景 Milly 不由得安心起来，因为这么一来……那可以眺望整个元町区域和港湾的秘密基地或许就没太多人知道了（什么心态）。

视野绝佳的 café mountain BOOKs

完美风景 café mountain BOOKs

在《超完美！日本铁道旅游计划》一书上，Milly 提过一家位于 CHACHA 坡道尽头的咖啡屋，里头的庭园咖啡座是鸟瞰函馆的秘密地点，悲剧的是咖啡超难喝。每次来到函馆，即使知道这里的咖啡不好喝，但迷恋它的完美位置，即使咖啡再难喝也会点一杯当做入场券。

这回就想不要再喝那咖啡了，想去另外一间也在附近的新咖啡屋 café mountain BOOKs，只是按照地图走着走着，依然来到写着 CHACHA 的建筑物前，心想这不就是那家难喝的咖啡屋？再看地图，的确是 café mountain BOOKs 的位置。
带着怀疑进去一看，终于真相大白。
原来那间 CHACHA 咖啡屋已经改成 Milly 这次的主要目标 café mountain BOOKs，至于为什么房子还是挂着“CHACHA”的招牌，是因为面向花园的一楼空间是咖啡屋，其他的一楼和二楼空间就是“ガーダンハウス CHACHA”，是可以提供两组客人住宿的公寓旅馆。

café mountain BOOKs 完全脱去原本 CHACHA 咖啡的印象，变身为会让人想久留的舒适空间。
可以鸟瞰函馆的露天花园依然存在，屋内原本很无趣没个性的空间，现在以沉稳的原木为主调，放着木桌和古董椅，中央和墙边书架放了三百多册二手书籍和杂志，柜台边更放了生活杂货的贩售展示区。
整个空间飘散着缓慢的氛围，Milly 也被这空气感染着，放松心情坐在舒适沙发上，翻着杂志发着呆。
真是愉悦的时光，至于咖啡有没有变好喝，就还是一个谜。之前意外地在途中喝了杯咖啡，于是在这里就点了咖啡店推荐的麦茶冰激凌。不过以这甜点的水准来看，咖啡应该也已经大翻身变好喝了才是。

完美的视野，现在又加上完美的缓慢空间以及美味餐食。
重游函馆的第一日能体验到这么一间美好的咖啡屋，整个心情都愉快起来，散步的脚步也更加轻快。

和杂货いろは

函馆市末広町 14-2

10:00 ~ 19:00，无休（1 ~ 3 月周一休）

和杂货いろは

在暮色慢慢降临时离开滞留了一个多小时的咖啡屋，从山坡上返回码头港区。
回程在末广町看见一间很可爱的杂货屋“和杂货いろは”。
以 1906 年的独栋日式民家建筑改建的和风杂货屋，摆放着各式各样的和风以及欧风杂货，里面还有卖厨具和旧式的清扫工具。
穿梭在店内处处都是惊喜。
不过考虑行李的重量，只买了一张北海道手工艺人设计的和风手绢，其他就只能当场纯欣赏了。

在回到旅馆之前遇见了码头雾气渐起的黄昏，整个画面充满着迷离，让人惊叹不已，忍不住找了张长椅坐下，望着海面随着雾气和光影而变化的风景。
望着望着，不由得多滞留了些时间。
随着夜幕渐渐低垂，雾气越来越浓，天气也开始冷得让人打起哆嗦。
于是快快起身回到旅馆，速速前往屋顶的大浴场去去身体里的寒气。大浴场的露天温泉这时已是雾气弥漫，如此明明是在十多楼的露天浴池里舒服地泡着温泉，却有在深山幽谷泡秘汤的错觉。

café mountain BOOKs

函馆市元町 3-3 ガーデンハウスチャチャ内

13:00 ～ 22:00，周二休 I http://booklife.exblog.jp

いろは

开业已有七十多年的连锁拉面店

函馆面厨房～あじさい

在旅馆最高层的露天温泉大浴场泡得暖呼呼后，继续体验美食去。

同样是到对面的函馆ベイ美食俱乐部，选择的是“函馆面厨房～あじさい”。

函馆拉面是江户时期由华侨引入的盐味拉面，后来经由当地人改良，加入函馆的海鲜食材，从此建立了跟札幌拉面、旭川拉面并列的北海道系统拉面。

这间是开业70多年的连锁拉面店，汤头采用较为清淡的鸡骨和猪骨，同时加上特选的昆布熬煮。

另一大特色则是这连锁拉面店加入了现代的时尚元素，每间分店都装潢得有如都会时尚咖啡屋，如此不单是男性拉面通，独身女性也很容易进入用餐。

一进去，说真的也被那装潢给吓一跳，整体异常光鲜，完全不是传统拉面店的模样，墙上还挂着大荧幕播放运动赛事，很有点酒吧的感觉。

Milly点了招牌的味彩盐拉面，味道较为清爽，叉烧也很好吃。比较起来，会以为比旭川拉面好吃，当然这纯粹是个人口味。

满足了函馆拉面，这一整天的咖啡和美食散步也暂告一段落。

自己完成自己的海鲜盖饭

这天一夜好眠，醒来同样先去泡温泉，用房间内颇有风味的咖啡器具泡了杯咖啡，透过大窗浏览港湾风景小歇后，以最佳的肠胃状态尽情享用了充满新鲜海鲜的旅馆早餐。

若按照以往的惯例，离开函馆之前的早餐都是到函馆朝市食堂吃生鱼海鲜盖饭，毕竟都已经身在海鲜美味的函馆，早餐还吃咖啡面包香肠就有点可惜。

这次因为之后会再回到函馆，加上从旅馆走到朝市食堂要十多分钟，因此就改变主意，选择在旅馆的餐厅用餐。

还有一个很大的原因是，从 check in 到住宿，对这首次入宿的旅馆非常满意，对于这里号称可以自己动手做海鲜盖饭的自助早餐，也相对期待了起来。

原本预约的是纯住宿不含早餐，当日就改变主意，多付了 1200 日元去享用这里的“北之番屋”自助早餐。

自己在碗内放入煎蛋、乌贼、甜虾，做出自己的生鱼海鲜盖饭，对自己的摆饰功力很满意。不过美归美，最后还是全部吃进肚子里去了。

一大早很振奋地花了一个多小时慢慢吃了这极为丰盛的海鲜早餐，满足更是饱腹。

函馆麺厨房あじさい

函馆市丰川町 12-7 函馆ベイ美食倶乐部

11:00 ~ 22:00，每月第三个周四休

http://www.ajisai.tv

大沼公园

大沼公园独木舟初体验

幕末浪漫列车前进大沼公园

· SL 函馆大沼号
· 大沼湖畔散步道
· 湖畔餐厅 Table de Rivage
· 甜点老铺沼の家
· 设计风流山温泉

极致慢游的独木舟初体验

· 小沼湖畔亲切的邂逅
· 美式 Cottage Hotel Crawford Inn Onuma

1 

幕末浪漫列车前进大沼公园

函馆朝市

一早往函馆车站出发，准备搭乘 9:52 的 SL 函馆大沼号列车。
路经车站边的函馆朝市，例行拍拍那些看起来很美味的螃蟹。
很有趣地看到这里的店家除了会让比较可能购买的客人试吃螃蟹外，也会让游客拿着大大的帝王蟹拍照留念。Milly 一副不像是会买帝王蟹的模样，因此也就无缘跟螃蟹兄弟合影留念，扼腕！
一向以来 Milly 最喜欢的异国风景之一就是传统市场，那排列着丰盛渔获、蔬果的模样，不论是在泰国、香港、巴黎、柏林，都是充满魅力。
虽然全新翻修的函馆朝市少了很多当初的人情风貌，有些遗憾，但看着那鲜活的乌贼、堆积的玉米、贵气的哈密瓜、自傲标明品牌的北海道马铃薯、鲜红丰盛排列的螃蟹，心情还是很愉悦亢奋。

依依不舍地离开活力洋溢的函馆朝市，往车站走去，这时又开心地发现一辆外形可爱的观光巴士停在站前巴士月台区。
趋前一看，原来是观光巴士函馆浪漫号，要搭乘这宫崎骏动漫中怀旧造型的巴士，可以留意巴士网站上的时刻表，在 4/28~5/6、7/1~9/30 是每天 10:00 和 13:00 从函馆

函馆浪漫号

车站前出发，绕行路线是函馆駅前—赤レンガ仓库群—高田屋嘉兵卫像—元町散步—明治馆—函馆駅前，采取预约制，旺季最好先预约。不过如果当天出发前没有满席，也可以现场报名，费用每人是 2000 日元。
在上面提到的时期之外，函馆浪漫号就只在周六日和假日行驶。

SL 函馆大沼号

即使是同一条路线，搭乘不同的交通工具就有不同的乐趣。就像是已经不晓得有多少次从函馆前往札幌时路经大沼公园站，这天要搭乘同样路段的 JR 函馆本线，心情还是有如假日郊游。原因无他，这次要搭乘的是 SL 函馆大沼号。
SL 函馆大沼号从函馆车站出发，终点站是森，全程约 80 分钟。
2008 年夏季的行驶状况是 7/19~8/3 的周六日和假日以及 8/9~8/17 的每天。为了怕当日没座位，在到达北海道前就先预约了这班列车。

到达月台时，SL 函馆大沼号已经停靠在月台，让大家合影拍照。
观光列车的主题是“异国风情和幕末浪漫”，火车头前还有一位穿着低领蓬裙撑着蕾丝伞装扮得有如美国西部片场景的女子，很亲切地跟大家合照。本来还以为是哪个超级投入的铁道女子以此造型抢镜演出，上了车才知道她是司机。
这班列车的台湾自由行旅人真是多，大约算了一下，光是在 Milly 搭乘的车厢就有十多个人讲中文，厉害！

SL 函馆大沼号是全车指定席，乘车券 330 日元，指定席是 800 日元。就是说，如果平日搭乘普通列车从函馆前往大沼公园，车票只要 330 日元，但搭乘 SL 函馆大沼号则是 1130 日元。不过如能体验这季节限定的话题蒸汽列车，应该没人会计较那 800 日元才是。
乘车之前 Milly 先去探看了驾驶座和以煤炭为燃料熊熊燃烧的车头。
进入车内好奇地参观着各车厢不同的模样，其中两个车厢坐满了小学生。坐蒸汽火车去郊游真是愉快的主题，只是不晓得是不是错觉，小朋友大多显得意兴阑珊，或许比起这样怀旧的列车，搭乘面包超人列车或旭山动物园号他们可能更开心些。

虽然 Milly 这次兴冲冲地搭乘了这话题蒸汽列车，但其实若可能的话，“鉴赏”这蒸汽火车的最佳方式，或许还是在路上看着列车冒着白烟缓缓驶过的雄姿。毕竟坐在车内，除了感受座椅、内装和车掌服装的怀旧情绪外，跟搭乘一般列车的情绪大致是相同的，除了那汽笛声、从车窗偶然看见的烟雾以及闻到烟味外，没有太多坐在蒸汽火车上的实感。
只是拿着相机在路上等待蒸汽火车通过的铁道迷毅力，Milly 依然不够。

大沼湖畔散步道

大沼湖区统称为“大沼国定公园”，区内以秀峰和驹ヶ岳环绕着的三座湖泊，分别是大沼、小沼、蓴菜（じゅんさい）沼。至于游湖方式，近期最热门的是租单车沿着湖畔骑，传统方式则是搭乘观光船或租条船自己划。Milly 一度想租一条木船，但对自己的划船技术毫无信心。之后甚至想，不如租一条天鹅船去游湖，不过一个女子孤独踩着天鹅船前进，那画面实在太凄凉，没勇气去面对其他游客的眼光，于是放弃。如此一来，不会骑单车的 Milly 就只剩下一个选择：沿着湖畔的四条散步道大岛之路、森林小径、夕日下的小沼道以及岛之巡礼路径随性散步。

如果时间充裕，这样的散步道其实很推荐，踏过一座座桥梁穿梭在各岛屿的林木之间，从不同角度眺望远方的小岛群，看着小沼泽里的水生植物和野鸭天鹅，听着鸟鸣声，偶尔弯身看着大树下小小的可爱植物。自己调整节奏，也可完全远离湖畔码头区喧哗的观光客人潮。

湖畔餐厅 Table de Rivage

在大沼公园湖畔的湖月桥旁有间很有风味的欧式餐厅Table de Rivage（ターブルドゥリバージュ），可以边看着湖畔风光边悠闲用餐。本来的确也打算在此吃个优雅的午餐，只是早上丰富的自助早餐饱足感还很强烈，没能用餐，只在餐厅户外草地露天座喝了杯咖啡，就又继续沿着湖畔走回大沼公园站。天气好的时候，餐厅会将餐桌移到一个有如船般可以移动的平台上，让客人有在船上用餐的感觉。

Table de Rivage

亀田郡七饭町字大沼町 141

11:00 ~ 19:00，周二休 | http://www.gengoro.jp/rivage.html

甜点老铺沼の家

在站前创业百年号称“元祖 大沼だんご”的沼の家，买了小盒装 370 日元的二色だんご（两色糯米丸子）当午餐兼点心。

所谓两色，就是红豆泥加酱油味或芝麻泥加酱油味，Milly 买的是红豆泥加酱油味的，一甜一咸，放在木盒中有点像便当。据说这糯米丸子的摆放比例是有道理的，原来是想模仿大沼湖和小沼湖的姿态，而糯米丸子没用竹签串起，则是想表现出小岛在湖面上零星分布的模样。

糯米丸子很 Q，挺好吃的。二色だんご是这大沼公园区的名产，日本游客都会买一份现场吃，此外还会大包小包买一堆当礼物。

设计风流山温泉

用餐过后离独木舟行程还有些时间，就搭乘了站前 13:00 发车的免费车前往流山温泉纯泡汤去，车程约 15 分钟。
另外流山温泉还推出出租车服务套餐，四个人从大沼公园车站前搭出租车，纯泡汤加上接送只要付 3600 日元，听起来颇划算，因为光是在这号称是放浪雕刻家“流政之”作品所围绕的流山温泉泡汤，一个人就要 800 日元。

沼の家

亀田郡七饭町字大沼町 145

8:00 ~ 18:00

不过很有意思的是，在购买泡汤券时，服务人员问了 Milly 是不是クロフォード·イン大沼的住客，Milly 回答是，泡汤券就从 800 变成 400，虽知道这旅馆跟温泉有合作优惠，但这样随口询问也行得通，倒是很意外。

流山温泉非常广大，有露营场地、槌球场、向日葵观光花田、户外雕塑展示花园、荞麦面餐厅、流政之设计的温泉，甚至还有一座铁道主题公园停放着一辆新干线。

建筑真的很有特色，但浴池已经有点残旧，温泉也是那种泥巴味的硫酸盐泉质，Milly并不是很喜欢。

不过反过来说，正因设施有点残旧，那几乎没有一个置物柜是可以使用的脱衣区，意外地在昏黄的光影下呈现着很微妙的后现代美感，一旁的餐厅“停车场”也意外地呈现出慵懒的颓废风，换个角度看就有不同的感受。

流山温泉

亀田郡七饭町东大沼 294 番

http://www.jr-shop.hakodate.jp/nagareyama/

2

极致慢游的独木舟初体验

这次在大沼湖体验的是两个小时游湖之旅，费用 3500 日元，是适合初学者的行程。旅馆也可以帮忙预约晨间或看星空的独木舟旅行，另外如果时间充足，又有些独木舟经验，还可以报名参加约 5 小时的大沼湖和小沼湖横断行程。
要预约类似的游湖行程，其实也可以通过站前的旅游服务中心或直接打电话给独木舟俱乐部，但如果是海外游客又是住在周边旅店的话，就会建议通过旅馆的柜台，较为方便。独木舟俱乐部会派车子到旅馆接人。

另外，Crawford Inn Onuma 提供的预约服务，还有下次来到大沼湖一定想去体验的骑马游览秀峰·驹ヶ岳，不过费用就相对高些，最基本的 90 分钟行程大约要 10500 日元，更过瘾的 3 小时就要 21000 日元。
在冬季更可以预约轻便雪橇的雪地散步，或在结冰的湖面上钻洞钓鱼。

独木舟俱乐部的小巴接了 Milly 之后，在车站接了另一个单身游客，据后来的谈话观察，这位很有宅男气质的东京上班族也是铁道迷，一有假期就会坐火车到处玩，前次在北海道铁道旅行时偶然的体验下迷上了独木舟，所以这次预约了这趟独木舟行程，在离去时还又预约了下次的 5 小时行程。
完全能体会那上瘾的感觉，因为这次短短的 2 小时经验也让 Milly 完全上瘾了。下回只要有机会就一定会利用独木舟游览，Milly 以为这真是一种极致的慢游。

教练先简单教导了控制独木舟的方法，然后在同船教练熟练掌控下，独木舟缓缓前进，穿过湖畔的芦苇，往湖心划去。
除了时而传来的鸟鸣外，微风轻拂下四周是完全的宁静，没有车声没有人声，只有船桨划过湖面的规律声音。
在教练的引导下，Milly 划着船桨穿过水生植物繁殖区，很贴近地看着在湖面下的黄色小花，然后教练更在 Milly 的怂恿下让独木舟不断穿过湖畔低垂的树枝，很有丛林探险的乐趣，非常过瘾。

之后独木舟在较平缓的岸边停留了 20 多分钟，两位年轻教练熟练地拿出露营用的咖啡器具，煮着咖啡来段悠闲的短暂聊天时间。

据说如果运气好，还可以在湖畔看见野鹿经过，不过几率不大就是了。
有时甚至还能看到水蛇滑过。
春天湖畔的几株樱花会盛开，秋日时节沿湖的植物会染上多彩的颜色，最重要的是，天气好时可以看见驹ヶ岳倒映在镜面般湖面上的绝景。
可惜这天是阴天，虽说是很悠然，驹ヶ岳却从头到尾都藏在云雾中未能窥见。

短暂歇息后，独木舟穿过湖心，往湖上的无人小岛前进。
这几乎只能容纳十多人的迷你无人岛上装设了一个摇床，可以躺上去放松一下。Milly 好奇地问，如果没客人，教练会不会划船来这儿睡个午觉?
答案不是那么浪漫，两个教练都说有时间宁愿在房间里看电视听音乐。想来也是，每天都在划独木舟，不划独木舟时可能才是他们的悠闲时光。

两个小时的独木舟行程，缓慢却也很快地结束了。
非常愉快的体验，有此经验后，下个目标就是绝对要试试以独木舟游览钏路湿原。

愉悦的大沼湖独木舟体验结束，回到寄放随身物品的小屋，这时看见了一脸胡须的老板ヒゲさん(昵称胡子大哥)正在一旁跟老外员工一起努力生着柴火。再仔细一看，啊！原来是在烧那户外铁桶浴的热水。Milly 好奇询问时，ヒゲさん还热心地提议，如果愿意可以体验这户外露天铁桶泡澡喔。
虽说那放在仿佛秘密基地树屋上的铁桶用了一些木帘遮掩，不过还是太豪迈了。

小沼湖畔亲切的邂逅

回到旅馆，在晚餐之前继续愉快地在周边的小沼湖畔散步。
在湖畔的民宿前发现了一群野花，像百合又不是百合的模样非常有意思。正在除草的主人看见 Milly 热心拍着那花，于是也很热心地介绍这花的学名和生态，只是深奥的日文学名记不下来，倒是俗名“阿婆的假牙”让人印象深刻。
原来这花要等叶片都枯萎后才会开花，就像牙齿掉光的阿婆装上的假牙。
这间民宿就在小沼湖入口，非常清新的模样，老板看起来人也不错，下回或许可以舍弃豪华旅馆，住在这湖畔民宿，或许另有风味。

大沼国定公园区域有非常丰富的自然景观和生态，不同季节有不同的风貌可以体验，更可以参与各式自然观察。会以为这里的魅力绝非那短暂停留匆匆往返的观光团行程可以体验。

其实这次 Milly 还错失了更深入观察大沼公园区的机会，原来就在旅馆道路入口处有一间非常朴实的木屋，Milly 在前往独木舟体验之前去探访了一下。
看板写着“大沼自然ふれあいセンター”，可以免费进入听公园区内动植物生态解说和观看标本。旁边还有一个令人一见钟情的野鸟区，在大树间架了鸟巢让野鸟栖息觅食。

Exander Onuma CANOE House（イクサンダー大沼カヌーハウス）

由 17 年独木舟经验的ヒゲさん领军，有兴趣的人可以上那颇丰富的网站瞧瞧。

http://www.exander.net/

大厅的美式度假别墅风格

双人房含早餐的住宿费 9125 日元

这些鸟巢搭建得非常有风味，丝毫没有人工气息，充分跟大自然融为一体，还有些动漫场景的感觉，很棒！

不单单是这里有供野鸟栖息的鸟窝，在公园散步的路径上也时常看见树上架着木制鸟窝，住宿的旅馆户外阳台上也架设有野鸟木屋，更提供望远镜和野鸟图鉴让大家观察野鸟。

美式 Cottage Hotel Crawford Inn Onuma

这次选择住宿 Hotel Crawford Inn Onuma，多少受到 JR 北海道观光宣传海报的影响，大沼国定公园加上 SL 函馆大沼号加上 Hotel Crawford Inn Onuma，一个完整的度假套餐。

这样的建议行程印成海报贴在北海道各大小车站以及列车上，Milly 很难不觉得自己其实做了一个明智的选择。

Hotel Crawford Inn Onuma 的外观和内装都像美式乡村度假 Cottage，Milly 虽然没在美国住过这样的度假旅馆，但还是直觉地以为味道总是差了一些。即使大厅有吊灯、火炉、狩猎的动物标本、通往房间的双旋梯，所有元素都企图营造出美式乡村度假旅馆的风味。

不去计较这到底有没有充分表现出美式 Cottage 的感觉，光是坐落在车站边的便利性、周边自然景观的丰富、房间装潢的典雅、空间的宽敞舒适、提供多样户外活动体验选择，以及可以享用自然美味的餐食等特色，便不失为适合度假的住宿选择。

价位也还算合理，当日是连休假期，预约双人房含早餐大约也只要 9000 日元。

名料理长北野望的晚餐

早餐有牧场直送、无限畅饮的鲜奶

本来 Milly 的计划是想在大沼公园车站周边找间餐厅享用晚餐。
但因房间颇舒服，一整天的散步和户外体验后也有些不想外出，于是临时预约了当晚旅馆餐厅的晚餐，没想到预约很满，只预约到第二轮的用餐时间。
原来这餐厅的料理长北野望小有名气，很多人是特别为他而来的。
前菜是函馆喷火湾捕获的海鲜、浓汤是驹ケ岳谷内农园栽种的南瓜，还有森町产和牛菲力牛排，都能吃出食材本身的美味。
分量刚好，口味清淡，女生吃起来不会有过多负担。

Milly 更爱的是早餐，不但提供着香喷喷刚出炉的面包，更可以无限畅饮那大沼国定公园山川牧场生产的自然牛乳。
冰镇的山川牛乳浓郁香甜，非常美味，在这加工食品充斥、伪造成分频传的时候，能喝到一大早从牧场直送的鲜奶，真是在北海道才有的幸福。

用完丰富健康的早餐，在微雨中散了一下步，便准备返回函馆。
这回在大沼公园里的两天一夜度假小旅行，含早餐的住宿费是 9125 日元，小小奢华的晚餐套餐 4500 日元，旅馆代为预约的独木舟 2 小时游湖行程 3500 日元，加上税金、服务费，结账是 16225 日元。
虽说有些小超支，但滞留期间悠闲又愉悦，就以为很值得。

Hotel Crawford Inn Onuma（クロフォード·イン大沼）

亀田郡七饭町字大沼 85-9

http://crawford.jp/

赤レンガの街、金森を歩こう。
ワンマン
ワンマン
5
函館駅前まわり

函馆

函馆市电途中下车小旅行

五稜郭区域散步路径

· 旅馆ドーミーイン函馆五稜郭
· 纯白五稜郭 Tower
· 咖啡屋 Pibrey
· 旅途中闯入一间日常的图书馆
· 函太郎回转寿司
· 玫瑰咖啡屋夏井咖啡 Brucke

外国人墓地区游晃中的随兴小发现

· 大众澡堂大正汤
· 太刀川家住宅、店铺
· 绘本咖啡馆 Café harujon himejon
· 电车箱馆摩登号

干杯！夏日函馆烟火盛会

旅行后段的一个人行程会议

1 

五稜郭区域散步路径

搭乘普通列车回到函馆，在站前商店街搭乘函馆路面电车，在电车上跟女列车员买了一张 600 日元的函馆市电一日乘车券，计划在当晚函馆烟火大会之前来个函馆电车途中下车一日市区散步小旅行。

除了第一次外，几乎来到函馆都没再买过这一日券，因为大多住在车站周边，函馆朝市、金森仓库和主要游览区都在步行范围内，以为不用候车反而节省时间。

这次则由于晚间烟火大会的关系，车站周边的旅馆全数客满，被迫住到离车站较远的五稜郭区域，从车站搭乘电车前往大约要 15 分钟，车费 220 日元，显然买张一日券会划算得多。

住在不同区域，又买了一日券，自然散步游晃的区域也延伸开来。

函馆的海外游客非常多，因此不但在各电车站都有清楚的各国语言说明，电车上更有“手指沟通板”，不会日文但想要买一日券或想换零钱，只要用手一指，司机就会知道你的意思，真是贴心的观光服务。

电车站周边的观光地，沿路有清楚的路标，连 Milly 这样的路痴也不会迷路。

函馆市电是路面电车，一共有两条线路穿梭于函馆的主要街道。

一条是“川の汤—函馆站前—十字街—函馆どつく前”，一条是“川の汤—函馆站前—十字街—谷地头”。

搭乘一趟，依照路程约 200 日元到 250 日元，市电一日乘车券 600 日元。

可在 JR 函馆车站内的观光服务处购买，旅馆柜台或车上也可买到。

一日乘车券会附上观光地图，可以此对照来散步。

另外还有市内巴士加上电车的一日乘车券和二日乘车券，可以搭乘巴士前往近郊的修道院等观光点。

旅馆ドーミーイン函馆五稜郭

搭乘电车，前往当晚住宿的旅馆，在“五稜郭公园前电停”下车，走路过去约 3 分钟。商务旅馆ドーミーイン函馆五稜郭（dormy inn），外观虽说不是很光鲜，房间倒是意外地清爽大方，尤其床铺很好睡，单人房一晚 5700 日元，算是经济实惠的住宿选择。旅馆邻近函馆的主要观光点五稜郭，于是这天的途中下车就从五稜郭开始。

ドーミーイン函馆五稜郭

函馆市本町 29-26

http://www.hotespa.net/hotels/goryoukaku/

纯白五稜郭 Tower

五稜郭最基本的观光方式是搭乘升降机，到达塔顶在高处俯瞰五稜郭城区，如此才能看出那很特别像是星形或是五个花瓣的形状。

在樱花季这里绝对是人山人海，大家会争相来此，登高观看那环绕在城郭四周的粉红樱花。

2006 年 4 月全新登场的五稜郭 Tower 非常高，也很有特色，远看就像是飘浮在天际的飞碟。

原本的五稜郭 Tower 高 60 米，新的则有 107 米，不过 Milly 对于高处兴趣不大，甚至有些恐高症，因此虽然登高看五稜郭的星形城郭是基本行程，Milly 却还是对 Tower 内的植物、咖啡屋、商店和空间比较有兴趣。

清一色纯白的五稜郭 Tower

具愈疗效果的北方兔子

一楼是纯白的空间，由钢架和透光玻璃围绕着，恍如超大型玻璃花房或室内植物园。那天是阳光大好的日子，阳光从四面八方射入，异常明亮，虽然轮不到 Milly 评论，但以为在日本各大观光区中，这规划算是很有品味的。
在一楼纪念品区除了有跟五稜郭相关的新选组、土方岁三等周边商品外，还有很多北海道独创的杂货和手创作品。
PS：土方岁三的周边商品中，有一个名字很恐怖的“土方岁三の血”，不过说穿了就是红酒而已。

馆内杂货纪念品中，一眼看去就一见钟情的是北海道当地的杂货系列“KITAUSAGI 北うさぎ”，北方兔子。创造出这可爱又相亲相爱兔子系列的女生，是在函馆周边松前市出生的成田粋子。
兔子造型很简单，却意外地有愈疗功能。
本来这北うさぎ是以手工艺品为主，现在却从文具用品、厨具到家居杂货一应俱全。餐具系列几乎都是纯白的，或许是这样，所以完全融入了这以纯白为主色的五稜郭 Tower。

真的是一个非常纯白的空间，不论是钢架、地板、花坛、通往二楼用餐区的阶梯、休憩空间的桌椅，都是清一色纯净的白。
能这样用纯白来规划一个每天有大量人潮进出的观光空间，可能也只有洁癖又偏执的日本民族才能做到吧。

咖啡屋 Pibrey

离开了五稜郭 Tower，随性在周边散散步。首先看见的是建筑颇具特色的道立美术馆和艺术 Hall，之后沿着城渠边的樱花步道走着。
非常茂密的樱花林，可以想见樱花盛开时会是多么缤纷。
一时兴起从樱花林道穿出后，位于市立中央图书馆斜对角有间独栋洋风建筑，靠近一看，是咖啡屋 Pibrey。

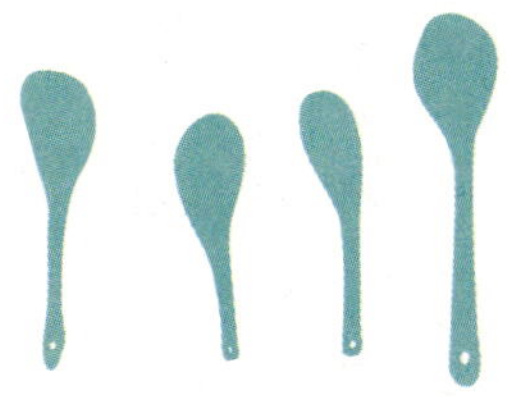

Pibrey 咖啡屋

Pibrey 的特色是停车场很大、早上 7 点就开始营业、紧邻着五棱郭的樱花步道，另外就是有绝佳的宽广露台面对五棱郭。虽说之后已经有要去探访的咖啡屋，但心中却也不由得预约了一个属于这咖啡屋的画面，就是樱花季时一早在这咖啡屋的露台享用幸福早餐，那该是多惬意的事。

Pibrey（ピーベリー）

函馆市五棱郭町 27-8

7:00 ~ 22:00，无休

http://www5f.biglobe.ne.jp/ ~ pibrey/

旅途中闯入一间日常的图书馆

这咖啡屋的位置还有一个很棒的优势，就是位于市立中央图书馆的对面。

经过市立中央图书馆时，先是被那花园里的蓝色绣球花给吸引，忍不住停下脚步，之后好奇地进去，一看更是不由得想多停留些时间。

馆外的公共空间有小巧可爱的有机餐厅，可以内用或外带。如果是外带的话，可在中庭草地的木椅上享用，感觉似乎不坏。

图书馆内部则是又高又宽广，阅读空间极佳，有很舒服的沙发和宽大的阅读桌，开放书架上除了各式书籍还有相当丰富的休闲杂志。爱看杂志的 Milly 自然不会错过，选了个有植物相陪的沙发座，拿了几本杂志就阅读了起来。

虽说完全不是在观光路线上，导游书也不会标明这个点，但像这样随性地发现一间即使是外地游客也可以进入的阅览空间，是旅行中的意外乐趣。

中央图书馆

函太郎回转寿司

函太郎回转寿司

在阳光充沛的图书馆内翻阅着杂志，不由得拖了些时间，这时肚子有些小饿起来，就去旁边的函太郎回转寿司点了几盘清爽的寿司填填肚子。
这也是在函馆创业的寿司店，在这系统下有各式美食餐厅。

以往 Milly 进入一间回转寿司时，都会以为不吃上个七盘八盘似乎不太好意思。但是近日换了一种气势，就是有时只是想解解馋，甚至只吃个四盘五盘，满足了口欲去结账已经不会不好意思了。这天也是吃了乌贼、鲷鱼、葱花鲔鱼和蛋卷等就收手了。
这不知算不算是一种进步，成为真正有气魄熟女的进步。
如此的话，边吃边走、边走边吃的旅游模式，或许有机会实现。

函太郎回转寿司五稜郭公园店

函馆市五稜郭町 25-17

11:00 ~ 22:00，无休

玫瑰咖啡屋夏井咖啡 Brucke

稍微满足了食欲后，继续沿着散步路径前往夏井咖啡 Brucke。
Brucke 是德语的桥，因此按照地图指示，先以五稜郭桥为目标前进，穿过住宅区后就可以看见那静静伫立着却非常显眼的夏井咖啡 Brucke，显眼的是那环绕着欧式建筑的多彩夺目的玫瑰花。

走上开满玫瑰的木阶梯，推开彩绘玻璃门，进入眼帘的是绝对的欧式浪漫，像是贵妇和千金小姐喝下午茶的优雅空间。
环顾这咖啡空间，圆弧形落地窗、绒布古董椅、玻璃烛台、水晶吊灯、插着红玫瑰的花瓶、壁炉和堆放满室的园艺书籍。
真是非常多的园艺书籍，尤其是玫瑰花的园艺书，几乎可以确定店主是绝对的玫瑰花爱好者。
本来还以为可能会走出一个蕾丝裙女主人，不过意外的是那在柜台后忙着插玫瑰花的女子，不是柔弱梦幻的模样，而是穿着利落黑裤挂着围裙的中年美女。

特色是正宗的烘焙咖啡，咖啡豆坚持要在一楼工作间每天自家烘焙，女主人更是附近住宅区认定的咖啡豆达人。

很有英国园艺风的夏井咖啡 Brucke

很在意那玻璃柜里放着的各式华丽水晶玻璃杯，就想点份由水晶玻璃杯端出的甜点，于是反常地点了一杯圣代。

冰激凌和香蕉淋上可可亚的圣代，以绿宝石颜色的水晶玻璃杯端出，真的很美，当然也很浓郁可口。

是一个兼具视觉和香醇的咖啡屋，当然如果是英国园艺的爱好者，这里关于园艺的藏书必定会让你流连忘返。

夏井咖啡 Brucke

函馆市五稜郭町 22-5

10:00 ~ 22:00，周三休

2

外国人墓地区游晃中的随兴小发现

鱼见坂

离开夏井咖啡后，五稜郭区域的散步也暂告一段落。走回电车道，搭乘电车前往首次探访的区域外国人墓地，当然不是真的去看墓地，而是这区域跟横滨元町的外国人墓地区很相似，都位于高台，可以俯瞰港湾，坡道边也同样有很多异国风味老建筑。

在“函馆どつく前”下车，之后沿着鱼见坂坡道慢慢往外国人墓地前进。
至于这坡道为什么叫做鱼见坂？据说是很容易看见鱼群。
会不会太神奇，虽说在爬坡过程中不时回头看，的确可以看见美好蓝天下的港湾，但是应该也不至于看见海中鱼群吧。
沿路没看见鱼，倒是看见了很多鲜艳的花朵。这里的住家都会在屋前布置美丽的花坛，路上车辆不多又有规划很好的人行道，是一个很愉快的散步路径。
大约十分钟后会先看见称名寺和高龙寺。高龙寺是函馆最古老的木造寺庙，而称名寺则是在函馆做新选组主题巡礼时必到的据点，因为里面有土方岁三和新选组队员的供养碑。
之后再往前些，从近道绕路就到达面向港湾、这个季节开满绣球花的外国人墓地。
墓地一旁有间白色木造欧式建筑，是可以俯瞰港湾的咖啡屋カフェテリア·モーリエ（Cafeteria Morie）。
据说这咖啡屋还是电影“星に愿いを”（向星星许愿）的外景拍摄地，但光是可以看见函馆湾的美丽夕阳，就已经非常受到情侣喜爱，成为函馆的约会名所之一，即使是在墓地边。
这天咖啡屋刚好公休，无缘去点一壶这咖啡屋最有特色的饮料，以自制果酱冲调的俄罗斯茶品。至于为什么会提供俄罗斯茶品，可能是因为旧俄罗斯大使馆就在附近的缘故。

离开在白天一点都不阴沉、开满花朵的外国人墓地，回到寺町通上的称名寺、高龙寺，之后右转进入函馆西小学校旁边的道路，在到达幸坂后再上坡前往旧俄罗斯大使馆。
被高大树木环绕着的红砖瓦建筑旧俄罗斯大使馆非常有风味，不过可能是很少会有观光客来到的区域，建筑又有些年久失修，所以即使这建筑被规划为此区域的观光重点，

墓地边的咖啡馆

还是会觉得这里很像鬼屋，虽然这样说很没礼貌（笑）。

往下坡走时发现了一个很古旧的住宿区，非常有感觉的旧建筑，简直就像是特意搭建出来的外景地，光是眺望这建筑，脑海里似乎就浮现了各种画面。有些残旧但维持得很好，似乎也还有人住在里面。让人好奇的是，这里似乎住着不只一户人家，像是由很多老宅邸组成的小社区。

在这区域随性散步，处处有让人眼睛一亮忍不住停下脚步的老建筑，有的还有人住，有的或许已经荒废但还是很有颓废的美感。

如果是喜欢写生或拍照的人，一定能发现很多可以让自己发挥的角落。

像这样在规划好的观光路线上散步，又能不时有些小发现，是 Milly 很喜欢的旅行节奏。

外国人墓地区散步

大黑汤

大正汤

大众澡堂大正汤

根据手上的导游书再次右转，目标是可爱的大众澡堂大正汤。
大众澡堂怎么会可爱呢?
只要一看见那外观，就会完全理解，因为整个洋风木造建筑都漆成可爱的粉红色，要说这是全日本最可爱的钱汤（大众澡汤），应该也不为过。

如果事先不知道这是有 70 多年历史的钱汤（1927 年开始营业），甚至是函馆的指定文化遗产，一定会以为这是可爱的杂货屋或咖啡店。
实际上这钱汤还是被附近居民日常利用着，入浴费是 390 日元。
除了钱汤建筑那华丽的粉红色可以去看看之外，那一楼是和风二楼是洋风的特殊结合，也是要去 check 的重点。

大正汤

函馆市弥生町 14-9

14:30 ~ 21:00，周四休

确认完可爱的粉红大正汤后，可以按照地图走到住宅区的白川汤，回到电车行驶的大马路上后，在弁天町的大黑通り上，还会看见跟大正汤风味完全不同、很古典很稳重的大黑汤（1920 年开始营业）。
至于为什么这区域有这么多历史风味的大众澡堂呢?
据知是因为这区域原本是函馆最热闹的商店街，商家很多，周边是人口很集中的住宅区，因此虽说现在已经没了昔日的繁华和人潮，但还是留下来很多有风味的房子，同样的，也留下了这些有特色的钱汤。

太刀川家住宅、店铺

至于最能显现昔日风华的，就要算是周边弁天町区内被列为重要指定遗产的太刀川家住宅及店铺。

光从字面上看，会以为这是贩卖刀具的商家。看了资料才知道，原来太刀川是姓氏，这在 1901 年完成的土藏建筑是由经营谷米的富商太刀川善吉所兴建。

可惜这美丽的老建筑只能看不能消费，还好像函馆这样曾经繁华过的贸易城，要找间老建筑改装的咖啡屋或杂货屋去消磨时光，是非常容易的。

结束了外国人墓地的散步后，在市电大町站搭乘电车前往鱼市场通站。下车后，在大手町内一间非常可爱的咖啡屋 Café harujon himejon 度过了愉快的下午。

绘本咖啡馆 Café harujon himejon

harujon himejon 的建筑是 1912 年兴建的两层楼土藏屋，2003 年改装后开设了函馆近郊北斗市 LEAVES 的姊妹店 LEAVES*HAKODATE，一楼是咖啡屋，二楼是服饰和杂货屋。

咖啡屋空间是沉褐色木地板土泥白墙，桌椅采用温暖木色系，用餐区正中央古董缝纫机改成的桌子上摆放着美丽花朵。

最吸引目光的是墙边的一大面书架，上面北欧风格的绘本和各式生活杂志都可拿下来阅读，在此消磨时光一点都不会无聊。

古董玩具随性放着，每张桌上都插着可爱的花朵，营造出女生必定会喜欢的甜蜜浪漫氛围。

已经过了用餐时间，Milly 就点了冰咖啡配上最爱的南瓜布丁，在缓慢节奏中享受旅途中的下午茶时光。
据说这咖啡屋每年在夏季和冬季会各开一次“夜市”，举行“世界に一册だけの本展”，以手工书为主题。也就是透过这咖啡屋的展览，可以邂逅手工制作、世上只有一本的书，听起来真是超美好，希望下次再来函馆能巧遇这样的夜市。
不光是手创夜市，这咖啡屋周六晚上还会不定期举行音乐会，能在函馆的小旅行中发现这可爱又有想法的咖啡屋，又多了个重游函馆的幸福理由。

Café harujon himejon

函馆市大手町 3-8

11:30 ~ 24:00，周日 11:30 ~ 21:00，周一休

电车箱馆摩登号

这次分两天进行的函馆散步小旅行，是很愉快的。不但发现了一些上回没去的咖啡屋和散步路径，更不时有意料外的幸运出现。
像是准备搭电车返回旅馆小歇时，一看，入站的电车居然是造型很可爱的观光电车箱馆ハイカラ号（箱馆摩登号）。

这有车掌沿路导游的观光电车，只在 4/15~10/31 运行，一天大致上只来回行驶 7 班，所以能这样幸运搭上，当然会忍不住尽情拍着电车外观和复古内装。
这电车同时有个可爱的称呼是“チンチン电车”，チンチン就是电车行驶前后发出的叮叮声。

3

干杯！夏日函馆烟火盛会

回到旅馆小歇后换上夹脚拖鞋，服装简便，在黄昏时分再次搭上电车前往函馆车站，观赏 7 月 20 日 7:20 开始的“函馆新闻社函馆港花火大会”。

先在餐厅前的摊位买了看烟火的辅助工具，啤酒、毛豆和炸乌贼丸子，之后找了个好位置，边吃边等待着天色渐暗。喝着啤酒观赏海港暮色时，突然看见一艘光彩夺目的观光游轮在眼前经过，会想，啊！如果能搭乘游轮观赏烟火该是多棒！

夏日函馆烟火盛会现场

虽说前些天的天气不太稳定，但这天却是一个难得无云无风的夏日夜晚，“花火日和”的绝佳日子。

比起在东京几次观看烟火的经验，函馆的场地宽敞得多，人潮较不拥塞，可以悠闲地等待烟火大会，也能轻松往返野台摊位区补充食物。

7:20，烟火大会准时开始，在大家的惊呼声中一个个璀璨的烟火打上天际，气势或许

備長炭
炭火焼
炭火
５００円
５本
たれ
塩

比不上大都会的烟火，却可以看见天上和映在海面上的烟火互相辉映演出，加上观众席离烟火很近，无遮掩的烟火美景令人充分满足。

日本的夏日风物诗少不了烟火大会，在旅途中能巧遇烟火大会，让夏日的旅行更加圆满。

夏日函馆烟火盛会

4

旅行后段的一个人行程会议

结束了函馆的小旅行，北海道夏日旅行也同时进入尾声。

原本计划 7 月 21 日依然住在函馆，隔天才返回札幌，但发现函馆想去的地方大致都去过了，从函馆往周边的松前或江差，交通路线又不是那么顺畅，于是 21 日就改住在札幌。

预计 21 日从函馆回到札幌后，在离开前的 6 天 5 夜中，能更悠闲地去消费这北海道相对热闹多样的札幌都会。

7 月下旬北海道已经逐渐进入旅游旺季，札幌又有夏季啤酒节，房价飙涨不少，旅馆也常客满。于是明明 6 天都住在札幌车站周边，为了迁就更经济的房价及兼顾舒适，就分别在 Richmond Hotel 札幌駅前住了一晚，KEIO PLAZA HOTEL SAPPORO 三晚，最后一晚则是依然选择 HOTEL Fino SAPPORO。

基本上，若有其他都会商务旅馆可以选，Milly 并不喜欢住在 KEIO PLAZA HOTEL SAPPORO 这样的五星级大型观光旅馆，但出发前在网络上发现这旅馆有提早两个月预约的优惠方案，住宿 3 天的房价是 22000 日元，就是说每天的住宿费是 7300 左右，在同一时间，车站周边的人气都会商务旅馆，例如华盛顿 Hotel，单人房一晚都要 9000 日元至 12000 日元，就很心甘情愿地连续 3 天住在这五星级观光饭店原本一晚约 18000 日元的标准单人房。怎么说得很委屈一样，其实这旅馆是不错的。
至于临时预约的 Richmond Hotel 札幌駅前更是只要 5700 日元，这系统的商务旅馆房间还算宽敞，尤其浴室较宽敞舒适，不是那种一体成型的紧缩格局。
旅途上能泡一个舒服的澡很重要，近年来在选择旅馆时会较为在意浴室的格局。

另外在 7 月 18 日已经不能用北海道周游券，因此 7 月 21 日要从函馆到札幌就势必要精密计算一下。如果乘坐特急是 3 小时 10 分，车费约 8600 日元。搭乘高速巴士费时 5 小时 35 分，车费约 4700 日元。如果不搭特急，以普通列车来连接的话，就大约是 5250 日元，中途换车 4~5 次，费时约 10 小时。
其实一开始 Milly 倾向搭乘高速巴士，但因为之前在函馆某间咖啡屋书架上拿下一本杂志，上头介绍了美呗有一座由废弃的小学校改建的户外美术馆，透过文章和图片，一眼就被那森林包围下的户外美术馆迷住，“想去想去”，“再怎么难也要去”。
但从札幌到美呗，即使搭普通列车来回也要花上 2000 多日元，更别说普通列车的班次不多，旅程就要 5 个小时，于是心念一转，因为一座户外美术馆而大幅改变计划，决定再买一张 3 天的 JR HOKKAIDO RAIL PASS，费用 14000 日元，搭上早上第一班 7:04 往札幌的特急，12 点多应该就可以在那户外美术馆的咖啡屋喝咖啡了。

美呗、美瑛

天涯海角也想去的地方

周游券的小旅行主题

如此美好的森林废校美术馆

- 市民艺廊
- Café Arte

旅途上第三度的美瑛

- 美好的山丘咖啡屋 Land Café
- 只身迷路美瑛山丘
- 山丘小铺あるうのぱいん

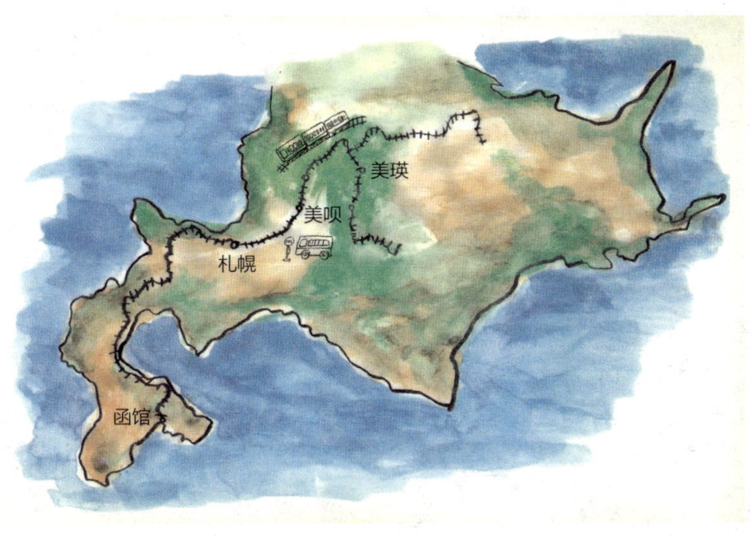

1

周游券的小旅行主题

搭列车前往美呗

手上多了一张 3 天的北海道周游券，这 3 天的旅程又顿时丰富起来，似乎什么地方都有可能去。

Milly 自己订出这 3 天的小旅行主题是天涯海角也想去的地方，（笑）好像有点夸张。有些地方或许偏向冷门，实际上意外地非常能乐在其中。

像美呗这个地名，之前是非常陌生的，但经由这次自我满足的体验，现在只要看见美呗二字就会浮现美好的回忆。

从函馆出发，要顺利在中午到达美呗，得搭乘 7:04 的特急列车。

当日早早起床，在晨光中搭上那缓缓驶入的电车前往函馆车站，搭上特急列车，目标札幌。

10:08 到达札幌，继续搭乘 10:30 往旭川方向的特急列车。

这里 Milly 有点小小的懊悔，其实不那么赶也可以，因为札幌往旭川方向的特急列车算是频繁，下一班特急同样可以轻松接上 11:03 前往 Arte Piazza Bibai（アルテピアッツァ美呗）的巴士。这样的话，在札幌就几乎有 50 分钟，或许就可以将行李寄放在旅馆，省下 400 日元的寄物柜费用。Milly 对这类可以省下却未能省下的技术性失误很在意！

不过这里还是要小小抱怨一下（相关单位应该听不到就是了），其实 11:03 也有一班巴士从美呗站前往 Arte Piazza，可是特急也是在 11:03 到站，虽说巴士站就在车站前，但要搭上那班巴士几乎是不可能的任务。

如果多个 3 分钟再发车不就贴心多了？或许车站是希望游客能多花些时间在车站和车站周边逛逛吧。

Milly 当日会提早到达，也是因为对这区域很陌生，无法事先掌握巴士站距离。

但这只是当天一个最小的误判，真正的误判是，这天虽是周一，却是日本国定假日“海之日”，要用假日的时刻表，所以 Milly 在函馆上网订出的完美连接时刻就完全不能实行了，补救的方式就是适度运用计程车。

如果是为了超想去的 Arte Piazza，即使花些计程车费也不会心痛。

2

如此美好的森林废校美术馆

说到 Arte Piazza Bibai，首先要知道一个雕刻家“安田侃”。光是看名字或许很陌生，但只要在 JR 北海道车站内转过车购过物就一定看过他的作品。

在 JR 车站大厅内像座门的圆滑柔和白大理石雕刻正是安田侃的作品，在东京的新城区 Mid-Town 也可以看见他的精彩作品。

安田侃先生出生于美呗，这以废校改建的艺术文化交流广场 Arte Piazza 展示了好多个安田侃先生的作品。

在美呗车站搭乘 11:43 的市民巴士，12:03 即可到达入口，也就是所谓的校门口。

说是校门口是有点奇怪，因为一眼望去，辽阔的区域内没有任何围墙和栅栏，只是用大树和花草大约围出一个范围。

Arte Piazza Bibai 的原址是四面环山的乡间小学“旧荣小学校”。这区域原本是矿区，这小学也有很大的操场、校舍、体育馆和附属幼儿园，但是随着矿业衰退，矿山封闭，

废校改建的美术馆真的非常大

人口大量外移，这小学也终于在 1981 年废弃，之后 1992 年经由改建，利用小学既有的建筑和广大腹地成立了 Arte Piazza Bibai，一个免费让大家自由参观和分享艺术文化的交流中心。
主要的展示是安田侃的雕刻作品，作品分别放在室内体育馆、教室以及校舍周边草地上。

说是小学，却真的一点都不小，根据资料显示，有 2 万平方米那么大。
体育馆很宏伟，校舍却只有一栋。
所谓不小，是指周边的草地真是异常宽广，是都会小学完全会羡慕的奢侈，在高山环绕之下，木造校舍看起来就几乎像是原野上的小木屋。
踏入这空间的第一瞬间就不禁泛起一个念头："哇！当初在这里念书的小学生，未免太幸福了。"

因为美术馆腹地很大，要参观须分区进行。
整体空间可以分为五大部分，旧体育馆建筑内的艺术交流空间アートスペース（艺术空间 Art Space）、红屋顶木造旧校舍的市民艺廊ギャラリー（Gallery）、体验工房ストゥディオ アルテ（Studio Arte），咖啡屋カフェ·アルテ（Café Arte）和水之广场等户外雕塑展示区。
散步路径首先由体育馆开始。屋顶很高的体育馆内除了展示安田侃的作品，也是演奏会、发表会、讲座的场地，也可在此购买安田侃的作品集以及 Arte Piazza 的周边商品。

市民艺廊

Milly 个人最爱的是两层楼红屋顶木造校舍改建的市民艺廊，在蓝天和微风下呈现的景象，简直就像是绘本中的景色。
踏入一楼教室玄关，会看见一些小朋友的室内鞋整齐地排在木格子箱内，原来一楼是依然招生中的市立幼儿园，这天是假日，所以没看见小朋友。
经过幼儿园的走廊，上到二楼就是日式教室空间，完全有如进入时光隧道般。
木地板、木走廊、木格子窗、木格子门。
整个空间保留了旧校舍原有的风貌，然后将之精简地呈现。
所谓精简，就是整个空间几乎只有三个元素：褐色的木头、纯白的墙面和透明的玻璃窗。
在这简约的怀旧空间，很"空间"地放着安田侃先生温柔视觉和触觉的大理石雕塑作品。
很空间的意思是一间教室内几乎就只在角落放着一个作品，不受其他作品干扰，很清晰地表达着这作品的语言。
更让人完全赞叹的精准摆设，是走上二楼时木阶梯边的空间，很随意却完整地跟校舍融成一体。
另外，脱掉鞋子走在玻璃窗边木地板走廊的感觉非常棒，记得要竖起耳朵听听那木板喀嗤喀嗤的声音。走廊边也小小贴了张纸提醒你留意这喀嗤喀嗤声，那对日本人来说是非常老的木造教室才有的怀旧脚步声。

旧体育馆改建的空间

美术馆的户外雕刻

安田侃的雕刻作品

在一间教室里，面向窗外放了两张椅子。
就这么坐下，看着阳光下树影摇晃，真是惬意又悠闲。懂得这么贴心放上这两张椅子的人一定是很会享受悠闲的幸福人。

Café Arte

离开校舍再往体验工房慢步踱去。
体验工房会不定期举行雕塑教室，老师可是安田侃本人呢，课程大致上是两天，费用7000日元到10000日元，包含大理石材料费，课程名称是“安田侃のこころを彫る授业”（安田侃的用心雕刻教室）。多美好的教室，如果住在那里一定想去参加。

同一栋建筑内还有Café Arte，空间也是完全木头色，还有挑高天井。
空间很开阔，流动的空气很缓慢，在这地方如果一副慌张的模样似乎会“违反规定”似的。
选了个可以看见窗外森林的位置，点了冰红茶和手工南瓜蛋糕，微风透过开放的纱窗吹入，隐约听到鸟鸣声，远处也偶尔传来小朋友在草地上奔跑嬉笑的声音。

“啊，真好！”能来到这里真好，由衷地这么以为，同时享受着。

这天是假日，但因为这里真的很宽阔，游人可以悠闲享有自己的空间，在树下野餐、在木椅上看书、在旧校舍前荡着秋千，或是愉快地脱下鞋子泡泡脚戏戏水，或是点杯非常有名的冰滴咖啡，请店员送到大树下的户外座位上悠闲享用。
一个平和又闲静的空间，对都会人来说有如现实外的香格里拉。

咖啡屋内只有Milly和另外一个中年男子。当Milly中途离开去探访户外咖啡座时，回头一看，树荫下纱窗内男子看书的景致，是如此宁静安稳，非常动人。
而刚才Milly也是置身在那样的空间那样的步调中，淡淡的幸福再次充满全身。

很想多作停留，但还有旅程，在咖啡屋小歇后依依不舍地准备离开。
在美呗车站已经看过巴士时刻表，知道有点状况。由于是假日，班次变少，搭不上原本预计要搭的那班市民巴士，于是回到Art Space，请工作人员帮忙叫计程车，如此才能顺利搭上13:34前往旭川的特急。
在等计程车时继续随性地在户外散步着，爬上小山丘，眺望远山原野，俯瞰整个美好区域。

目前Arte Piazza Bibai是由美呗市指定的非营利组织NPO法人アルテピアッツァびばい所管理经营，整个空间可以让大家自由享用。
Milly以为最幸福的还是幼儿园的小朋友，因为这宽广的空间可都是他们日常的游乐场呢，这或许是全日本最大的幼儿园也不一定。

只放了两张休息椅的教室

一间教室只放一件作品

旧校舍改建的市民艺廊

[上图] 时间缓慢流动的空间

[下图] 咖啡店

在写这篇文字的2008年12月4日，上网看Arte Piazza Bibai的博客，发现了一个很“北海道”的公告。
公告发布于11月21日，内容是“因为在区内的雪地上发现了熊的脚印，所以临时紧急休馆一日”。隔天的公告是“虽然熊依然未捕获，但是已经看不到熊的脚印了，我们会继续留意。咖啡屋和展览区都还是可以悠闲地享用，可能大家散步的范围会因此缩小，但还是请来到这里”。博客上呈现的是一整面白雪，在森林环绕的区域有熊出现应该也是理所当然。
看见那银白世界中的景象，跟当日看见的初夏景象又是完全不同的风貌和魅力，或许冬天再去一次，想象在心中又开始默默飞驰起来。

Arte Piazza Bibai
（アルテピアッツァ美呗）

美呗市落合町栄町
开馆时间和定休日随季节变化，请上网查询
http://www.kan-yasuda.co.jp/arte.html

3

旅途上第三度的美瑛

自在的女学生

搭上计程车回到美呗车站，费用 1330 日元，继续前往美瑛。
这是在这次旅程上第三次前往美瑛，说是随性也真是很随性，主要是这日天气很好，天空很蓝，就想这时美瑛的平野山丘一定美好，于是就去了！
当然还有一个目的，就是美瑛山丘上还有间咖啡屋一直呼唤着要 Milly 去探访。
一间德国风的小咖啡屋 Land Café。

天气非常美好，不论是在前往旭川的特急列车或前往美瑛的普通列车上，都可以看见清澈的蓝天和多姿的白云下广阔的田野，散步日和，一个适合散步的好天气，心情是期待的，也有些暖暖阳光下的慵懒。
往美瑛的普通列车小满座，看见一个女学生很自然地坐在电车门旁忙着写作业。
很羡慕那完全不在乎旁人目光的怡然，打打短信、查查字典、写写功课。
很喜欢乘坐普通列车，除了窗外的风景和列车摇晃的节奏外，很大一部分还是因为可以这样窥看沿线的人物风景。

14:58 到达美瑛，本来最理想的状况是在站前搭乘 3:05 每天仅此一班的町营巴士“町営スクールバス美田·五稜线”，在“藤田宅前”下车就可以走到 Land Café，费用大约 150 日元。
原先是计划先坐这町营巴士到咖啡屋小歇，再叫计程车返回美瑛车站。但是，这天是放假日，町营巴士不行驶。
但都来到美瑛了，又很想去那咖啡屋，加上天气大好，于是就决定坐计程车过去，之后再散步回美瑛车站。之前已经多次估算过路径，从咖啡屋到车站约是 4.2 公里，徒步应该不会超过一小时。

搭乘小黑计程车前往美瑛山丘，到达 Mild Seven 之丘下方的 Land Café，车费是 1830 日元。

因为天气好，就搭上列车前往美瑛

美好的山丘咖啡屋 Land Café

在出发到北海道之前看见 MOOK 里的《スロウなカフェを访ねて》（去拜访那些缓慢的咖啡屋）。其中众多的慢活咖啡屋中，这间 Land Café 特别吸引 Milly 的，是一只悠闲的肥猫在咖啡屋外晒太阳的模样。
因此，一下计程车，Milly 的第一个动作就是屋前屋后找寻这只肥猫，可惜可能是天气太好，肥猫出去探险了，一直没能看见它可爱的身影。
不过单单是来到这黑屋顶红墙绿门有烟囱的德国式山中小屋咖啡屋前，就有种梦想成真的满足感。

Land Café 是德国先生和日本妻子香代子带着三个小孩养了一只圣伯纳狗和流浪爱猫的咖啡屋。除了咖啡屋外，还有一间可以让六个人投宿的小木屋“农村休闲之家”，可以让都市人体验美瑛的农村生活。
因为是要让都会人体验生活，最少要预约四天三夜。小木屋内有完备的厨房，住宿期间不提供餐食服务，也没有清扫服务。费用算合理，依淡旺季是 8500 日元到 13000 日元。

咖啡屋是乡村风格的木桌木椅，只是比起想象中更要小巧一些，似乎只能坐上五六组客人，所以像是那天假日，就必须在屋外等一下。
好在周边有 Land Café 规划的散步道和果树、香草田，东看西晃不会无聊。
十多分钟后进入咖啡屋，Milly 点了计划中想要吃的“Mittagessen des Tages”，本日德国式家庭料理午餐。
经营这咖啡屋的德国先生和日本妻子，当初两人是在南非相遇之后决定在很像德国乡间的美瑛定居，开了这间咖啡屋。之后德国先生就致力于栽培有机蔬菜，同时开设了 Land Mann 无农药野菜农园，太太则主要在咖啡屋用这些野菜做出德国式的家庭料理。

为了让更多的人吃到这美好的有机蔬菜，农场可以提供产地直送，咖啡屋也不定期卖一点点有机蔬果。

如此这般，就想品尝那本日德国式家庭料理，最能体验到两人的共同心血。
端上来的本日午餐是浓稠但入口清爽的蔬菜汤，配上有机面包和沙拉。说实在的，浓汤卖相真的不怎么样，很像婴儿副食品（哈），不过入口却是非常甘甜美味，吃进肚子有种感觉，像是真的吃进很多无负担的营养一般。
四处看隔壁桌的餐点，有人点女主人很引以为傲的德国起司蛋糕下午茶，也有人吃德国香肠套餐，毕竟是德国式的咖啡屋嘛。

Land Café

北海道上川郡美瑛町美田第 2
10:00 ~ 17:00，周二休（冬季休周二至周四）
http://www.k3.dion.ne.jp/ ~ landcafe/

只身迷路美瑛山丘

吃完了健康的有机蔬菜午餐，天气依然美好，振奋精神，目标美瑛市区。
本来顺着咖啡屋下方的大马路走，应该大致能掌握方位，只是 Milly 被咖啡屋后种植着果树开满野花的山丘吸引，于是不顾自己的路痴天分，愉快地走进 Land Café 规划的野花散步道。

沿路风景的确不错，可以浏览绿意田野，也可观赏到美瑛观光巴士没有路经的 Mild Seven 之丘美景，不过走着走着，Milly 那不可靠的方向感就完全错乱了。
要知道美瑛山丘并不是观光单位规划的大型农场，而是一个实实在在的农业区，因此没有太多标示牌，也没有餐厅或咖啡屋之类的建筑物可以当路标。
即使手上的确有一张在观光咨询处拿的地图，但是没有路标可以对照，就连自己人在哪里都搞不清楚。好在这天是假日，美瑛山丘上有相当多的车辆和自行车，于是 Milly 就拿着地图问观光客：“请问我现在是在地图的哪一个位置上？”

就是如此，一面还是维持着放松的散步情绪，一面跟游人问路，总算找到美瑛市区的正确方位，这才放下心来。
只是在那些被问路的游人眼中，Milly 这个背着轻便背包、在无边田野中徘徊的女子，一定有点怪怪的吧。

卖相不佳但异常美味的浓汤

咖啡店爱犬圣伯纳

德国风格的可爱咖啡店

从美瑛山丘走回美瑛市区的美好散步

美瑛市区

从美瑛山丘走回美瑛市区的美好散步

Mild Seven 之丘

撇开怪怪的、让人侧目的尴尬模样不谈，这样在美瑛山丘散步还是挺不错的。

经由交叉点的路标指示，从左边的岔路直走就是北西之丘展望台，往右边的岔路直走就可以回到美瑛市区。
本来可以这样一路走回美瑛市区，但站在岔路这端，突然对另一端的咖啡屋很好奇，于是即使步伐已经有些疲惫，还是提起兴致前往探访。

山丘小铺あるうのぱいん

这间咖啡屋、面包屋兼杂货屋的山丘小铺是あるうのぱいん，有机面包是以北海道面粉和自家酵母制作，每天早上新鲜烘烤出炉。
每年 11 月至隔年 4 月不营业，这是很美瑛也是很北海道的模式，毕竟在大雪覆盖的日子游人会大量减少，同时也不能真正享受这咖啡屋最大的优势，也就是在露天座悠闲地看着广阔无边的田野。
Milly 到达时已经过了 5 点，小铺已经在准备要关店休息，店主的小朋友在周边玩着棒球，主人也正在跟附近的居民闲聊着。不过店主还是爽快地让 Milly 在店内逛逛，更让 Milly 去坐坐那面向一大片绿意的露天座。

在旁边的小路上，有个手工制作的巴士站候车牌，有种黄昏过后会有森林小精灵之类的跟你一起等车的气氛。
至于这小小的巴士候车处，是真的会有巴士来停靠，或只是主人凭感觉设置的虚拟巴士站，就暂时不得而知了，毕竟站名也叫あるうのぱいん，这一点有些微妙。

离开あるうのぱいん后转头回到岔路，一路毫不迟疑地往美瑛市区前进。
过了农场和农村地区，接近美瑛市区的路有点不好走，有很多大货车在道路上穿梭，让人有点害怕不能放松，而这条马路似乎也是在美瑛租单车前往美瑛山丘时必经的路线，这样看起来，美瑛山丘似乎越来越不适合骑单车游览，在如此坡路多弯道多车辆多还要跟大货车并行的状态下，应该不能保有惬意的心情才是。（但是不会骑单车的 Milly 似乎没什么资格发言！）

一路散步兼迷路，大约一个半小时终于回到平地，在路经美瑛选果的果子工房时买了一份“えりも小豆のソフトクリーム”（加了美瑛红豆的冰激凌），坐在外面露天座小歇，吃完了这浓郁的冰品后继续随性浏览周边的玉米田、马铃薯田和花园，一路走回美瑛车站。

暮色中的美瑛车站，一如往常地清秀美丽。
慎重地跟这车站说声再见，这次的北海道夏季旅行多次来回这车站，想到或许短期内不会再来，离开时不知怎地有些小小的哀伤。

在月台等车回旭川时，发现了一株沿着铁道枕木攀爬的粉红蔷薇，忍不住拿起小光相机拍下。
关于美瑛车站，于是就又多了一个美好的记忆，就是这月台边娇柔盛开的蔷薇。

あるうのぱいん

美瑛町大村村山

11:00 ~ 17:00，周四、五休

11 月至隔年 4 月不营业

新冠、登别

拜访优骏的故乡

JR日高本线前进海岸牧场

- 唱片博物馆
- 奇迹放晴两小时的神驹路径
- 巧遇母子档马匹

重温登别褪色记忆

1

JR 日高本线前进海岸牧场

新冠车站

7 月 22 日，使用北海道周游券的第二天。

前日一夜好眠，或许是因为泡了舒服的澡。近年来旅行日本，比以前更加重视浴室的感觉，价位若差得不是很多，就会尽量选择规划概念较新的商务旅馆，像是前一晚住宿的 Richmond Hotel 札幌駅前，就是这样一个浴室宽敞又舒适的旅馆。睡前泡个香香的热水澡，出发前再享受醒神舒畅的淋浴，这样开始一天的行程是最好的。

新冠对大家来说或许是一个陌生的地名，其实之前 Milly 对这地名也是完全陌生的。之所以要去，起源依旧是一本杂志，一本在旅途的咖啡屋小歇时偶然翻阅的《北海道生活》，在 2008 年 5 月出刊的“日高、春天的足音”专题上，邂逅了一个想去的地方，一个可以看见优骏的地方，这地方就是新冠。

这基本上是一本会诱惑都会人到北海道定居的杂志，里面分享了一些移居北海道后的心情。每次都会介绍一个区域的生活形态和特色，更建议可以先借着旅行去初步体会这区域的节奏。

优骏浪漫号

根据杂志，搭巴士在“サラブレッド银座公园”（纯种马银座公园）这一站下车，沿着 235 号国道就会有长达 8 公里的多座牧场。

不过首先必须要从札幌前往新冠。查阅了一下时刻表，发现班次真的不多。先到苫小牧，这一段有很多机场快线和特急可以搭，但是从苫小牧到新冠，班次极少，一天大约是 10 班，且全部是普通列车。
Milly 搭上 9:19 从札幌出发的特急北斗 8 号，10:03 到达苫小牧，接着搭乘 10:17 往样似的普通列车，在 11:43 到达新冠。
这车头写着“优骏浪漫”的一节车厢普通列车，行驶于 JR 日高本线。这天天气不是很好，但还是有足够新鲜的车窗风景，让 Milly 充满兴致地张望着。

列车渐渐驶离苫小牧市区，首先进入眼帘的是一望无际连个住家都没有的荒野，之后经过鹉川和沙流川等大河，开始陆续看见乳牛牧场，透过雨雾甚至可以很贴近地看到牛悠闲吃草的模样。

之后过了日高门别，更兴奋地看见海岸以及就在海岸边的马牧场，车窗外呈现着微妙又非日常的画面：灰蒙蒙的天空下是混浊翻腾的大海，海岸边是广阔绵延的牧场，在栅栏那端马匹低头吃着牧草，而这一切都是在列车上透过车窗所见。
说起来 Milly 搭乘的路线和列车也不在少数，但这样的车窗景致却是首次体验。
之后列车有很多时候都是贴着海岸线行驶，天气越来越恶劣，雨势大了起来，海浪不断扑向海岸，像是要冲进铁道一般，天空和海面完全找不到应有的蓝色，整个窗外景致只能用混沌二字形容。
置身于这乘客稀少的普通列车中观看着一侧是荒山一侧是荒海的世界，居然有种自己已经跟现实世界脱离的错觉，有点恐惧，但也莫名愉悦了起来。

从苫小牧出发，大约一个半小时到达目的地新冠，意外的是这颇具话题的车站依然是无人车站。在列车上看见 JR 日高本线的观光推广看板，强调从车窗看去是“有山有海有牧场”，另外沿线也有丰富的温泉资源。

唱片博物馆

出了新冠车站，天气更加恶劣。
即使是 7 月下旬，在冷冷的细雨和不留情的冷风吹袭下，整个人还是几乎冻僵，鼻水直流。缩着脖子迎着风雨冲进道路休息站避难，心里真的有点气馁，想要放弃牧场上的马儿，毕竟天气如此恶劣，手上的资料也不太够。

只能说是奇迹，在休息站喝杯热咖啡逛了一下不大的名产店后，出来一看，天气已经稳定，于是先去探探旁边气派的唱片博物馆。新冠官方网站特别强调这是一座唱片、音乐和赛马的城镇，资料更显示这唱片博物馆收藏了全日本最丰富和最珍贵的黑胶唱片。但不是很明白这么一座靠近太平洋有些荒凉的城镇，为什么跟黑胶唱片有如此深的渊源。可惜那天刚好是博物馆的公休日，因此虽说好奇，也暂时找不到答案。

唱片博物馆（レ·コード馆）

新冠郡新冠町字中央町 1-4
10:00 ~ 17:00（定休日参考官方网站）| 入馆费 500 日元
http://www.niikappu.jp/record/index2.html

奇迹放晴两小时的神驹路径

虽说唱片博物馆和可以看见太平洋灿烂夕阳的新冠温泉很吸引人，但是一般人对新冠最深刻的印象，应该还是神驹的故乡，也就是日本赛马用的神驹配种以及光荣退休养老的地方。
遵照国道 235 号的方位前进，沿线便是所谓サラブレッド银座区。
不过走着走着，先被牧场上一个像是外星人航空器的红色物体吸引，走近一看原来是堆牧草的机器，真的是很特别。
为了更近看这牧场工具，穿过桥时，赫然发现远远看去桥的另一头不就是有马儿在吃草的牧场，于是士气大振快步向前，几分钟后透过栅栏拍到了在辽阔草地上悠然散步的马儿，这才开始确信长途跋涉来到新冠是值得的。

在新冠这地方有一个很关键的字是サラブレッド，即 thoroughbred，原本是指英国以阿拉伯马交配出的纯正血统赛马，之后就用来称所谓的纯种马。
国道 235 号有纯种马银座之称，就是因为日高山脉下将近 8 公里的沿路两侧有众多饲养名马的牧场。如果事先联系这些牧场，还可以骑马，预约都是统一跟“竞争马のふるさと日高咨询处，0146-43-2121”联系。
如果搭乘道南巴士，想体验新冠名驹之旅的话，下车的地方也正是サラブレッド银座公园。

在车站停车场不但可以看见各式各样彰显马的图案和造型物，更因为该区地势较高，可以看见雄伟壮丽的日高山脉及平野上一间接一间的马牧场，远眺着马匹悠闲散步吃草的模样。
更让 Milly 心情高昂的是，停车场公园侧边就有一只冷静安度晚年的白马王子，看来主人很疼爱它，特意用白色栅栏围出了一个空间，让它在那片草地上悠闲过日子，也因为离人类出没的停车场很近，它也就不会感到过于寂寞。
Milly 拍照时它显得怡然自得，应该是见过很多大场面的关系吧（笑）。

跟马匹相处的礼节

新冠每个相关网站和资料都会提醒一些接触马匹的礼节，在此很鸡婆地放上请大家参考。

见学时间は各牧场によって违います。（每座牧场的参观时间是不同的。）

见学时间、见学の可否は必ず事前に咨询处にご确认下さい。（请务必先跟咨询处确认参观时间及是否能参观。）

牧场内では系员の指示に従って下さい。（在牧场内请遵守相关人员的指示。）

厩舎や放牧场に无断で立ち入らないで下さい。（未经许可请勿进入马厩或牧场。）

大きな音·声を出さないで下さい。（请降低音量。）

马に触らないで下さい。（请不要碰触马匹。）

牧场内は禁烟です。（牧场内一律禁烟。）

カメラのフラッシュはご远虑下さい。（拍照请不要使用闪光灯。）

食べ物は绝对に与えないで下さい。（请绝对不要喂食。）

巧遇母子档马匹

跟白马王子道别，继续沿着马路前进。就是这样，有时沿着大道有时穿入小路去探探险，放眼所见四处是牧场、草地、欧式农舍、悠闲的马儿。

甚至连像是住家的前方草地也有一只迷你马，或许在这样号称名马故乡的地方，在庭院养只马就像是养只狗当宠物吧。

据说 5 月是小马出生的旺季，的确在远方草地上看见不少母马带着小马的温馨画面，只是距离真的有些远，不能更贴近观察。
好在当雨再次飘落时，在返回车站的途中看见了！路边栅栏内有对母子马正在用餐，才一靠近，母子俩就很有默契很亲切地上前来，那姿态真是可爱。
只是这时担任护卫的狗儿似乎嗅到了 Milly 的味道，开始狂吠起来，为了避免被误认为名马的诱拐犯，Milly 拍了照片快快闪人。
不过正因为能跟这对可爱的母子档见到面，让这趟新冠马儿探访之旅有了很美好的结束。

列车上，窗外依旧是雨中灰蒙蒙的荒海景致，心中不由得由衷感谢起旅游之神的眷顾，让 Milly 在新冠能拥有一个多小时的好天气，因此能跟马儿愉悦地相会。

2

重温登别褪色记忆

15:19 列车准时到达苫小牧，加快脚步登上 3 分钟后前往登别的列车，15:46 到达了登别，利用不是很充裕的时间眺望了一下车站边那仿造丹麦古城的登别海洋公园 NIXE，搭上 16:11 前往洞爷湖登别温泉的巴士。

这些年来多次前往北海道，但登别温泉和洞爷湖却只是第二次来。上次来是为了拍摄电视节目，印象最深刻的是昭和新山熊牧场里有一堆熊会讨食物吃。

这次之所以会想绕道来到洞爷湖，最主要是 2008 年 7 月 7 日至 7 月 9 日间，G8 地

多年后再见，洞爷湖已变得萧索

球环境高峰会议正是在洞爷湖举行，旅游期间每天都在电视上看见这会议的新闻，于是就想来感染一下大型会议后残留的国际气氛。

只是实际来到登别站，发现并没有太多惊喜，后来搭乘巴士前往洞爷湖畔时，更是惊讶于湖畔的冷清和荒凉。
在湖畔游晃时，除了东南亚旅游团外几乎看不见什么游客，温泉旅馆的外观已经不是很光鲜，旁边的店家大多关店了，即使开店的商店也显得很没生气。
或许是因为会议的主舞台是在山顶的旅馆，更或许是因为 2000 年 3 月有珠山的火山喷发的确重创了这个秀丽湖畔的温泉乡。

在巴士总站边有所谓的金比罗火口灾害遗构，保留着当时被火山灰掩埋的住宅区，让大家体会火山的威力和恐怖。一旁还有火山科学馆和西山火口散步路等以火山喷发为主题的设施，只是这对游客的吸引力似乎不大的样子。
在冷冷清清的名产店买了一瓶纪念八国高峰会议的草莓啤酒，然后随性在湖畔雕刻公园散步。
湖畔在暮色下非常清幽宁静，草莓啤酒很好喝，也开心地发现了其中一座雕塑正是安田侃的作品。
这次的洞爷湖途中下车，最让 Milly 感到不虚此行的，或许就要算是这有着安田侃美好作品的湖畔风光吧。

再次见到安田侃的作品

ようこそ明日萌へ

深川、留萌

雨中的向日葵和蓝天下的风车

向日葵路径的前进方向

- 向日葵花田雨中快闪族
- 拉面亭一龙

礼受牧场可以看见风的山丘

- 虚构的车站明日萌

札幌夏日欢乐啤酒节

- 汤咖喱 SPARK soup curry & café

1

向日葵路径的前进方向

基本上北海道向日葵观赏期间该是在 8 月中旬上下，虽说北竜向日葵祭在 7 月中旬就开始了。

前往北竜向日葵之里有两条路径，一是在 JR 深川车站搭乘往“北竜温泉”方向的空知中央巴士，于“北竜中学校前”下车；或是在 JR 滝川车站搭乘往“碧水市街”方向的空知中央巴士，同样在北竜中学校前下车。

至于要走哪个路径，就要看巴士时刻表。

基本上不论前往深川或滝川，都是从札幌车站搭乘函馆本线往旭川的特急列车，然后会先到滝川，再来是深川。深川的巴士站牌离车站较远，滝川则较接近车站。同时两区的巴士班次都不是很多，滝川首班车是 10:00，深川是 8:00，之后就是 10:25，回程的巴士也同样两班之间相隔很久。

Milly 在几年前也曾到北竜看向日葵，那时就是因为没算好巴士时刻，玩得太尽兴错过了巴士，所以必须在原地晃荡很久。

搭巴士前往北竜看向日葵

北竜的向日葵田开了 1/3

这次则完全只是去看一看，不去计较行程有些赶，于是先在札幌搭乘 9:00 的特急，9:49 到达滝川后搭乘 10:00 往碧水市街方向的巴士，10:40 到达北竜中学校前，之后紧接着搭乘 11:50 前往深川车站周边的巴士。（PS：返回滝川的巴士是 13:40。）

向日葵花田雨中快闪族

按照计划一路换车，到达了北竜中学校前。那一大面称为北竜向日葵之里的地方离巴士站牌远了些，快步走去。虽说那一望无际的向日葵花田大约还有 2/3 没开，但那 1/3 的向日葵还是很壮观。
夏天的北海道旅行怎么能没有那满山遍野的向日葵呢。这次初夏看见笑意满满的向日葵，任务达成后快速离开，在号称缓慢的旅行中反常地成了快闪族。

在破破旧旧长满蜘蛛网的候车亭等车时，忽然有种熟悉又非常陌生的微妙感觉。
多年前也曾这样在这里等着巴士，是几年前呢？周边是怎样的景致？一切已经不复记忆，但缩身在候车亭的感觉却又异常熟悉，仿佛不过是近日才经历过的事情。
那年来北竜是在 8 月的盛夏，一直延展到遥远天际的向日葵开得很茂盛，有的甚至比人还高，高大的向日葵围成一个迷宫，可以让游人游戏一番。

这次没能如前次般看到满开的向日葵，倒是在等车时转身看见盛开着白色花朵的荞麦田，微雨中那一望无际的纯白荞麦花田，清新朴实的姿态很惹人爱怜。
这区域似乎是荞麦产区，后来回到深川车站时也看见站内写着深川荞麦面的立食面摊，只是 Milly 至今仍不能体会荞麦面的精髓，没能提起兴致吃碗荞麦面，也因此无法将这北海道的荞麦滋味给记忆下来。
也是因为这样，Milly 选择了不合常理的路线，先从深川到旭川吃了碗旭川拉面，然后再搭特急回到深川。

北竜候车亭

在旭川车站美食大楼就可以吃到美味拉面

搭乘特急列车，深川到旭川不过 18 分钟，手上有张可以无限搭乘的周游券，又比较想吃已经被认定为北海道人文遗产的旭川拉面，于是作了这样很个人的选择。本来旅行就是宠爱自己的主观行为，自我满足就好。

拉面亭一龙

之前在旭川梅光轩本店吃了老牌子的拉面，多年前吃过号称元祖旭川拉面的一藏，这次没多坚持，只在旭川车站周边美食大楼吃了拉面亭一龙的旭川拉面。

虽说店面简单，也不像那些名店人潮川流不息充斥着吆喝点餐的声音，不过意外地还是颇美味好吃。

无论如何，先不去计较名气的话，这样距离车站很近又不难吃的拉面店，是换车等车间可以善加利用的选择。

拉面亭一龙

旭川市宫下通 7 旭川エスタ 5F

11:00 ～ 20:30

2

不知能不能增毛的增毛车票

礼受牧场可以看见风的山丘

吃完了暖呼呼的旭川传统酱油汤底拉面，继续搭车前往未曾去过的区域“留萌”，搭的是 13:23 的普通列车。

这条 JR 留萌本线的班次不多，每班大约相隔 2~3 小时，且全线都是普通车。去这样班次不密集的区域，一定要算好回程时间。

翻阅时刻表，计划 14:19 到达 JR 留萌站，回程则搭乘 16:14 的班次返回深川，滞留大约 2 小时。

本来还想继续前往一个很有趣的车站增毛，但实在太耗时间，只好作罢！

为什么要去增毛？（笑）真的只是想去看看这很幽默的车站。

“增毛 = ぞうもう”，就是如果有人面临毛发稀少的危机，就可以买张增毛的车票来个好兆头。不过也不用老远跑去就是了，因为增毛站是无人车站，那增毛观光纪念的车票反而要在较大的留萌站购入。

于是在到达留萌站后花了 160 日元买了一张不能用来搭乘的增毛纪念车票，用来送给一个顶上有点（真的只是一点点啦）小危机的朋友。

留萌区域的观光重点是千望台海岸、众多观看夕阳的据点例如黄金岬，以及有怀旧风貌的历史景观留萌港。

而 Milly 一心想要去体验的据点，则是可以眺望海岸、看到放牧马牛和高耸风车的礼受牧场。如果可以的话，还想品尝名物料理にしん荞麦（鲱鱼荞麦面）或鲱鱼火车便当。

要前往礼受牧场，可以搭乘“沿岸巴士”在第二浜中站下车。只是巴士 14:00 才刚开走，下一班应该是下午 15:30。按照预定，16:14 要搭列车返回深川，实在没时间去等巴士，于是唯一的非常方式就依然是动用计程车了。

其实可以搭计程车直接到牧场，而不是在牧场下方的巴士站牌下车。但 Milly 一时小气，另一方面也是海岸在艳阳下非常耀眼，想先欣赏一下海岸风光再爬坡前往礼受牧场。

到达第二浜中站牌前，车费是 1170 日元。

从站牌走到礼受牧场不过 10 分钟，坡道不是很陡峭，往回望可以眺望海岸，往前可

[上图] 畜产馆是可以用餐小歇的咖啡屋

[右图] 可以看见风的山丘

[下图] 前往可以看见风的山丘，可以搭巴士在此下车

以看见山丘上蓝天下的风车，是特别建议可以慢慢踱步前进的路径。
礼受牧场是只在 5 月 ~10 月开放的公营牧场，原本只是单纯放养小马、牛，之后因为地点实在太好，于是经由地方观光单位整理规划，将这牧场和风车群景观统称为风の见える丘（可以看见风的山丘）。

虽说这里的风车山丘可能比不上宗谷丘陵的气势，但这天天气极佳，一路爬坡看见开满野花的平野上高耸伫立的风车群，还是走着走着忍不住哼起歌来。
顺着坡道一路上前，展现在眼前的是一大片停车场，另一端是面向日本海海岸景观的木屋建筑畜产馆。
畜产馆本来只是一个展示留萌畜产的资料展览馆，牧场开放观光后就改成了可以用餐和小歇的咖啡屋オーシャン·サイド·ファーム トリム（Ocean Side Farm Trim，通常简称为トリム）。Milly 在此点了一杯留萌特产的番茄汁拿到二楼的阳台露天座享用，同时独占了从阳台看去一大片的无敌海景。

稍稍失望的是，或许因为是非假日，或许是因为天气太热，餐厅旁牧场上应该有的小马和牛，一匹也没看见。
不过也或许因为北海道的盛夏来的较迟，似乎要等到 8 月，这里才会有比较明显的夏日感觉。
盛夏天气好时，这里还会提供烤肉套餐，从这高处的餐厅烤着肉眺望美好夕阳下的海岸，气氛似乎不错，只是不是那么适合一个人旅行。

不过 Milly 似乎因为手头资料不充分，错失了一个在此品尝美食的机会，因为后来才知道这里有道观光客必吃的オロロンラーメン，这外表很醒目以番茄为汤底的红色拉面，据知是由北海道名厨贯田桂一所监督制成。不过也罢，已经喝到同样甘美新鲜的留萌番茄汁、看到艳阳下闪亮的海岸，同时充分满足地观览了山丘上的风力风车群，这次的礼受牧场途中下车旅行已经足够愉快。

之后搭乘沿岸巴士，顺着日本海海岸返回留萌车站。

虚构的车站明日萌

JR 留萌本线深川 - 增毛间的班次不多，可以途中下车的观光据点也不多。
可是这条路线却很意外的是很多电影和日剧的拍摄地，有的车站还保留着拍摄时改装出来的怀旧模样。像是一座叫做“明日萌”的无人车站，就是 NHK 晨间连续剧“すずらん”（铃兰）的拍摄地。

实际查看路线图，上面并没有明日萌车站，原来这车站真正的名称是“JR 惠比岛站”，明日萌是戏中的车站。有趣的是，真正的惠比岛站车站是以一节列车改造的小巧建筑，一旁的明日萌站倒是相对气派得多，是昭和风的木造房舍。

为了顺应连续剧带来的名气和观光效益，车站周边保存了剧中的中村旅馆等建筑供大家参观，也在明日萌候车室放置了一个在窗边回头看的人（剧中人物等身大小的假人）来重现连续剧中的画面。

但说真的，那候车室窗边的女子有些可怕。列车停靠这所谓的明日萌站时，Milly 企图拍下照片，还真被那镜头中的人影给吓到，以为拍到了灵异照片呢。

白天还好，如果是晚上，突然瞥见无人车站有个人在窗边回头一看，真会被吓到。

3

札幌夏日欢乐啤酒节

回到札幌，一出车站就发现站前搭建了帐篷，传来阵阵欢乐的声音，似乎札幌的啤酒嘉年华已经正式开始了。

站前广场上有许多餐厅和啤酒厂牌设置的摊位区，一堆下班的上班族夹杂了些观光客在那欢乐派对气氛下喝着桶装啤酒配着烤鸡串，还有人正在大吃成吉思汗烤肉。那感觉好像是札幌车站前多了一个夜市，气氛非常不同。

札幌啤酒节播放的爵士乐演奏

7 月下旬到 8 月上旬举办的札幌啤酒节

后来去寻找好吃的汤咖喱，路经大通公园时，更被那公园内类似慕尼黑啤酒节的嘉年华摊位给感染，小小亢奋了起来。

果然是夏天来了，即使是北国的札幌，啤酒还是夏天最大的主角。

其实 Milly 一点也不喜欢啤酒，还是不免这么想着。

本来想机会难得，是不是该找个位子坐下来，后来还是作罢！原因是一个女子孤单单坐在周围成群结伴的人群中，那画面让人情何以堪。

汤咖喱 SPARK soup curry & café

当晚选择的汤咖喱是观光案内札幌美食导游小册上的推荐，从大通公园地铁站走过去三分多钟。

这样选择，一方面是位置较好找，此外就是小册子上头附了这餐厅的饮料兑换券，点咖喱餐还可以得到一杯免费的饮料呢。

SPARK 在札幌有数家分店，Milly 去的是位于地下室一楼的本店。与其说是咖喱餐厅，更像是南洋风格的酒吧，因此踏入这餐厅时还真有点担心是不是做了一个错误的选择。

喝着免费的饮料姜汁汽水，等了十多分钟后，送上来的チキンベジタブルスープカレー（鸡肉汤咖喱）却是好吃得不得了，让 Milly 对汤咖喱从此着了迷。

在某次看过的日本美食节目中，知道了初次体验汤咖喱时吃法是错误的。正确的吃法不是把汤咖喱倒入白饭，而是将白饭放在汤匙上，一口口稍微浸泡入汤中，然后汤咖喱的料则可放入盛着白饭的盘子上食用。

为什么说这里的汤咖喱好吃?

首先汤头看似很浓郁，吃起来却意外地清爽。说是清爽，但一口下去却可以吃到很有层次的辛香料中透出的浓郁香甜。据说这里的汤头可是用鸡骨架和猪骨花上十多个小时熬成的。

先炸过再炖煮的带骨鸡腿很嫩滑松软，汤咖喱内放了多种有机蔬菜：茄子、南瓜、青椒、马铃薯，似乎看见北海道新鲜蔬菜的缩图出现在一个汤碗中，非常丰盛又健康的一顿晚餐。

将汤汁一滴不剩地吃完，满足地完成了札幌的汤咖喱再体验。

美食在肚，愉悦地继续散步，慢慢走回车站附近的旅馆。

大通公园的夜晚依旧处处洋溢着啤酒嘉年华的欢乐气氛，只是走着走着，到了电视塔附近却看见一座庞大的白色帐篷内传出阵阵悠扬的乐声。

原来是放着爵士乐的小巨蛋规模的帐篷，似乎之前还有现场表演。时间有些晚了，放一盏盏柔和桌灯的场地播放着爵士演唱会。看见不少人点了酒和咖啡，在这里头放松，其中西方的游客还真不少。

白色帐篷的篷顶照射着梦幻的光线，很微妙的气氛，很非现实。

一时之间，没喝酒的人也有着微醺的飘然感。

平野上的向日葵、艳阳下的海岸、山丘上的风车、都会里的视听音乐空间，从白天到晚上，不同的情绪持续着，是愉快的一日。

SPARK soup curry & café（本店）

札幌市中央区南 2 条西 4 丁目 PASSE2·4ビル BF1

11:00 ~ 24:00，全年无休

到札幌一定要体验的汤咖喱

ベビー用品いろいろ
ありますよー

札幌

纯随性札幌小奢华

上午的札幌市区美食体验

- Café de NORD
- CROSS HOTEL 的自助午餐真时尚

共通一日卡市郊途中下车

- 札幌芸术の森
- 樱咖啡煎房
- 定山溪温泉探访无厘头河童

札幌都会暮色中的徘徊

- café ZILL
- 中岛公园
- CAFÉ QUATRE-L

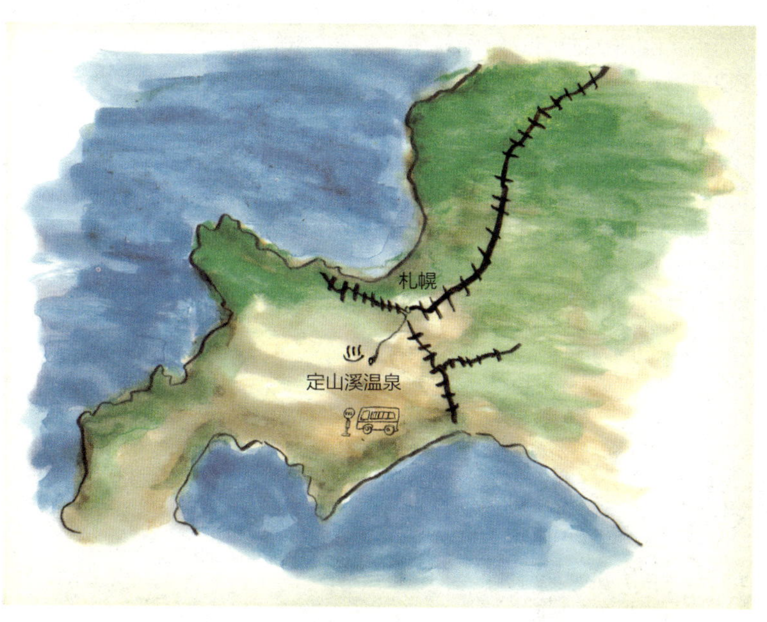

1

上午的札幌市区美食体验

7 月 24 日，计划一整日都在札幌散步。随性的。
一大早先翻阅咖啡地图书，找了一间位于札幌车站周边一大早就可以喝杯好咖啡的 Café de NORD。

Café de NORD

位于五星级饭店“札幌グランドホテル”对面办公大楼地下室的 Café de NORD，于早上 8 点就开始营业。
是由札幌的主要咖啡豆供应商“自家焙煎咖啡豆～インフィ二咖啡社”所开设的直营店，因此能喝到一杯讲究的好咖啡是理所当然的。

这咖啡屋没有供应早餐套餐，于是点了拿铁及吐司，结果店内唯一的男店员跟 Milly 说，在早上 11 点以前点了咖啡，加点的吐司就是“免费”的。
就这样，点了 600 日元无可挑剔的美味拿铁，也吃到了香喷喷的厚片奶油土司。

Café de NORD 的设定是大人的咖啡屋，因此整体空间以深烘焙咖啡豆的咖啡色为主色，一面是放着满满杂志的书架，一面是咖啡吧台。
透过吧台可以看到店员手冲咖啡的专注姿态，光线是柔和的间接光，好音响流泻出来的是缓慢的爵士音乐。
是一间可以喝杯好咖啡的好空间，加上这里的观光杂志很丰富，点杯咖啡收集一下观光资料是不错的节奏，非常推荐！

Café de NORD

札幌市中央区北 2 西 4 三菱地所北海道ビル B1
8:00 ～ 21:00（周六 19:00），周日、假日定休
http://www.infini-cafe.com/

大人的咖啡馆 Café de NORD

时尚设计旅馆 CROSS HOTEL

CROSS HOTEL 的自助午餐真时尚

一大早能喝到这样的好咖啡，真是一大幸福。
在滞留 Café de NORD 一个多小时后，继续札幌都会散步。
这时看见一间很亮眼的摩登旅馆，原来是之前预约不果的设计风旅店 CROSS HOTEL。不能住宿就想去 LOBBY 探探，果然是不辜负期待的旅馆。整体设计概念很完整，是很洗练的设计风旅馆。
这间旅馆在大阪也有分店，单人房一晚的费用含早餐约 1 万日元。

在参观的时候发现旅馆内的意大利餐厅 agora 有自助午餐，而且是以有机蔬菜为主，于是当场决定要先体验一下这装潢同样时尚的餐厅。
用餐经验很棒，不但料理美味丰富，视觉上更有意想不到的享受，那自助餐吧上的前菜和甜点真的都像是一个个现代艺术作品，如果说这是设计风旅馆才能呈现的自助餐形式也不为过。

客人先点一份主食手工意大利面，之后就可以享用前菜、汤、沙拉和甜点等。
基本上是完全懂得讨好女性的精致自助餐，除了每一道都想尝试的前菜和点心之外，Milly 更喜欢那放在玻璃器具里满满的有机温冷蔬菜吧，摆放的模样看起来就像是一幅画。

Milly 点的是 1980 日元的手工意大利面加自助餐套餐，还很宠爱自己地加点一杯 800 多日元的有机蔬果汁。不过能吃到那么多款奢华前菜、新鲜的北海道有机蔬果、每一个都想吃的精致甜点，度过了一个以设计风餐具营造出的都会小奢华午餐时光，还是以为是物超所值的。
吃完了这摩登时尚的午餐自助餐后，买了一张 1000 日元的共通一日卡，继续札幌的周边近郊小旅行。

agora 的前菜和甜点都放在摩登餐具上，像是珠宝放在展示柜般非常精致地摆放着。

2 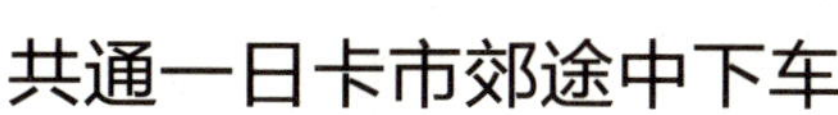

共通一日卡市郊途中下车

共通 1 日 DAY カード（共通一日卡）可以搭乘地铁、市电、北海道バス（北海道巴士）、じょうてつバス（定铁巴士）和中央バス（中央巴士）。
札幌市内的地铁和市电都可以乘坐，但巴士的范围就有点一知半解，也找不到明确的地图可以参考。
这天 Milly 就预计用这共通一日卡，前往札幌郊区的“札幌芸术の森”。

从 JR 札幌车站前往，要先搭乘地铁南北线在“真驹内駅”下车，之后前往中央巴士的 2 号月台搭车，在“芸术の森入り口”或“芸术の森センター”下车。
17 分钟的地铁加上 15 分钟的巴士，不过半小时就到达可以充分享受绿意的艺术空间，当然也因为车程这么短，Milly 才以为可以用一日卡。
但这回如意算盘却完全失算，原来用这一日卡还要再补上 230 日元。
因此如果要利用这一日卡，不能确定使用范围的话，还是事先询问一下观光服务处较好。

札幌芸术の森

以蓝天下有雕塑有音乐为宗旨的札幌芸术の森，也可以称为“アートパーク”（Art Park）。花了 15 年整顿规划完成的山丘地园区内有札幌芸术の森美术馆、岛武郎旧邸、野外美术馆、体验工房、野外音乐台等十多个不同区块。
说是森林中的艺术公园绝对不夸张，因为真的很大，要走完没点体力还真是不行。这回 Milly 也没有全部走完，只是随性在芸术の森入口的巴士站牌下车，之后以边看建筑边散步的节奏，一路游晃到另一个入口“芸术の森センター”。
当天天气极佳，晴空下沿着草地上的道路在各个造型突出的建筑间散步，吹着徐徐凉风，听着偶尔传来的鸟鸣声和潺潺水流声，随性找张树荫下的木椅小歇，发发呆看看园内盛开的花朵，没什么目的，却是很舒服的时光。

也难怪在广大园区内最常出现的不是一家大小，而是一对对情侣。
只在园区散步不需要门票，只有进入札幌芸术の森美术馆等展览空间才需购票。

札幌芸术の森

札幌市南区芸术の森 2 丁目 75 番地
http://www.artpark.or.jp/

樱咖啡煎房

本来这间咖啡屋并不在当日的行程上，但是在前往札幌芸术の森时，透过巴士车窗 Milly 突然瞥见了一栋攀满藤蔓的咖啡色建筑“樱咖啡煎房”。
本来在札幌有间非常想去体验的森林边咖啡屋正是叫做樱咖啡煎房，不过那是交通较不方便的藻岩店，本来已经想放弃了，没想到透过车窗看见了同样的樱咖啡煎房标志，就想这必定是冥冥中的指引，于是没照平日惯例在美术馆内咖啡屋小歇，而是在回程路段途中下车，探访这间“命运的咖啡屋”。

在“真驹内花园”站下车，走个 3~5 分钟，就到了这樱咖啡煎房柏丘本店。
本店虽说位于马路旁，但是因为主要窗户都开向真驹内川和茂密树林，加上店内以间接光、深褐木色家具、随意分布的植物以及轻柔的音乐所刻意营造出的缓慢空间，让客人一进入就好像远离了门外的喧嚣般。

樱咖啡煎房柏丘本店

札幌市南区真驹内柏丘 11 丁目 1 － 94

10:00 ~ 24:00，无休

http://homepage3.nifty.com/cafe-sakura/

选了一个靠窗的位置坐下，刚好面向窗外洒着阳光的林荫，瞬间有着自己其实是置身于森林间的错觉。

或许只是这一路下来走得太热，那天没点咖啡，而是点了店内自创的冰凉洞爷湖有机苹果饮料。好喝，的确是无可挑剔的好喝，但是没点咖啡现在还是有些小遗憾，毕竟这还是一间讲究咖啡烘焙的专业咖啡屋。

这以烘焙咖啡、音乐和森林为主题的樱咖啡煎房有四间店面。周末各家分店都会不定期举行爵士音乐会，但更奇特的是这连锁咖啡屋还有一个很微妙的周边行业，就是盖房子。很奇怪吧！或许应该反过来说，原本规划出樱咖啡煎房的正是盖屋子的“樱工房”，之后再透过樱咖啡煎房推展“Live in Style”，讲求自然的住家空间建筑概念。因此咖啡屋网站上写着“咖啡店盖了房子”，就一点都不令人觉得奇怪了。

定山溪温泉探访无厘头河童

在樱咖啡煎房小歇后，途中下车的下一站是“定山溪温泉”。

为什么突然想去定山溪温泉？说起来又是命运（笑），因为在下车前往咖啡屋前习惯地先去查看了巴士站牌的时刻表，发现在此可以接上往定山溪温泉的じょうてつバス，就想顺路绕去瞧瞧，虽说这路线也是不能使用一日卡的。

对于这个算是相当邻近札幌的温泉乡，Milly 根据资料想去探访的只有一个重点，就是河童。

定山溪温泉乡

怪河童

在这温泉乡，有个关于河童的传说是：在数十年前有个年轻人因为水坝工事不小心落入附近的河川，从此不见踪影。但是一年后他在忌日那天却托梦给亲人说，他现在跟着河童妻子和小孩过着幸福快乐的日子。

就是这样，定山溪温泉跟河童有了渊源，虽说这传说有点不是那么精彩。

从此定山溪温泉就以河童为吉祥物，温泉乡内有所谓的“かっぱロード”（河童路），也放置了 20 多个河童雕像，出自北海道艺术家的不同创意。Milly 这次的重点正是要看这些很搞笑的河童像。

经过相对热闹的市区，巴士在突然加大的雨势中沿着溪谷往山区前进，到达终点站“定山溪车库前”。Milly 冒着风雨快步穿过定山源泉公园，首先看见了第一只在泡汤的河童，之后再往月见桥走去，又看到了模样有点滑稽的河童缠绕在栏杆上。但这还不是 Milly 的目标。

这时一转身，看见了，终于亲眼看见这个完全无法理解为什么可以这么“脱轨”的河童像：一个戴着皇冠的女河童，而且还穿着滑稽的三点式泳衣挂着珍珠项链，这是什么怪艺术啊。

拍到了如此无厘头的女河童雕像后，Milly 就心满意足地略略逛了下温泉街，然后搭车返回市区。

如果时间充裕些，天气好些，定山溪温泉的确是好地方，可以从札幌出发来趟“当日往返纯泡汤”。泡汤还能看见搞笑河童，还算不错的小旅行主题。

3

札幌都会暮色中的徘徊

这天买了 1000 日元的共通一日卡，但是从早上开始却只消耗了 280 日元的地铁和 50 日元的巴士，其他都要另付车费，实在太不符合达人精算原则。

为了弥补这大失策，心中就立下一个计划，怎么样都要让那一日券发挥效力，于是之后就开始了一段札幌市区的散步……不！或许该说是徘徊。

因为是无特定大目标的徘徊，结果到了晚餐时分，终于找到成吉思汗知名老铺だるま本店前时，已经是精疲力竭，没力气再去排队候位，只能搭电车回到札幌车站，在便利店买了简单的食物。

因此虽然赚回了一日券该有的价值，（苦笑）但或许却是另一种失策。

不过尽管如此，这从黄昏到夜晚的札幌市内电车途中下车，还是颇为愉快的。

café ZILL

首先，在搭巴士回市区时，看见市电的乘车处就立刻下了巴士，转搭共通一日卡绝对可以使用的电车，往石山通站前进，下车后顺着米里行启通，在住宅区走个 3~5 分钟很容易就可以发现 café ZILL。

咖啡屋老屋子的两侧墙面都被店主画上颜色非常强烈的图案，有趣的是图案跟书上的照片竟然已经大不相同。原本旅游书上这咖啡屋走的是纯白明朗路线，现在已经变成墨绿的低沉风格。难不成是看店主的心情或季节来变化咖啡屋外观？

这间咖啡屋原本是蔬果店古民家，内装使用了大量古建材，空间中也布置了各式旧家具和古董收藏，但是 Milly 没有进去用餐小歇，只买了一个司康小饼就出来了。

为什么出发前这么认真地在资料上画了一个大圈提醒自己一定要去的咖啡屋，真的来到却不去体验呢？现在问自己也没有答案，在长途旅行中，有时很多判断都是一瞬间的、没理由的，有时只不过是那时身体的温度所造成的决定。

虽说在写这段文字时上网看见了店主很有风味的 blog，突然非常想去体验。返回大街上，搭乘电车前往下一站“中岛公园通”。从电车站穿进住宅区前往中岛公园，在这之前先看到中岛公园边的渡边淳一文学馆，馆内放着出生于北海道、以《失乐园》在台湾小有名气的作家渡边淳一的原稿和全部著作。

不过真是一栋很气派的建筑，为了还在世的作者建立一座如此有规模的文学馆，可见北海道人有多以渡边淳一为傲。这时候已经是五点多的关馆时间。不过说真的，即使是开馆时间，要 Milly 花上 300 日元入馆门票进去参观，可能还是有些迟疑。

café ZILL

札幌市中央区南十四条西 9-3-37

10:00 ~ 21:00，周三及每月第三个周四公休

http://cafe-zill.jugem.jp/

中岛公园

位于札幌市区中心的中岛公园，腹地不算是非常宽广，但有音乐厅、天文馆、欧式典雅的迎宾馆“丰平馆”和可以划船的湖。

湖面上有野鸭，湖畔开满花朵，是一个清幽干净的小歇好去处。

这时正是园内绣球花大大盛开的季节，Milly 非常喜欢绣球花，尤其是蓝色的绣球花，因此本来有些陷入低潮的旅行步调也顿时振奋起来，选了张湖畔木椅坐下，充分观赏着暮色下的绣球花蓝色花海。

CAFÉ QUATRE-L

中岛公园小歇后继续往公园边一家由知名啤酒品牌企划的キリンビール园（麒麟啤酒园），这是可以尽情喝啤酒和成吉思汗烤肉吃到饱的餐厅，不过 Milly 的目标则是前方的咖啡屋 CAFÉ QUATRE-L。

这是一间很贪心的咖啡屋，店主企图将自己喜欢的东西全集合起来似的。

因此这咖啡屋不但有咖啡、蛋糕和汤咖喱等咖啡屋必备的东西，还有酒精饮品，在柜台内更有外卖的自家烘焙面包。

空间内放着不少家具设计书，还有各式生活杂货、二手欧式家具和设计家具。

Milly 买了以北海道产小麦和天然酵母制作的手工面包当第二天的早餐。

虽然车站附近或车站内一定会有连锁咖啡屋提供早餐，但有时像这样在旅途上找一间有想法的咖啡屋或面包屋，买一个面包当早餐，也是颇不错的体验。

CAFÉ QUATRE-L

札幌市中央区南 11 条西 1 丁目 5-23

キャトレール中岛公园

11:00 ~ 19:00（周五六至 24:00），周一公休

http://www.cafequatre-l.com/

买了面包继续在周边稍稍游晃。同一个巷弄内还有一间札幌味噌拉面专门店狼スープ，号称是用纯净天然水熬汤底，还独创有专门面条。据说店内还有贩售自创品牌的周边商品和狼造型娃娃，很独特的面店。

除此之外，就在 CAFÉ QUATRE-L 一旁还有一间叫做 TAMIS 的法式餐厅。暮色中餐厅透出的光线非常吸引人，只是要体验这里的餐食和空间或许还是中午来才好，预算可以控制在千元以内，晚餐则大约要花 3000 日元以上。

说起来在旅途中总会有些只是、但是……有时犹豫来犹豫去反而弄不清楚自己到底想选择什么。或许很多餐厅除了事先搜寻资料或直觉地一见钟情外，有时更需要的是一鼓作气推开门进去的魄力。

NIPPON-HAM
FIGHTERS
HOKKAIDO

札幌

札幌一日的任意任性游

共通一日卡的近郊小旅行

- 百合が原公园
- 札幌旅行必经路径：羊ヶ丘展望台
- 幸运的羊ヶ丘夏祭
- 福住焙煎咖啡店
- 札幌巨蛋真耀眼
- 札幌咖啡馆月寒店
- ろいず咖啡馆旧小熊邸

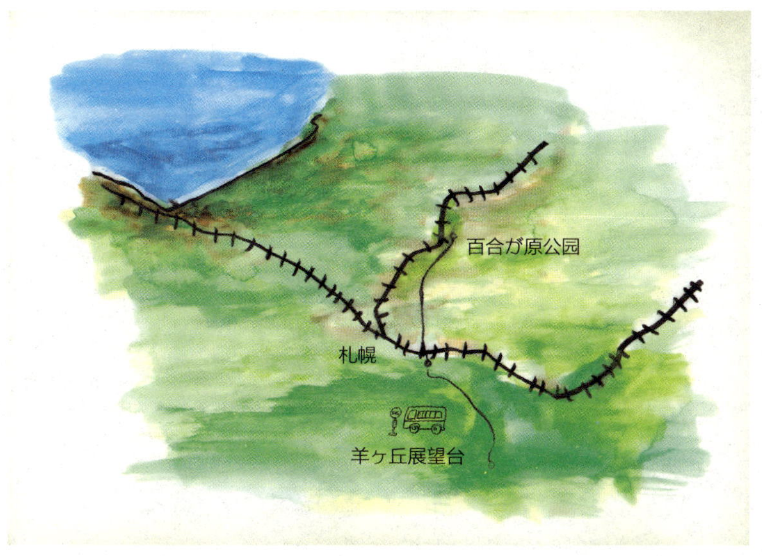

1

共通一日卡的近郊小旅行

有了前一天买了一张共通一日卡却无法充分运用的失败经验，于是今天在出发之前就先去车站内的旅游服务处，确认了当日近郊散步路线都在共通一日卡范围内，才甘心地又买了一张，开始一日的途中下车小旅行。

这天不是刻意却很幸运地又碰到了北海道最大都会札幌的烟火大会，因此当日的途中下车小旅行，就以晚上 19:45 烟火大会开始之前的时间来安排。

百合が原公园

第一站是从札幌车站搭乘地铁到达荣町站，然后转搭中央巴士前往北区百合が原公园210番地“百合が原公园”。
会去这百合花公园，是被导游书上那“园内种植了各式百合花，有12万株以上，最佳欣赏的季节是6月上旬至9月下旬”的文字给吸引。
实际前去，虽说花海没有想象中壮丽，但在百合花盛开的季节中还是颇吸引人的一座花主题公园。尤其是一大早能去游玩、消费的场所不多，利用早上来到这样免费进入的公园散散步，是值得推荐的节奏。

这属于中型公园，缓缓绕上一圈也不过20分钟。如果是年纪较大的游人或小孩，还可在公园附设的火车站花个360日元搭上利用家庭废油再生的环保电动火车，绕行花园一圈。当然体力不错的话还是散步最好。
在园区世界的百合广场发现一些珍奇的百合花品种，同时欣赏到了“玫瑰花坛”、“世界的庭园”、“花香庭园”等欧式的庭园风格。

Milly极喜欢其中以石头搭建、很英国乡村风情的サイロ展望台（サイロ即Silo，贮藏塔）和一旁种满了花朵的乡村小屋。如果不去看周遭的人潮，坐在小屋前的木椅上，真有种自己不是在日本而是在某个欧洲乡村角落的感觉。

札幌旅行必经路径：羊ヶ丘展望台

离开百合公园，下个目标是前去象征札幌（或有一说是北海道）的羊ヶ丘展望台。说起来前后来过北海道已有五六次，但没去过那观光客必去的羊ヶ丘展望台。
但几乎各国的北海道观光书，都必定会有那张手指着远方的クラーク像（克拉克博士雕像）。就想，既然这是一本北海道旅行书，又怎能少了这场景呢，更何况这天的天空是无可挑剔的蓝，是往大草原看风景的好日子，不容放弃。

搭乘巴士回到地铁荣町站，继续乘坐地铁前往札幌巨蛋周边的福住站，之后再搭乘巴士前往羊ヶ丘展望台。

在入园前会有工作人员上巴士来售门票，如此大家就可以继续搭乘巴士，到了奥地利馆、札幌雪祭资料馆和克拉克博士像前广场再下车。
记得在网络上曾经看过这么一段文字：说起北海道，首先会想到的就是那似乎会跑出阿尔卑斯山少女小英的大自然和克拉克像。因此才一下车，Milly就立刻先前往雕像，拍下了那象征北海道开拓精神的山丘上的克拉克博士像，ok！任务完成。

羊ヶ丘展望台很明显有两个重点，一个是可以看见羊，一个是位于高处可以眺望远方。

象征北海道开拓精神的克拉克博士像

羊ヶ丘奥地利馆，羊ヶ丘オーストリア馆

羊ヶ丘展望台

札幌雪祭资料馆，さっぽろ雪まつり资料馆

羊ヶ丘“地产地消”的成吉思汗烤羊肉

鄂霍次克海现烤扇贝

因此这里理所当然就有一大片辽阔的绵羊放牧牧场，可以看见那很有愈疗系感觉的可爱绵羊们在悠闲地吃着草。

而在极佳的天气下，羊群的另一端还可以清楚看见像是外星建筑的札幌巨蛋以及札幌的都会街道，一种很微妙的景象组合。

幸运的羊ヶ丘夏祭

这天刚好是 7 月 25 日至 7 月 27 日的“羊ヶ丘夏祭り”，在这期间只要买一张 500 日元的门票，就会送上 300 日元兑换券以及园内成吉思汗烤肉餐厅的 200 日元折价券，也就是说，入场根本等于免费，幸运喔。

这所谓的羊ヶ丘夏祭り大约都是在 7 月中下旬举行，可以事先查一下羊ヶ丘展望台官方网站上的讯息，或询问车站内的观光服务处。

音乐会隔日才举行，但北海道农畜牧产品的摊位则是三天都有摆设，其中鄂霍次克海扇贝摊位更是以超低价 300 日元两份的价钱来促销。300 日元，金额不是刚好跟手上的兑换券一样？于是 Milly 就免费吃到了那宣称当天一大早才刚从鄂霍次克海捕捞上来的新鲜扇贝。

只是面对着绵羊草原，吃着海里的扇贝，还是有点不对劲。

这时 Milly 的脑子里突然出现邪恶的念头，在可以看见绵羊的地方吃着成吉思汗烤羊肉应该是最极致的组合。（不过写到这段时还是有些罪恶感的，真的！）

于是在可以举行婚礼的ウェディングパレス（Wedding Palace）三楼展望台浏览了

更广阔的田野景色后，就提起精神，带着已经充分旺盛的食欲，前往一旁的羊ヶ丘レストハウス（羊ヶ丘餐厅）去大啖成吉思汗烤肉。

这是 Milly 在北海道第二次的成吉思汗烤肉体验，比起多年前跟着拍摄队去品尝的观光区团体客用餐餐厅，这回真是好吃多了，羊肉非常鲜美多汁，没有任何腥味。
有人说这是地产地销的关系，虽说有点道理，但（苦笑）对羊儿来说也是很过分的说法，善哉善哉。
之后敲了一下广场边的旅立ちの钟（迈向新旅程的钟）后，返回福住地铁站。

福住焙煎咖啡店

早先在前往羊ヶ丘展望台的路上，Milly 先途中下车去喝了一杯咖啡。
在福住二条六丁目的站牌对面很快就发现路边田地间的福住焙煎咖啡店。
坐下先点了综合咖啡，明亮但不是很宽敞的店内只有 Milly 一人，要不动声色地拍照几乎不可能，于是跟老板取得了拍照的许可。
看起来消瘦又酷酷的店主开始好奇 Milly 为何拍照？说明只是自己爱喝咖啡，去哪喝咖啡都会拍照放在自己的 blog 里，今天也是特地前来喝咖啡。
老板一听，开心起来，冲咖啡的手势好像也更帅气了。
据说老板保田先生原来在咖啡豆贩售公司当了二十多年的上班族，之后才开了这间更能突显自己坚持的咖啡屋。
咖啡店内柜台前放着多样的烘焙咖啡豆，墙边有着各式各样的咖啡用具，窗台还有一些古董收藏。
咖啡先不放糖来喝，不错！香醇滑润很顺口，是还算喜欢的咖啡滋味。
咖啡屋不以空间的舒适和装潢的个性来取胜，但是，是一个可以喝杯咖啡的地方。在前去羊ヶ丘展望台的路径上，不失为一个转换气氛的小歇点。

福住焙煎咖啡店

札幌市豊平区福住二条 6-7-3
9:30 ~ 22:00，周三公休

札幌巨蛋真耀眼

从福住车站走路前去札幌ドーム（dome，巨蛋）大约是10分钟，这天刚好有棒球赛事，于是Milly就跟着一些情绪亢奋穿着日本ハム（北海道声援的职棒队伍）球服的球迷，一起走向那造型非常抢眼的札幌巨蛋。

耗资422亿日元、于2001年完工启用的札幌巨蛋，以“梦与感动”为主题精神。
札幌ドーム被札幌市民昵称为“Hiroba”（广场），整体的设计师是原广司。
原广司这名字你或许很陌生，但一说他也是京都车站的设计者，你可能就会忍不住“喔”的一声吧。

巨蛋除了可以举行各类赛事，也可以举行容纳5万人的演唱会，游客即使不参加任何活动，也可以花500日元进入那透明的展望台，同时眺望札幌市区。
虽然如此比较不太妥当，但是比起东京巨蛋，札幌巨蛋真是亮眼多了。不单是建筑主体本身，周边的绿意以及各式各样现代雕塑也都比东京巨蛋有看头。
然后，如果可能，请选择一个阳光普照的日子去欣赏札幌巨蛋，因为在阳光照射下，这建筑更加光彩耀目。

札幌咖啡馆月寒店

继续搭上地铁，目标还是一间咖啡屋，是在翻阅某本杂志时就对它二楼的露台座位一见钟情的咖啡屋“サッポロ咖啡馆月寒店”，札幌咖啡馆月寒店。
搭乘地铁东豊线在“月寒中央站”下车，从一号出口大约走5分钟，就可以看见这造型非常突出的三层楼狭长木屋建筑。
据说这外观很特殊的建筑原本是建筑师仓本龙彦的住宅，一楼是烘焙咖啡豆和蛋糕甜点的外卖店面，二三楼是咖啡屋。
二楼最抢手的位置是露台座位，三楼则像个阁楼花房，种植着大株小株的咖啡树，然后阳光透过三面木格子窗洒入，是非常温暖又非日常的舒适空间。
据知这深受咖啡迷喜欢的咖啡屋，还有个昵称“たくんち”，真正的汉字Milly不能确定，大约就是“小拓的家”，小拓是这屋子前主人的儿子。

兴致勃勃来到咖啡屋前，先赶紧上二楼，一看，lucky！那在夏天绝对大热门的二楼露台座刚刚好有个客人离开，于是Milly如愿拥有了一段短暂的愉悦时光。
因为点了咖啡和红茶戚风蛋糕后就去了三楼上洗手间，结果更喜欢三楼那仿佛咖啡树花房、阳光充沛的阁楼空间。回到二楼坐了大约十分钟，“刚巧”下起了小小的雨，真的是几乎没感觉的细雨，于是（哈）Milly这个奥客就问店员可否将咖啡和蛋糕移到三楼去，店员很亲切地答应了。
于是Milly就选了一个面向窗户的柜台位坐下。

能在一个咖啡屋享用两个不同风情的空间，对其他人或许没什么，但对于喜欢咖啡空间的 Milly 来说真是极乐。

当然单单只有咖啡空间是不足以让人流连的，更重要的还是咖啡要好喝，同时能处处坚持不妥协才行。
如果以这点来看，这咖啡馆就完全是不会受到任何质疑的绝佳咖啡屋。
地点好、空间好、咖啡好、甜点好、音乐好、服务好。
说一个好字很简单，但只要其中有一个不好，都会影响咖啡屋的整体印象。
就有人说过，如果在北海道喝到不好喝的咖啡，那一定是因为店主不用心，毕竟北海道水质好空气好大自然好，冲出好喝的咖啡会比其他区域更加容易才是。

这次在北海道的旅途中体验了不少咖啡屋，能以这间美好的札幌住宅区咖啡屋暂时画下一个句点，是理想中的满足终站。
但其实想要去体验的咖啡屋比已经体验过的咖啡屋还要多。
不过已经很满足了，经过了这次北海道二十多天的旅途，Milly 感受到了北海道真是一个不输给东京和京都的“咖啡屋乐土”，尤其是那些在山林间幽静伫立的缓慢咖啡屋，更是今后 Milly 想继续去探访的领域。

サッポロ咖啡馆月寒店

札幌市豊平区月寒西 1 条 7 丁目 1-1
9:30 ~ 23:00，无休

ろいず咖啡馆旧小熊邸

在前往烟火大会之前，还有一个想去看看的地方。
先坐上地铁再转搭电车，于“ロープウェイ入口站”（缆车入口站）下车。
下车后过了马路爬上坡道走个十多分钟，就看见藻岩山上的缆车站以及Milly的目标“ろいず咖啡馆 旧小熊邸”。
暮色中的旧小熊邸外观非常古典又可爱，像是绘本中才会出现的建筑。
不过千万不要误会这是一家放了很多熊玩偶的咖啡馆，之所以叫“旧小熊邸”，完全是因为这建筑本来是建筑师田上义也为北海道帝国大学的小熊扞博士所建的宅邸。建筑于昭和二年（1927 年）完成，1998 年重新修建，变成现在的ろいず咖啡馆分店。

不过说是改建也不完全正确，这小熊博士的宅邸原本转手到其他人手上，面临了拆除的命运，后来是市民发起的保存运动将这建筑给保存下来，然后将建筑拆迁到现在的藻岩山上。

サッポロ咖啡馆月寒店

因为是移转，据知其实大约也只能保存原屋十分之一左右的模样，不过即使是这样，很多慕名田上义也建筑的人还是会来此朝圣一下这很古典的洋风建筑。
只是这博士的姓还真可爱，小熊博士……如果要 Milly 想象，一定会浮现一个胖胖身躯留着大络腮胡、抽着烟斗总是大声笑着的中年人。

在白天天气好的时候，面对花园的露天座是热门首选，天气好的夜晚则可由此看见札幌的都会夜景。
不过这天因为有更吸引 Milly 的活动，没能进去喝杯咖啡，就继续搭上路面电车往烟火会场的河岸边赶去。

带着事先在百货公司买的炸鸡、毛豆、薯条野餐盒，跟着人群往豊平川方向前进，在河岸边找到了一个不是那么拥挤的位置，边吃着餐食配着啤酒等待着第一枚烟火射上天际的 19:40。

在灿烂的烟火下，说声“北海道再会了”！

时间到了！大约4000多发烟火在长达一小时的时间中在大家的惊呼下不断射向天际，灿烂着整个夜空。

一个人看烟火大会的确有点难以自 high，即使有酒助兴。
但能在这样的烟火大会中度过北海道夏日旅行的最后一个夜晚，依然是最适合跟北海道说声“再会了”的气氛和场景。

ろいず咖啡馆 旧小熊邸

札幌市中央区伏见 5-3-1
9:00 ~ 23:00，无休
http://www.lloydscoffee.co.jp/

图书在版编目（CIP）数据

北海道，一个人的幸福旅程 / Milly 著．—重庆：重庆大学出版社，2011.10

ISBN 978-7-5624-6368-9

Ⅰ．①北… Ⅱ．①M… Ⅲ．①游记－作品集－中国－当代 Ⅳ．①I267.4

中国版本图书馆 CIP 数据核字（2011）第 195186 号

本作品文字和图片由 Milly 委托 远足文化事业股份有限公司
大家出版社代理授权使用
版贸核渝字（2010）第 212 号

北海道，一个人的幸福旅程 beihaidao yigeren de xingfu lücheng
Milly 著

责任编辑 刘冰 张兰
设计 小 s

重庆大学出版社出版发行
出版人 邓晓益
社址 （400030）重庆市沙坪坝正街 174 号重庆大学（A 区）内
网址 http://www.cqup.com.cn
中国铁道出版社印刷厂

开本 720×970 1/16 印张：20.5 字数：235 千
2011 年 10 月第 1 版 2011 年 10 月第 1 次印刷
ISBN 978-7-5624-6368-9 定价 68.00 元
